新 潮 文 庫

総 力 捜 査

安 東 能 明 著

新 潮 社 版

10804

目次

総力捜査

罰ばっ

俸ぼう

1

三月七日金曜日。

裏口から出ると、冷え込んだ外気に顔を撫《な》でられた。白のワンボックスカーがすぐ前を横切った。助手席にいた長いもみあげの男と目が合う。刑事課盗犯第三係長の山《やま》名康支《なやすし》警部補だ。親しみのまるで感じられない、警戒心を込めた表情で睨《にら》まれる。

昨日見た引き当たり捜査計画書が脳裏をよぎる。窃盗犯の菊本照行《きくもとてるゆき》の自白にもとづき、彼を犯行現場に連れていって、犯行を再現させるのだ。公判の証拠資料とするために。

山名と菊本のほかに三人の署員を乗せたワンボックスカーは、本通りに出て走り去っていった。

ふと右手に目をやると、留置係長の土屋《つちや》がワンボックスカーを見送るように佇《たたず》んでいた。

警務課長代理の柴崎令司《しばざきれいじ》の部下で、今年五十五歳になる警部補だ。

こちらに気づいて、少々ばつの悪そうな顔で歩み寄ってきた。軽く頭を下げると、
そのまま脇《わき》をすり抜け、署内に入っていこうとする。

「見送りですか？」

「あ、まあ」

がっしりした体を丸めるようにごま塩頭を擦《こす》りながら答える。

通常、留置係長は引き当たりに出る車の見送りなどしない。

「何かあったんですか？」

「いや」

建物に入っていったその背中を追いかける。

廊下の中ほどでもう一度声をかけた。

「青山《あおやま》がね」

と低い声で土屋はつぶやいた。

青山和己《かずみ》は二十八歳になる留置係の看守だ。今回の引き当たり捜査で、警務課から唯一《ゆいいつ》参加している。引き当たりには、刑事だけではなく被疑者を戒護する立場から、

警務の人間が同行するきまりになっているのだ。

その青山が心配で、わざわざ見送りに出たようだ。

「いまのに乗ってたでしょ？」

ワンボックスカーの後部座席の窓側に、その体が張りつき、思いつめたような表情をしていたのが印象に残っている。

「ええ」

「きょうはどこへ行くんでしたっけ？」

「西葛西《にしかさい》」

「よく出ますよね」

菊本は窃盗容疑で去年の暮れに逮捕されて以降、五十件近い窃盗を自供し、再逮捕され続けている。それらの犯行を立証すべく行う、引き当たり捜査はゆうに十回を越えているはずだ。二月には土地勘のある宇都宮周辺で二泊したこともあった。留置係の青山巡査はそのすべてに同行している。何度か彼以外の係員に交代させてはどうかと土屋に打診したものの、本人の強い希望があるというのでそのままにしていた経緯もある。

ひょっとしたら、青山が問題でも起こしたのだろうか。

「つけ上がりやがって……」

壁に向かって土屋が吐いた言葉にピンと来た。

「菊本ですか？」

苦々しい顔でうなずく。

「行く先々で、山名が昔ながらのやつをやってるみたいなんです」

「……便宜供与？」

土屋は視線を合わせず、口を尖《とが》らせてふたたびうなずいた。

タバコを与える。缶コーヒーを飲ませる。携帯電話の使用を黙認する。引き当たり中はむろん、留置場での生活全般にわたり、警察官は被疑者に対して一切の便宜を図ってはならない。ひとつでも露見すれば不法行為と認定され、公判を維持できなくなる。最悪、控訴《こうそ》棄却――。

口酸《くちす》っぱく申し渡し、末端まで浸透していたと思っていたが、悪習は燠火《おきび》のようにくすぶっていたのかもしれない。

三桁者《みけたもの》。

余罪百を超える大物窃盗犯の口を割れば盗犯刑事は半年寝て暮らせる。

その例にあてはまる菊本が、ちびちびと自らの罪を自供しては引き当たりに連れられてゆくのを、前々から胡散臭《うさんくさ》いとは感じていた。主導する山名係長は、二年前、向《むこう》島《じま》署から綾瀬《あやせ》署に異動してきた盗犯専門の刑事だ。

「青山はどのように言っていますか？」

「……いや、とくには」

歯切れが悪い。それとなく、部下の勤務態度から状況を推し量っているのだろう。具体的な便宜供与が発覚すれば、それこそ懲戒処分が待ち受けている。悪の芽があるのなら、早い時期に摘み取らなくてはならない。

菊本照行は栃木県出身の前科五犯だ。住所不定。窃盗歴は二十年に及び、今年五十の大台に乗った。主に城東一帯を荒らしまくり、足立方面にはほとんど足を踏み入れなかった。盗んだブレスレットを愛人に与え、それを彼女が綾瀬の質屋に入れたのがきっかけで今回の逮捕に結びついた。その質屋はたまたま山名のシマであり、言わば宝くじを引き当てたのだ。

警務の目が届かない引き当たりは、便宜供与の絶好の場になる。へビースモーカーだった菊本にタバコを吸わせ、へたをすれば蕎麦《そば》まですすらせているかもしれない。内規ではコンビニなどで買った弁当を車中で食べさせるのが決まりだ。コーラ一本与えてはならない。しかし、余罪を吐いてくれるとすれば、つい甘い処遇を行いがちになる。

もし、被疑者の要望に応じることが、次の自白につながると担当捜査官が思い込んでいるなら最悪だ。また、そうした上司であっても、直属の部下であれば逆らえまい。見て見ぬふりをするはずだ。被疑者が弁護士にひと言でも洩《も》らしたなら、違法捜査で訴えられる。したたかな泥棒ならそのあたりを計算に入れながら〝自白〟をしている可能性も否定できない。馴《な》れ合いがあったとしても、いつ破綻《はたん》するかはわからないのだ。

「青山から話を聞きだしてくれませんか？」

「訊《き》いてみてはいるんですよ」

心外とばかりに口にしたものの、土屋自身も疑惑が払拭《ふっしょく》できないようだ。

柴崎は小声で言った。「山名に口止めされてる可能性は？」

「ないことを祈るのみです」

刑事志望の青山は山名の推薦もあって、刑事講習を受講した。地ならしとして去年の八月、地域課から警務課に署内異動し、一年後の刑事課配属のレールに乗っている。それを逆手《さかて》に取り、山名は青山を借り出しているのだろう。この立場の若僧なら決して口外する訳はないと踏んで。

引き当たりは警察官のモラルが試される場でもある。

またひとつ、嫌な話を聞いてしまったと思いながら警務課に戻る。

ふたつあるシマには、珍しく、全員が顔をそろえていた。半分はノートPCと向き合い、残りは書類や台帳を開いて、事務仕事に励んでいる。右手のシマには警務係を筆頭に教養と道場の係があり、もう一方のシマには通信と統計、そして受付の係が机を接していた。課員の三分の一は警官ではなく一般事務職員だ。

奥には署長室があり、その手前の副署長席では、助川《すけがわ》が黙々と稟議《りんぎ》書類に判を押している。

受付窓口にいる山浦佳織《やまうらかおり》がカウンター越しに、六十前後の女性と話し込んでいた。

折りよく、備品点検に出向いていた警務係長の根木昌弘《ねぎまさひろ》警部補が戻ってきた。目配せすると、肉付きのいいポーカーフェイスがうなずいた。先に立って廊下に出る。向かいの小部屋に入り、根木と向き合った。髪を丁寧に撫《な》でつけ、シワひとつないワイシャツに、きつめにネクタイを締めている。その佇まいだけで清々《すがすが》しい緊張感を醸《かも》し出している。

二年前まで、本部の警護課に籍を置き、要人警護の任務についていた。今年、四十歳になる頼りがいのある部下だ。ＳＰこと、セキュリティポリス時代はことのほか充実していたらしく、できるなら警護課に戻りたいと口にしている。

立ったまま山名係長の疑惑について話した。

「やっていますね」

聞き終えた警務係長は迷うことなく口にした。

苦々しい表情だ。

「そう思います」

「引き当たりはべつとして、まず取り調べの監督を強化しましょうか」

「頼みます」

根木は取り調べ監督官として、毎日刑事課や生活安全課での取り調べの巡察に当たっている。身体的な暴力はむろん、暴言を吐いたり、飲食物の供与などをしていないかを厳重にチェックする任務だ。怪しい点があれば、取調室に踏み込むのも辞さない。

まかせておいて大丈夫だろう。

「上には？」

と根木が訊いてくる。

「わたしが話します。疑惑がある以上、見て見ぬ振りはできませんから」

「はい。こちらもしっかり気をつけます」

とりあえず、気持ちを少し軽くしたような感じで小部屋を出ると、カウンターに立っていた山浦と目が合った。落ち着いた表情だ。仕事が順調にいっているのだろう。全体に丸味を帯びた卵型の顔立ち。髪を肩まで垂らし、ワイシャツに紺のベストという一般職員の制服を着ている。この春、主事になったばかりだ。

先ほどまでいた女性は、どのような件でやって来たのか尋ねてみた。

「リフォーム工事の請求額が高すぎるので、どうしたらよいかという相談でした」

それほど深刻な内容ではなかったようだ。

「工事は終わったのか？」

「いえ、これからです。業者に急《せ》かされて、一度に全額振り込んだらしいのですが、あまりに高いのではないかと疑問に感じられたようです」

直接対応するのを苦にして、警察にやって来たのだろう。

「なるほど」

山浦は何度かうなずきながら、

「契約書と領収書はとってあるということなので、クーリングオフについてご説明したら、やってみると仰《おつしや》っていました」

はきはきと明快な返事を聞いているうちに、こちらまで安心してしまう。

山浦は一件落着《らくちゃく》とばかり、さっさと席に戻り、報告書を書きはじめたので、柴崎も課内の自席に着いた。

根木係長がさっそく警務係の部下の中矢裕康《なかやひろやす》巡査部長に取り調べの巡察の回数を増やすように指示している。中矢は頭を低くして、何度もうなずいていた。三十歳を過ぎて警官になった変わり種だ。一般事務職の試験にも合格していたが、警官職を選んでいる。

やりとりが助川の耳に入ったらしく、柴崎をじろっと見つめてくる。

副署長席に出向きぐっと顔を寄せ、小声で山名係長の件を、かいつまんで報告した。とくに驚いた様子も見せず、わかったとだけ口にする。

そのとき内線が鳴った。助川がさっと取り上げて、用件を聞くとすぐに受話器を置く。「署長だ、来い」と言われ、ふたりして署長室に入った。

坂元真紀《さかもとまき》は署長席で稟議書類から目を上げた。

昨年二月に着任した女性のキャリア警察官だ。三十七歳独身。警察庁長官官房や総務課長補佐、在ドイツ日本大使館一等書記官などを歴任した。丸一年間の所轄署《しょかつしょ》勤務で、第一線の業務に慣れてきたところだ。正月早々に起きた女児失踪《しっそう》事件では先頭に立って捜査指揮をしている。

坂元は助川に声をかける。

「渋谷警察署のイワキノブヨリさん、ご存じですか?」

「イワキ……」

手前で立ち止まり、助川が口にする。

坂元が差し出したメモ帳には、手書きで岩城信親、強行犯捜査第二係長とある。

この名に聞き覚えはない。

「……やつが何か」

じっとメモを見つめていた助川には心当たりがあるようだった。

「どんな人?」

「道玄坂のファミレス。女警《じょけい》を女子高生に変装させて強姦犯《ごうかんはん》をおびき出して捕まえたヤマあったじゃないですか」

「去年の秋のあれ?」

「思いついたのがやつだったはずです。なかなか骨のある刑事だと聞いていますけど」

坂元が疎《うと》ましげに固定電話に一瞥《いちべつ》をくれる。

「いま、人事から、そっちで引き取ってくれないかと電話がありました」

「今回の異動で？　何か、しでかしたのかな」

助川が首を傾《かし》げる。

来週早々にも春の人事異動の内示が出る。人事一課が前もって打診をしてきたのには、それなりの魂胆があるはずだった。

「部下に対する暴行で降格処分を受けたそうです。去年の十二月ですね」

やりきれないといった顔をして坂元が言った。

「暴行で……。人事にはどのようにお答えになりましたか？」

極端なパワハラ行為があれば懲戒処分の対象になり、最悪警察を辞めざるを得ない状況に追い込まれるのだが、監察との取引で降格処分に落ち着いたのだろうか。同情の余地があったのかもしれない。

坂元は手を引っ込めて、

「保留とさせてくださいと伝えましたけど」

「くわしい事情説明はありましたか？」

「傷害の被疑者の張り込みをしていたとき、部下のひとりがミスを犯したため、平手打ちしたそうです」淡々とした口調で坂元は言った。「それ以上の説明はありませんでした」

「手を出したか」助川が表情を曇らせる。「渋谷に探りを入れてみますよ」

「お願いします。午後いちばんで回答しなければなりませんので」

助川が視線を坂元に合わせる。「了解です。うちにも脛《すね》に傷持つ人間がいますしね」

昨年の十月、綾瀬署交通課に勤務する男性巡査部長がSNSを使って、知人女性にストーカー行為を行った事案が発覚し、年明けに所属長訓戒の処分がなされている。それにより、その人物はこの春の異動対象になっているのだ。通勤に多くの時間がかかる署への異動——罰俸《ばっぽう》転勤の対象に上がっているかもしれない。いずれにしろ、バーター取引は人事の常道である。岩城は受け入れざるを得ないだろう。

坂元は答える代わりに、トレーから稟議書類を取り出し、仕事に戻った。

助川が目配せしてくる。

岩城の情報を集めろと言っているのだ。さすがに、この席では山名係長の件についてはロにできそうになかった。

渋谷署警務課に電話を入れて人事情報を取り寄せ、確認するしかないだろう。

また異動の季節がやって来る。

一昨年の七月、本部総務部企画課の企画係長から綾瀬署に転任して以来、二度目の春だ。去年の十月、元上司の今枝《いまえだ》から広報課のポストを打診されたが、断った経緯もあり、この時期特有の胸の高まりはなかった。ただ総務部企画課にいた自分なのだから、本部の警務部あたりへ返り咲くこともあってしかるべきではないか、とひそかな期待も抱いていた。

しかし、一年半が経《た》ち、所属長クラスではない人間が、一、二年の在任期間では異動対象にならないという通例をあらためて噛《か》みしめていた。それでも、本部のあの張り詰めた空気が懐《なつ》かしいのは事実だった。ため息をそっと吐きながら署長室をあとにする。

2

午後一番に署長室へ顔を出して、岩城信親についての報告を始めた。

五十三歳。高校卒業後、世田谷警察署をふりだしに、野方《のがた》署と四谷署を経て機動捜査隊、さらに本部捜査一課へ。警部補を拝命後、新宿警察署組織犯罪対策課、北沢警察署刑事課、碑文谷《ひもんや》警察署刑事課などに配属。暴力団を担当する組織犯罪畑と強行犯捜査部門を往《い》き来《き》し、現在は渋谷警察署強行犯捜査第二係の係長の職にある。勤続三十五年のうち、二十五年間刑事部門に籍を置き、警視総監賞二回、部長賞七回、所属長賞四十三回と受賞歴は五十二回。住まいは杉並区高井戸三丁目、妻とふたりの子どもと同居している。六年前に警部試験を受けたものの合格せず、そのあとは一度も昇任試験を受験していない。

現場型の刑事の典型だ。今回は家族のために降格処分を受け入れたに違いない。監察は免職もちらつかせたはずだ。五十代で警察を放《ほう》り出された人間が行き着く先はガードマンと相場は決まっている。

柴崎が整理したペーパーを熱心に見入っている坂元をよそに、助川は両腕を頭の後ろにあてがい、退屈そうに室内を見回している。

「暴力をふるったときの状況はわかりましたか？」

うかない顔で書類から目を上げた坂元に訊かれる。

「はい。傷害事件の容疑者の張り込み中、部下が誤って車を操作したため容疑者に気づかれ、逃走された。直後、その部下にビンタを張ってしまった、とのことです」

坂元が唇を軽く嚙み首を傾げる。

「詳しくお願いします」

「去年の夏から秋口にかけて、恵比寿《えびす》駅付近で帰宅途中のＯＬの着衣を切り裂いて逃走するという事案が連続して三件発生しましたよね？　十一月、防犯カメラや目撃証言により自称会社員の男が割り出された。しかし証拠は摑《つか》めず、その後、ひと月間、昼夜兼行でこの男の行動確認をしている最中、部下があわてて車のシフトレバーを入れ間違えて後方にあったブロック塀に衝突し、それを容疑者が感知して逃走した、というものです」

「いつのことですか？」

「昨年の暮れの二十七日、金曜日の晩です。容疑者はそれ以来、アパートから行方をくらまして現在も所在は不明です」

「張り込みに気づいて逃走したわけね？」

坂元は顔を上げて柴崎を見た。

「シフトレバーを入れ間違えたって、どういう状況なの？」

柴崎は同じ姿勢で坂元の質問を受ける。

「ワンブロック先のコインパーキングに駐車していた刑事が命令を聞き間違えて車を発進させようとしたところ、シフトレバーをバックに入れてしまい後方にあった町工場のスレート壁に激突。あわてて車を降り、容疑者の名前を叫びながら追いかけたらしいんです」

坂元は呆《あき》れた顔でソファの肘《ひじ》かけに手を乗せた。

「身柄確保の命令はあったんですか?」

「いえ、密行中です。あくまでも犯行現場で取り押さえるための張り込みでしたから、そのような命令は出ていませんでした」

納得したように二度うなずく。

「邀撃《ようげき》態勢をとっていたわけですね」

「そのようです」

「しかし、間抜けな警官ね。何ていう人?」

強《こわ》ばりがとれたふうに訊いてくる。

「竹下昌英《たけしたまさひで》という三十二歳の独身巡査です」

「間抜けどころじゃないみたいですよ」助川が両手を膝《ひざ》にのせると口を開いた。「二年前に刑事になったんですが、聞き込みさえ満足にできない。調書を書かせれば丸一日がかりだし、あげくに文章は間違いだらけ。逮捕状の記載を間違えて、いったん逮捕した人間を釈放してるし、ポカの連続でとても使えない男ですよ。おまけに大飯食らいときた」

助川は独自のルートで竹下巡査についての評価を聞き出したようだ。

柴崎が聞き取っていたものとほとんど同じだった。

「よく刑事になれたものね」

坂元が受け流したのを見て、助川は皮肉っぽく片頬で笑みを作った。

「張り込みからなるたけ遠ざけようとして、わざわざ容疑者のアパートから離れた車に乗せたみたいですよ」

「まったく。その人の処分は、でも……」

呆れた顔で坂元が両手を開いて見せた。

「はい、ありません」

殴られたほうはあくまでも被害者で、処分の対象にはならないのだ。

「おれもその場にいたらやっちまったかもしれんなぁ」

遠くを見つめるように、のんびりと助川が口にする。

「冗談はやめてくださいよ」

坂元に言われ、首をすくめた。

いま署長室のソファには、坂元と助川、そして柴崎の三人しかいない。ドアも閉めてあるので、声が外へ洩れることもなかった。

「人事への回答はどうします？」

あらためて坂元が副署長に問いかける。

「受けるしかないでしょうな」

憮然《ぶぜん》とした表情で助川が言う。

坂元から反論はなく、これで決まりのようだ。

問題は岩城を受け入れるとして、どこに配置するかだ。

ここは通例通りに処するしかないか。

「署長、地域課への配属ということでよろしいですね？」

柴崎が尋ねたものの、坂元の返事はなかった。

「交番に行ってもらうしかないですよ」

助川がつけ足す。

降格され巡査部長になった人物は、交番勤務に回すしかない。

一ツ家交番あたりがいいだろうか。

「問題がある部下だとしても、暴力行為を働いたというのは重大な過失です」坂元がむっとしたような顔で言った。「力ずくで指導するというのはいまの時代に向いていません」

「それはそうですが……」

坂元は助川に、

「部下に対する暴力行為は本当に今回だけ？」

と訊き返した。

「表に出ているのはそうですよ」

「ベテラン捜査員だとしても、不始末は不始末です。交番勤務につかせるのはどうでしょうか？」

「本人も処分を食らって反省しているでしょうから、そのあたりで決着するのが適切だとは思いますけどね」

柴崎は一昨年の自分の異動と重ね合わせていた。

総務部企画課の企画係長という重責を担《にな》い、充実した日々を送っていた。しかし、部下の拳銃《けんじゆう》自殺に端を発した、当時の企画課長の中田《なかだ》の計略にはめられ、ここ綾瀬署の警務課長代理に飛ばされた。その処遇に承服しかね、柴崎は中田の周辺を調査し、裏金を作り、それを横領していた事実を探り当てた。中田は都警察情報通信部通信庶務課長へ配置転換されたが、この春の異動で、第六方面本部長への異動を果たしている。企画課長の職にあった本人からすれば不満足なポストだろうが、さらに上を狙《ねら》える位置に返り咲いた形になるのだ。

第六方面はこの綾瀬署を管轄している。会いたくはないが、顔を合わせる機会はいずれ必ず来よう。

「生活安全課の相談窓口あたりを担当させてみてはいかがでしょうか？」

意識を現在の問題に向け直すと、そう進言してみた。

「一般市民と接するところはどうかな。暴行事件の噂でも流れたらまずいだろう」

助川が苦笑いしながら言った。

「近くに置いておいたほうがいいんじゃないでしょうか」

署長の思いもかけない発言に助川が困惑した顔を柴崎に向けた。

「……近くといいますと？」

柴崎から訊いた。

車庫証明に配置しようとでも言いたいのだろうか。

車庫証明係は現地調査のために外に出る機会が多いが住民と顔を合わせることはほとんどない。交通課の総務係でお茶を濁すとしても、やはり外に出る場面はある。どのあたりの職を適切と考えているのか。

「代理、あなたの下に置くというのはどうですか？」

「警務課に？」

面食らった。不適切な事案を起こした張本人を、署の管理部門に置いた事例など、聞いたことがない。教養係や道場係は署員と密接に交流する。そこに降格処分を食らった元刑事を配置するなど、できるものではなかろう。

そもそもいくら部下に暴力をふるったとはいえ、岩城が骨の髄まで粗暴な人間とは思えなかった。今回の行動だけに焦点を当て、拡大解釈しているがゆえの処分とも取れる。であるからこそ、交番勤務あたりがふさわしいのではないか。

「わたし自身も監督しますから」

意を決したような面持ちで言う。坂元の意志は固いようだ。

口をへの字に曲げたまま黙っていた助川が手を揉《も》みながら、

「統計でもやらせてみちゃどうだ」

とつぶやいた。

「統計ですか」

管内で扱った各種犯罪の統計を取りまとめて本部へ送る係だ。前任者が留置係へ配置転換され、現在は空席になっている。

区民と接する仕事ではないとはいえ、書類仕事がほとんどだ。

第一線で働いてきた人間を配置するのに、ふさわしいかどうか。

配置したとして、彼は適切に職務をこなせるか？

自暴自棄になり職場放棄したりはしないか？ 精神的に追い込まれたりはしないか？ 不安要素が次から次へと浮かんでくる。

「いいかもしれない」

坂元がさらりと言ってのけた。

問題を起こした部下を抱えつつ日常の業務をこなすのは真っ平ごめんだと訴えたかった。そのような人間は、地域課のように大勢の署員がいる中に埋没させるのが一番なのだ。毎日毎日、身近なところで顔を合わせて仕事をするのは苦痛以外の何物でもない。

「準備しとけよ」

愉快そうに助川が言った。

坂元も厳しさを失った目でこちらを見つめている。

従うしかなかった。

「それから、忘れちゃいかん、例の件」

助川に促され、山名係長の疑惑について、ざっと説明した。

「長いあいだ粘っているのはそういうわけね」

突き放したように坂元が言い、柴崎に視線を送ってくる。

取り調べの監督強化と看守の青山に訓導を働きかけたい旨《むね》を述べた。いまここで問いつめても、得るものはないと思うとの私見も添えた。

「大事に至らないように、注意してください」

一件落着といった顔で言われる。

「この件についてはおまえに一任するからな」

助川に言われ、

「了解しました」

と答えた。

警務としては、この責務を解決まで背負うしかなかろう。

3

四月十七日木曜日。

柴崎は取調室の並ぶ廊下に足を踏み入れた。三つある部屋の頑丈な扉はぴたりと閉ざされている。いちばん奥の取調室のドアにある透視鏡をそっと開く。菊本の取り調べが行われている部屋だ。ガラス窓越しに取調室内の会話に耳を傾ける。

「甘いもん、そろそろ喉《のど》通さないと喋《しゃべ》れないよ」

菊本のかすれ声が伝わってくる。

「こないだ、官弁にみたらし団子をつけたろ？」

山名係長の間延びした声が応じた。

「あんなもんじゃ、食った気しねえからさ」

「そう言うなって、もうちょっとの辛抱じゃねえか」

「そうだけどさ……あさっての春日部《かすかべ》……どのあたりで……」

小さすぎて聞き取れない。

しばらくやりとりしたあと、山名の声がふいに大きくなった。

「菊ちゃん、こっちにまかせろよ」

明後日は春日部方面へ引き当たり捜査に行く予定になっている。

そこでまた何らかの便宜を図るつもりか。

ドアを蹴《け》り開き、問い質《ただ》したい衝動に駆られた。

しかし、そんなことをしようものなら、部屋の中のふたりの刑事は貝のように口を閉ざす。

窃盗容疑で逮捕された菊本もシラを切るだろう。菊本には八回の逮捕歴があるが、懲役に行ったのは三回だけだ。逮捕されても黙秘を通す。あるいは、巧みに言い逃れて検事釈放。つまり不起訴処分に漕《こ》ぎ着けている。一筋縄ではいかないタフな知能犯だ。

便宜供与がひんぱんに行われているとしても、この連中相手に、その尻尾《しっぽ》をつかむのは容易ではない。

警務課に戻った。

係長の根木に、たったいま取調室で耳にした会話を伝えた。

「あさっての引き当たりですか」言いながらすっと立ち上がる。「ちょっくら、青山の顔を見てきましょう」

「いや、わたしから話してみます」

神妙に頭を下げると、根木は書類仕事に戻った。

自席に着く。

四月に入り、署員の顔ぶれも大きく変わった。柴崎の属する警務課の課員にも二名の新顔がいる。

渋谷署から異動してきた岩城は、平係員に落とされ、窓口に近い席で抱えきれぬほどの書類を広げ、慣れない仕事に精を出している。

地黒で額が広く、年相応のシワを寄せている横顔は、どう見ても事務屋のそれではない。ホシを追いかけ、部下を督励する現場向きの面《つら》がまえだと目にするたびに思う。反抗的な態度はおくびにも出さず、それはそれで肩の荷を下ろしたような案配だったが、窮屈そうに椅子《いす》に縛り付けられている姿は気の毒だった。この男に与えられている仕事は数字の積み上げ作業だ。

四月のこの時期は前年度分の管内人口をはじめとして、交通事故の発生件数から拾得物の件数まで、百を超える統計表の取りまとめをしなければならない。事務専門職でも骨の折れる仕事だ。岩城は表計算ソフトなどとは無縁の世界に身を置いてきたために、すべてが手作業。しかも、提出期限は明日ときている。

「根《こん》、つめすぎないでくださいね」

声をかけたが、岩城は、書類と首っ引きで電卓を打つ手を休めず、「ああ、ええ」と心ここにあらずという声で反応しただけだった。

4

翌朝、道場の朝練に顔を出した。竹刀《しない》を合わせる音が響き、活気に満ちている。坂元も防具を着けて参加していた。男性署員と稽古《けいこ》していた刑事課の高野朋美《たかのともみ》が面をはずして柴崎の元にやってきた。上気した顔はピンク色に染まり、額のあたりに健康的な汗が浮き出ている。

「署長と手合わせしたか？」

高野は滅相《めっそう》もないという表情で首を横に振った。

「腕前はどっこいどっこいだろ？」

「まあ、そうですけど、食らいついたら離さないという感じですし」

坂元は中途半端《はんぱ》な稽古を嫌うのだろう。

「お隣の係長の様子はどうだ？」

誰のことを言っているのか、すぐピンときたらしく、

「相変わらず、楽なお仕事してますねー」

と口にする。

盗犯第三係長の山名は、菊本照行の余罪の掘り起こしに余念がない。三月には三度、四月に入ってからも二度、引き当たり捜査に出向いている。突発事案の対応や新たな盗犯事案の掘り起こしは高野が所属する盗犯第二係と第一係が受け持つことになる。毎日毎日、あちこちに足を運び、聞き込みをし、それらしい者を見つけたら張り込みをしなければならない。しんどさから言えば、そちらのほうがもちろん上だ。

「課長は何か言わないのか？」

「山名さんに？　無理です」

「向こうは、適当に取り調べをして外で遊ばせて、余罪を積み上げているだけだぞ。不満はないのか？」

高野は余裕のある笑みを浮かべた。髪を振り、手ぬぐいで首筋に流れる汗をぬぐう。

「もともと山名さんは上にお世辞言うような人じゃないし、用事があればそっちから来いっていうタイプですから」

刑事課長の浅井《あさい》が山名を呼びつけたのは見たことがない、とつけ足す。

職人かたぎの刑事で、黙っていてもきちんと仕事をこなすタイプだと浅井は判断しているようだが、その実はどうか。青山の一件を見ても、人望があるというわけでもなさそうだ。被疑者が全面的に山名を信頼して自供しているかどうかすら怪しいものだ。

高野の後ろ姿を見送り、しばらく稽古を見学してから一階に下りる。

午前十時、ふだんどおり点検のために留置場に入った。

各房を見て回り、運動場に出てみる。

ふたりの看守に見守られながら、五人の被留置者が思い思いの場所で雑談したり体を動かしたりしていた。髪を短く刈った菊本もいて、看守の杉原と話し込んでいる。署から支給された襟付きのトレーニングウェア上下だ。身長は百七十センチそこそこ。下がり目の柔和そうな造作で、一見バイクで集金に回る信金マンといった風貌《ふうぼう》だ。腕を後ろに回し、目立たないよう近づく。

「もう半年になるか」

看守の杉原が友人に語りかけるような調子で声をかけている。

この仕事が気に入っているらしく、今年度も引き続き同じ係に留まるのを希望しているのだ。

「牢名主《ろうなぬし》みたいに言わないでくださいよ」

かすれ声で答える。

「来たのが十二月だろ。あとちょいで半年だぜ」

「もう少し、いさせてくださいよ」

「おれはいいけどさ。まぁ、ほどほどにやってくれよな」

「そんなに悪者かなあ」

「あれ、違った？」

杉原がおどけて言うと、菊本が微笑して頭をかく。

「おれの家、ピッキング対応の錠前に換えようと思うけど、やる方としてはどうなの？」

「窓が大事なんですよ。ピッキングなんて中国人しかやらないもの」

「そうか。ほかにも、いろんな手口があるんだろ？　あんたみたく真ん中から入るだけじゃなくてさ」

　杉原も菊本の手口は知っている。

　マンション一階の中ほどの部屋の様子を庭側から窺《うかが》い、留守をしているとわかれば窓ガラスを割って侵入、まず玄関のドアチェーンをかける。住民が帰ってきた場合、施錠《せじょう》を外してもドアが開かないため、ガチャガチャと音をたてているあいだに逃走するのだ。一軒家でも同様の手口を使うことがあり、事務所荒らしも報告されているので、余罪は百件どころか、さらにそれを上回るはずだ。

「かなわねえな、杉原さんにかかっちゃ」

「そう言うな。移管で引っ越しの日にゃ、赤飯でも炊《た》いてやるから」

「きっとですよ」

　黒い歯茎を見せ、にやりと菊本が笑みを浮かべる。

　拘置所に移されると見込んでの会話を楽しんでいる。

よくわからない男だと思った。

一件の窃盗罪なら十年以下の懲役だが、二件以上の併合になれば十五年以下、常習累犯《るいはん》として認定されれば二十年以下の懲役になる。実際はそこまで行かないが、今回ばかりは五年近い実刑を食らう恐れもある。達観しているのだろうか。それともある日突然前言を翻《ひるがえ》して、弁護士を通じ違法捜査を訴えるつもりか。検事と取引したうえでの釈放を狙っている可能性も高い。

その日が来るのを、手をこまぬいて見ているわけにはいかない。

運動場をあとにする。留置場から外へ出る通路で小柄な青山が警戒に当たっていた。菊本の引き当たりに同行する旨の計画書が提出されているのを思い出した。実施日は明日だ。

それについて尋ねてみると、

「そうみたいです」

と他人事《ひとごと》のように答えた。

「嫌なら嫌だとはっきり言えよ」

「指名されているのでお断りするわけにはいきません」

百六十五センチそこそこ、体重は六十キロを切る体に、正義感だけは目一杯詰め込んでいる。地域課に在籍していたときから刑事志望だったが、決して単独で犯人を追跡するなと戒められていた。にもかかわらず、たまたま遭遇した窃盗犯をひとりで追いかけ、組みついたものの抵抗され、額を割られて血まみれになった。その窃盗犯がかつて、山名が挙げた人間であったため、彼から刑事講習の推薦を受けたのだ。

そこまで刑事になりたいというのか。そんなにいいものではないぞ、と言ってやりたい気分だった。しかし、青山が警察官として生きていくよすがが刑事任官であるなら、それはそれで応援しなくてはいけない。

「山名におかしな義理立ては不要だぞ。わかっているな」

落ち着きなく目を動かした。やはりまだ呪縛《じゅばく》にかかっているようだった。

「スマホで……」と思いつめたような顔でつぶやく。

「スマホがどうした?」

華奢《きゃしゃ》な首を回すと、額に髪がふりかかる。

「引き当たりのときに、山名係長が菊本にスマホを貸しているのか?」

「いえ」

「だったら何なんだ?」

「愛人です、写真を……」

そこまで言うとおびえきった顔で口をつぐむ。

「山名係長が菊本のスマートホンに送られてきた愛人のメールや写真を見せているのか？」

ほんの数センチ、青山はうなずいた。

ようやく尻尾をつかんだと柴崎は思った。

重大な便宜供与ではないが、放置すれば確実にエスカレートしてゆく。

薄い肩に手を乗せる。

「いいか、青山、おまえが山名係長の片棒を担《かつ》ぐ必要はないんだぞ。わかるな？」

「……はい」

「たぶん、明日も何らかの便宜供与を行うはずだ。現場では見て見ぬ振りをしていればいい。ただし、土屋係長に必ず報告を上げろよ」

やや安心したように、

「わかりました」

と小声で答えた。

「この件は必ずわたしが解決する。いいな」

歯を食いしばり、じっとこちらを見ている青山を残して、留置場を出る。

青山に解決すると告げたものの、具体的な方策は浮かばなかった。

大事に至る前に手を打たなければならない。

5

警視庁本部の刑事総務課から至急の電話が入ったのは、四月の終わり、二十五日金曜日だった。中矢から回されてきた電話から聞こえたのは、青臭さの抜けない若い男の声だ。刑事統計係の田島と名乗られて、嫌な予感がした。

「うちで取りまとめている特別法犯の送致件数なんですけど、おたくの署だけ合わないんですよ」

ヒラのはずだが、本部勤めをひけらかすような横柄な口のきき方だ。

「……特別法犯の？」

「大きな数字じゃないですけど、困るんですよね」

ぶっきらぼうなものの言い方に、腹が立ったが、無視するわけにはいかない。

刑事総務課で取りまとめている特別法犯統計は、選挙違反をはじめとして風俗や防犯、薬事関係と幅が広い。どこがどのように食い違っているのか。

「どのあたりが合わないんでしょう？」

こちらの分が悪いようなので、丁寧に訊き返す。

「そちらから上がってきている総件数は百四十六件、うちで把握しているのが百四十一件ですから、五件の開きがあります」

「こちらから上げた報告が多かったんですか？」

「数字上はそうなります」

刑事総務課では独自に犯罪統計を取っているはずで、それとデータが食い違っているというのだ。

「何の件数が違っているんでしょうか？」

「そちらで見つけてくださいよ。昼までにお願いしますね」

あっさりと通話が切られた。

対処方法の見当がつかず課を見渡した。

警務係の四人はノートPCで文書作成をしたり、通知書類の封入をしたりと、デスクワークに余念がない。教養係のふたりは署員向けの小冊子作りで忙しそうだ。カウンター前の受付席にいる係員はひっきりなしに訪れる区民の案内業務に追われている。そのすぐ後ろで、岩城の黒い顔がこちらに向けられていた。

電話の応対を聞いていてピンときたのかもしれない。

岩城の席に歩み寄る。

刑事総務課からあった問い合わせにつき伝えると、彼は驚いたように姿勢を正した。

「間違いですか？」

額に横ジワを寄せ、目を見開いた。

「と言っています。心当たりはありますか？」

岩城は首をねじ曲げ、すっかり片づいた机の上に両手を乗せた。

「原票はどこですか？　もう一度、当たってみるしかないですね」

急いで机の下からワゴンを引き出し、机の上に置く。

ふたを開いた中には、各課から上がってきた統計書類がごっそり詰まっていた。その中から、特別法犯としてまとめて革紐《かわひも》で綴《と》じられている書類を抜き取る。地域課をはじめとして、各課から上げられた原票の写しが現れた。

選挙違反から始まり、外国人登録法違反まで細かな数字が並んでいる。

問題の特別法犯の総件数はたしかに百四十六件となっていた。

「とりあえず、すべてチェックしていきましょう」

柴崎は隣席の警務係員をどかせて、岩城の横に座った。

「公職選挙法違反から読み上げますから……二、続いて軽犯罪法違反が九、酩酊《めいてい》十二……」

岩城がいちいち復唱しながら、必死の形相で電卓を打つ。

暴力団排除条例違反まで十五分近くかけて読み上げた。

総数はやはり百四十六件。

岩城が青ざめた表情で原票の写しを取り上げ、繰り返しめくっている。

柴崎は警務係の中矢ともうひとりの部下に、大至急各課に行って原票を持ってくるように指示した。

十分ほどですべての原票が集まった。

それらと岩城の手元にあった原票の写しとを再度比較する作業を行った。

もう一度、読み上げる。

覚せい剤取締法違反件数のところまで来た。

「三十三件」

柴崎が読み上げると、岩城が「あれ？」と声を上げた。

手元の写しを覗《のぞ》き込む。

三十八となっていた。

総件数との差は五。間違いはここに存在した。

岩城が集計したとき参照した原票の写しが原票そのものと食い違っているのだ。

柴崎は刑事総務課の担当者に電話を入れて誤りを訂正した。不安げな顔でこちらを見ている岩城に、「これで大丈夫ですよ」と声をかける。岩城は安堵《あんど》の表情を浮かべ、深々と頭を下げた。

正午に近かった。

岩城を誘い、食堂に足を向ける。

半分ほどの席が埋まっていた。ときおり話し声がするだけで、ほとんどは黙々と箸《はし》を動かしている。

柴崎はアジフライ定食を頼み、おかずやらご飯やらをトレーに載せて隅の席に着いた。

盛り蕎麦《そば》を載せたトレーを持って、岩城が前の席に座る。

「どうも、助かりました」

また頭を下げようとするので、手で制した。

「数字の見間違いなんてよくあります。さあ、食べましょう」

それに、あなたが間違っていたわけではないのだ。

腹が減っていたので、アジフライにたっぷりソースをかけてキャベツとともに口に放り込む。岩城は背もたれに体を預け、壁をぼんやり見ている。まだショックが冷めないらしく、蕎麦に手がつけられない。

柴崎が三分の一ほど平らげたとき、ようやくすすりだした。

山名らの引き当たり捜査のことが頭をよぎった。いまごろ、ショッピングセンターの大駐車場の片隅にでもミニバンを停め、味気ない弁当を突ついているだろうか。それとも、うどん屋にでも入って、出汁《だし》のきいたつゆをすすっているのだろうか。

会話もなく、それから五分ほどで食べ終わる。

ハンカチで口を拭《ふ》く岩城がふっと目線を宙に浮かせた。

「刑事に成り立てのころのような気分だったな」

と気まずそうに洩《も》らす。

「さっきのがですか？」

お茶をすすりながら尋ねる。

「ええ、まあ」恐縮する。「駆け出しのころは、よく三等刑事なんて係長から冷やかされました」

「口うるさい人はどこにでもいますよ」

岩城も容赦ない言葉で部下を鍛えていたはずだ。

「わたしも聞き込みをさぼった部下なんかには、夜中でももう一度行ってこいって怒鳴ったもんですけどね」

叩き上げならではの厳しさを垣間見《かいまみ》せる。いまの立場との落差を思った。退職までの七年間、よほどの手柄でも立てない限り警部補へは戻れないだろう。給料も下げられているが、家族がいる限り現状に甘んじるほかない。結婚が遅かったので、下の男の子はまだ小学生だと聞く。

「これまで、本当に、ご苦労様でした」

「いえいえ、わたしなんか」

「でも、これからは寝入りばなに事件で起こされたり、変死体の見分に悩まされたりしなくてすみますよ」

軽い気持ちで口にしたのだが、岩城は顔をしかめた。

「変死体か。蛆《うじ》の生命力ってすごいですからね。下腹部からどんどん腐っていって体がぱんぱんにふくらんで。そんな人に限って会社の社長だったりしますから」

思わず身を乗り出した。

「そうなんですか」

「偉かろうがそうでなかろうが、死体は死体です」

長い経験に裏打ちされた言葉に心を動かされた。

「たくさん見分されてきたんでしょうね」

「霊安室に運び込まれてくるたび、素っ裸にさせて目と口を開いて、傷を調べて骨折のありなしを調べるでしょ。『おれは病気で死んだんだ、放っておいてくれ』って声が聞こえてくるときもあったな」

ひとしきり口にした岩城は、すっかり刑事の顔になっていた。

「地味な仕事ですが、しばらくはこちらで我慢してください」

岩城は特別期待もしていないという様子で、茶を口に含んだ。

短い会話でも、岩城が刑事としての資質を十分すぎるほど持っているのがわかった。

勤務態度が良好なら、もう一度刑事として働く場面も訪れるはずだ。

優秀な警官を犯罪捜査にあてるのは当然の処遇だ。

それにしても、あの数字の誤りは何だったのだろう。

原因がわからない。

ふと訊《き》きたくなった。

「窃盗犯というのは取調官によって、ころころ態度を変えるものでしょうか？」

「ドロボウ?」岩城は口角を歪《ゆが》めた。「どんなやつだって、絶対に懲役には行かないって腹をかためている。そのためなら何でもやりますよ」

その言葉を聞いて、胸のもやもやがさらに濃くなった。一朝一夕にそれは消えそうにない。

6

月曜日。

考え事をしていて、いつも乗る電車をのがし、北綾瀬駅に着いたときには午前七時五十分を過ぎていた。ホームにどっと人が溢《あふ》れ出る。ひとつ前の車両にいた山名係長の後ろ姿に気づき、人をかきわけて改札で追いついた。固太りの体の横につき、歩調を合わせる。

「連日の取り調べ、お疲れ様です」

と声をかけてみた。

ああ、と生返事が返ってくる。

「あと少しで余罪八十件ですね」

何を言いたいのかというきつい目になる。

「親戚《しんせき》回りのコソ泥じゃねえからな」

見知った者の家を狙って泥棒に入る連中のことだ。

山名に続いて改札を出る。それまで固まっていた人が散ったところで、もう一度声をかける。

「金曜の引き当たりは、これまででいちばん成果が上がったんじゃないですか」

束《つか》の間《ま》、彼は歩みを止めた。

供述調書も上がっていないのに、どうして知っているのかという顔だ。

その横を顔見知りの警官が追い抜いてゆく。

「これまで一階を狙う手口でしたが、春日部のマンションはその上の階もやっていた。よく、供述したものですね」

「たまたまだ。二階から上の階の連中は防犯意識が低くて、ベランダの窓はほとんどが開いたままだったし」

弁解じみた口調に感じる。

また先立って歩き出したので、柴崎は傍目も気にせず追いかけた。

「効率がいい。それにしても、春日部はそれまでの菊本のテリトリーと離れていますね」

「同じ地域ばかりじゃ、捕まっちまうだろ」

「新幹線や飛行機を使って遠出もしているんですか？」

言いがかりをつけられたように感じたのか、山名は目尻《めじり》を吊《つ》り上げる。

「誰がそんなことを言ったよ」

話にならないとばかり、ズボンのポケットに手を突っ込んで前を向く。みるみるその背中が通行人に紛れてゆく。あわてて後を追う。

「愛人から送られた写真を見せましたね」

足が止まる。振り返ると、ぎろりと光る黒目で柴崎を射すくめるように見た。ここで怯《ひる》むわけにはいかない。

「菊本の写真を撮って、送り返してもいる。それだけじゃないですね？」

「誰から聞いた？」

舌打ちしながら、身を寄せてきた。

反射的に身を離す。

生活安全課の係員がちらっと気の毒そうな視線を送りながら追い越していった。

「誰でもいいでしょう。コーヒーを好きなだけ飲ませ、ファミレスにまで連れていく」

「小僧から何を聞いたか知らないが、たいがいにしろ」

吐き捨てるように言い、競歩のようにせかせか歩き出した。

「認めますね？」

追いついて声をかける。

緊張で強《こわ》ばっていた四角い顔に、突き放すような侮蔑《ぶべつ》の色が浮かんだ。

「ドロ刑についてどれくらい知ってる？」

思わず睨み返した。

「刑事に変わりはないでしょう」

山名は顔を歪めた。周りを歩く同僚を気にもしていなかった。

「吐かせるために、どれだけ苦労してるかわかってるのか？」

「わたしは法令の遵守《じゅんしゅ》について話したいだけです」

柴崎の言葉を無視して、山名は続ける。

「いっぺん、取調室でやつと向き合ってみるか。ごねたり、ひねくれたり怒ったりの連続だ。こっちだって、それに合わせて必死で機嫌を取る。やつが退屈だって言えば、土日にだって取調室に呼び上げて、日がな一日雑談につきあってるんだ」

ここで調子を合わせてはならない。

「それが取り調べだと言えますか?」

つい、声を荒らげてしまった。好奇の表情を浮かべた同僚がすれすれのところを追い抜いてゆく。

「いいか。前刑の取調官に会ってやつの話を聞いてる。ああ見えても、やつは人一倍プライドが高い。違った罪種で令状を取ろうものなら、はなからつむじを曲げてひと言も話さねえ。こっちだって精一杯神経張ってるんだ」

そこまでやっているとは知らなかった。

「だいたいドロボウのどこまで知っている?」

「懲《こ》りないやつらです」

とっさに返した。

署の前の横断歩道の信号が赤になり、ふたりして止まった。まわりに人はいなくなっていた。

「犯行現場だってろくに見たことねえだろ」

「臨場したことはありますよ」

「言ってみろよ」

相手のペースにはまりつつあるのが癪《しゃく》に障《さわ》り、口をつぐんだ。

「タンスの引き出し、本棚の本、手当たり次第にぶちまける。冷蔵庫の中身、食器棚の茶碗《ちゃわん》、クローゼットの服だって容赦ねえ。散らばった中から、ぱっと目についた金目のものをかっさらって、さっさとフケる。たいていが五分以内。こんなしたたかな連中を相手にしたことねえくせに知った口叩《たた》くな」

信号が青になり、さっさと歩き出した山名のあとに続いた。

今週も引き当たり捜査が計画されている。

これ以上、青山巡査を同行させるわけにはいかない。

7

始業時刻前から岩城は表計算ソフトの教則本を広げ、ノートPCにかじりついていた。もっとわかりやすい本が図書コーナーにありますからと声をかけ、食堂横の休憩室に連れてゆく。壁一面に並んだ本棚に釘付《くぎづ》けになって、一冊ずつ手に取っては眺める岩城に助言する。

「独学じゃ習得は難しいですよ。来月あたり研修に行ってみませんか？」

「そうですね、助かります」
さほどうれしそうでもない口ぶりだ。
「ひとつ、お願いしたいことがあります」
柴崎が口にすると、意外そうな顔でこちらを見た。
あらためて岩城とともに教則本を手に取り、さっとめくってみる。
柴崎には既知の内容だったが、岩城にとっては見知らぬ世界のはずだった。
それでもこの局面を乗り越えていかなければならない。
まだ在職期間は数年残っているのだ。
開いた頁《ページ》にある小難しい関数を見ているうちに、ふとひらめいた。
二冊ほど選びだした岩城とともに課に戻る。
警務係の中矢に勤務表を持ってくるように命じた。
しばらくのちに手元に届いた勤務表の該当する日のページを開ける。
思ったとおりの名前が記されてあった。

8

五日後。

九時前、山名係長を一階の小部屋に呼び上げた。窓はなく長いテーブルがひとつあるだけの室内だ。警戒心をあらわにした目つきは相変わらずで、座るようにすすめるとコショウでも吸い込んでしまったかのように鼻を歪ませた。

「一昨日《おととい》はお疲れ様でした」

柴崎は声をかけた。

またかというような顔で、

「捜査費はかかってねえ。安心しろ」

と応じる。

思った以上に声が響く。

一昨日も引き当たり捜査のため、小松川方面に菊本を連れ出しているのだ。出かける前、刑事課長から預かった金は、五百円足らずの昼食代だけだったはずである。

「まだ予算はありますから、心配ご無用です」

ＰＣで作成した一枚のペーパーを眼前に滑らせる。

山名は両手を机上に置き、反り返るように息をひとつ大きく吸った。

「何遍も連れ出したから疑っているのか？」

ごつごつした手を合わせ、ぎゅっと握りしめる。

どこからでも来いという顔付きだ。

「心当たりでもありますか？」

つい意地悪い言葉を発してしまう。

「言いたいことがあるなら、さっさと言ってくれ」

さっとすくい上げ、目を通すとこちらに返してよこした。

引き当たり捜査に出向いた折の、菊本に対する便宜供与の実態が事細かく記されている。青山から聞き取って表にまとめたものだ。

「間違いありませんね？」

山名は握りしめた拳《こぶし》を机にあてたまま、微動だにしなかった。

「脅したな？」

「どういう意味です？」

「青山だ。このままじゃ刑事になれないどころか、馘《くび》がかかってくるぞとでも言って脅迫したろ」

「言いがかりはやめてくれませんか」

ぐっと前のめりになり、山名は上目遣いになった。

「こんなものを作ってどうする気だ？」

「ごらんのとおり、事実関係を列挙したまでです」背筋をぴんと張り続ける。「認めたらどうですか？」

目を据えて、こちらを睨みつける。

「腹いせか？」

「私情で進めたつもりはありません」

つい言い訳めいた口調になってしまった。

山名は値踏みするような顔で身を引いた。

「捜査を邪魔するのがそんなに面白いか？」

突き放すように言われたので、間髪《かんはつ》を入れず言い返した。

「聞き取りに基づいて調査を開始したいのですが、どうされますか？　ここでお認めになって全《すべ》てを申告すれば心証は良くなる」

「ワルはどっちなんだ」

目を剝《む》いてつぶやく。

「菊本をコンビニに連れていって、チーズケーキを食わせる。愛人を引き当たり先に呼んでおいて、こっそり対面させてやる。どう見ても行き過ぎています」

捜査情報の漏洩《ろうえい》は懲戒処分はおろか、逮捕されても仕方がない罪状である。

肝を据えたように、山名は不敵な笑みを浮かべた。

「わかっちゃいねえな。おれたちドロ刑がどんだけ苦心して口を割らせてるか」

まだ引き下がる様子はない。

「ですから、わたしが申し上げているのは、法令の遵守についてです」

山名の目が血走った。拳がどんと机に落ちる。

「最近刑事の真似事《まねごと》をして調子に乗ってるらしいが、てめえたち警務は、仲間の足をひっぱることしか頭にねぇ。やれるもんならやってみやがれ」

心底腹が立ったが、冷静な口調は保つ。

「この件はとりあえず置きます」柴崎は言った。「四月十六日水曜日、あなたは宿直当番で警務課にいましたね」

刑事課や生活安全課の宿直当番員は、一階の警務課で一晩待機するのが決まりだ。

山名の目に狼狽《ろうばい》の色が走る。

「あなたは遅番で、仮眠を取ってから、夜の十二時過ぎに下りてきた。ちょうど交代で、人はいなかった。……その時、何をしました？」

「何って……」

これまでとは違い、防御線を張ろうとしている空気だ。

「警務課のシマで、ひとつだけ書類が積まれている机があった。岩城さんの机ですよ。そこにあった統計原票の写しにあなたは気づく」

小首を傾《かし》げ、視線を外した。

「いちばん上に、あなたの係が担当する窃盗犯の事細かな統計が積まれていた。そこをめくると特別法犯の統計が目にとまった。あなたは覚せい剤取締法違反件数の数字の下一桁《しもひとけた》を急いで3から8に書き換えた」

穴の開くほど見つめてきた。

どうやって知ったのか、という顔付きだ。

「おかげで岩城さんの面目は丸つぶれだ。本部の刑事総務課では、やっぱりあいつか、と悪評ふんぷんだったはずですよ」

部下に暴力をふるうような時代遅れの刑事だから、数字ひとつ書き写せないのだ、と。

「あなたが机に近づくのを見ていた人間がいます」

山名は背を丸め、神経質そうに指で机を突く。

「深川署の刑事課にいた十五年前、半年近くにわたって管内で放火が続きましたよね」

「あ」

言ったきり口をつぐんだ。めまぐるしく視線を動かす。

「強行犯の担当係長として、あなたが指揮を行った。若くて、特徴的なメガネをかけた男というしか目撃証言がなく、部下を邀撃《ようげき》捜査に配置して、ご自身も連日張り込み続けた。しかし、相手はしたたかで、決してそこには現れない。苦労されたと聞きました」

息を吸い、山名は柴崎を改めて見た。

「……それが捜査ってもんじゃねえか」

「ところが、その三月に配属された一機捜の刑事がたびたび現場を訪れて、少し気を利《き》かせた聞き込みをした。そして、男の所在をつかむ」

みるみる山名の表情が翳《かげ》った。

「その刑事が男に声をかけると、一目散に逃走したのでその場で取り押さえた。追及すると、放火を白状した。あなたにとっては、半年近い捜査を無にされ、手柄を横取りされた形になった。そのときの刑事が降格され、うちの署に来ると聞いて、山名さん、どうお感じになりましたか？」

「感じるって……何をだよ」

ぼそりとつぶやく。

「必死になって書類と格闘している姿を見て、ほくそ笑んでいたんじゃありませんか？」

「そんな件、とっくに忘れていた」

「いや、あなたは忘れなかった。懲《こ》らしめてやれと思って、数字を書き換えた。まったく執念深い」

山名は憎々しげな表情で正面から柴崎を睨みつけた。

派手な動きをしてみろ。捜査が頓挫《とんざ》しちまう。

それは十五年前、面目を潰《つぶ》された男が、現れた岩城に最初にかけた言葉だった。

手柄を横取りされたという怨念《おんねん》をくすぶらせて来たのだろう。

だが、機転を利かせるのも刑事の才能のうちなのだ。ただじっと、子ネズミが通りかかるのを待つネコのような邀撃捜査は誰にでもできる。

「それはさておき、こちらの件です」

あらためてペーパーを差し出した。

「あなたの出方次第では、できるだけ軽い処分をお願いしようと署長と相談しました」

署長と口にしたので山名の顔が引きつった。

「失望しました。きょうにも本部に出向いて監察に報告しなければなりません」

そのあとは厳しい監察の調べが待っている。最低でも依願退職はまぬがれまい。

半年、いや三カ月後、目の前の男は警察を放《ほう》り出されているだろう。

山名は断崖《だんがい》の上に突き出されたように、怯えきった顔になっていた。助命を乞《こ》うため、いまにも口を開きそうになっている男を残して、退室する。

課に戻ると岩城がノートPC相手に、山浦から表計算ソフトの手ほどきを受けていた。娘が父親を助けているような、ほのぼのとしたムードが漂っている。

目が合うと岩城は席を立ち、シマから離れたカウンターの隅に寄った。

その顔に、どうでしたかと書いてある。

柴崎が山名を警務課前の小部屋に連れ込んだのを見ていたのだ。

小さく、終わりましたと告げる。

「それはよかった」

「岩城さんのおかげです」

月曜日、青山の代わりに菊本の引き当たり捜査に戒護員として参加してもらえないかと依頼した。岩城は事情をひと言も聞かず、あっさりと了承した。そして、昨日、引き当たり捜査に同行してくれたのだ。

便宜供与は一切なかったという報告を受けている。

「いやいや、人間、楽なほうへ流れるからね。おれだって大物をつかんだら、絶対離しません」

「でも、やり方を間違えたら、致命的な事態を招きますよ」

「そうだね。いくら気にくわねえ部下がいたって、うまく付き合わなきゃだめだ。いまの時代に合わねえや」

まるで自分のことのように口にする岩城だった。

「すみません」

とつい口にしていた。

「あ、いやいや、偉そうなことを」

「とんでもない。これからも、お力を借りる機会がきっとありますから」

「わたしにですか……」

意外そうな顔で眺められる。

「もちろんです。事件は複雑化しています。刑事をリタイアしたなんて考えないでくださいよ。菊本の件については、これからもよろしくお願いします」

「わたしでいいんですか?」

「頼りにしてます」

菊本の件については、これから岩城が戒護員として目を光らせることになる。盗犯係の担当係長が代わったとしても、それはしばらく続く。何より、菊本に対する重しになるはずだ。

「及ばずながら……」

岩城は頰のあたりを緩ませ、まんざらでもないといった笑みを浮かべた。ようやく、この署に居場所ができたというような顔だ。ふと着任した当時を思い出した。自分も岩城と同じように煙たがられた存在だったのだ。しかしいまではそれなりにやりがいを見つけている。

刑事復帰の道が開かれたという期待感を抱いたのかもしれない。それはそれで構わない。もとより、優秀な人間なのだ。適所に配置してこそ署の力は上がる。それと同時に、身近に相談できる係員ができたというのも心強い気がした。

秒差の本命

1

五月十三日火曜日。

朝一番に署長室で始まった打ち合わせは長引いた。新年度から始まる仕事が多くあるうえに、本部からの通達が重なったのだ。この席には柴崎以外にもうひとりの課長代理が参加していた。浅井刑事課長の脇《わき》のパイプ椅子《いす》で、ブラウンのウイングチップシューズを履いた足を組んでいる。この春の異動により着任した刑事課の上河内博人《かみこうちひろと》刑事課長代理だ。制服姿の課長が集まる中で、光沢のあるネイビースーツに同系色のグラフチェックシャツ、フレスコタイにつけたオレンジのタイピンも目立っていた。周囲から一人浮いていることにはまるで無頓着《むとんちやく》のようだ。

九時近く、交通課長の高森《たかもり》から駐車場監視員の重点地区を変更する説明が終わった。一同が腰を浮かせたとき、上河内が浅井に断りを入れ、「ひとつ気になったことがありまして、ご報告させてもらいます」と丸めていた紙をテーブルに広げた。

また文句をつけるのだろうか。打ち合わせに参加するのは二度目で、一度目は署内の文書管理や捜査車両の点検などについて、細々《こまごま》と口をはさんできた。それでも当を得た発言だったため、無視はできなかった。

煩《わずら》わしげな顔で立ったまま署長の坂元が紙をすくい上げる。

横から覗《のぞ》くと、何のことはない信号機修理完了報告書の写しだった。東京武道館西口交差点にある矢印式信号の付属した信号機だ。五月九日に作業は完了しており、昨日、自分も判を押している。

意図がわからないらしく、坂元が不思議そうな顔で上河内を見やる。

「何か問題でも？」

「まずはお目通し下さい」

そう言いながら上河内が席を離れ、坂元の横に張りつく。すらっとした百八十センチの体躯《たいく》だ。長めに伸ばした髪をきっちりとかしている。今年四十歳になる横顔は真剣そのものだった。黒目がちの目と大きな鼻のラインが雄々しい。上河内が新たに一枚の紙を取り出すと、坂元もつられるように真面目《まじめ》な表情になる。

柴崎も覗き込んだ。

物損事故報告書だ。五月八日午前二時十分、信号の修理をする前日、東京武道館西口交差点で車両同士が出会い頭に衝突している。警官が立ち会ったものの、怪我人《けがにん》はおらず、互いの車のフロント部分が傷ついただけの軽微の事故だったので、実況見分は行われていない。

「……この事故で信号の故障がわかったんでしたよね」

坂元が洩《も》らし、テーブルを挟んで向かい側に立つ高森に写真を見せる。

頭越しに署長に通され、面目を潰《つぶ》されたといった顔で高森が写真を一瞥《いちべつ》、敵意のこもった視線を対面する男に送った。

上河内はすぐさま反応し、大股《おおまた》でテーブルを回り込み、がっしりした体格の高森の横に並ぶ。

「高森課長、この事故処理については問題ないんですよ。後日、両者に信号の故障を知らせ、しかるべく補償する旨《むね》も伝えられたと聞いています」

遠慮しいしい声をかけられるので、高森も態度を和らげて、「そうだ」と返すだけだ。

東京武道館西口交差点は江北橋通りと都道が交わっている。十メートルほど西側で別の道路が合流する変則型の五叉路《ごさろ》で、そこにも信号機がある。事故が起きたのは、そちらの交差点だ。

　自分たちの職務とは無関係なのがわかったらしく、交通課長を除いた地域、生活、警備課長の三人が退出していった。ドアは開かれたままになった。

　坂元が報告書を手にしてソファに座り直し、

「事故を起こした両名は信号機の故障を訴えていなかったのですか？」

　と残っている高森に尋ねる。

　上河内は刑事課の課長代理として、強行犯と知能犯を担当している。階級は柴崎と同じ警部だ。高森は事件性をあまり感じていないようだが、エリートぞろいの本部捜査二課から転任してきた上河内の口から出た発言だけに、むげに話を終えられない様子だ。

「はあ、事故の程度が軽く、出会い頭ということだけでしたので」

「それ以前から故障の報告はあったんですか？」

　外に声が洩れるのを気にしていない。

「いえ、ありません。ただ……事故の起きる三十分ほど前に、西側から同交差点に進入した車が、南方向から来た暴走車両と衝突しそうになったという110番通報がありました」

南からなら、その暴走車両は綾瀬駅方面から走ってきたことになる。

「臨場したんですか？」

高森は仏頂面《ぶっちょうづら》でもみ上げを掻《か》いた。

「いえ、しておりません」

腹を立てた運転手が通報してきたのだろう。しかし、その程度のことでいちいち臨場していたらキリがない。

坂元は席を立ち、ドアを閉めると、もう一度、高森と向き合った。

「そのときから信号故障が起きていた可能性もあるわけですね？」

「……かと思われます」

「いつの時点で交通課は故障に気づきましたか？」

追及の手をゆるめる様子はない。

「翌朝です。事故処理を担当したうちの者が、両者の言い分から信号機の故障も考えられると思い直して、八日の朝、念のために信号機の計測をしたところ、ずれを見つけました」

追い立てられるように答える。

「それですぐ修理を手配したんですね」

南北方向の信号が青を示さなければならない。しかし、その三秒の待機時間が失われ、青の矢印信号が消えた直後、南北方向の青信号が点灯したため、二台の車がほぼ同時に交差点へ進入して衝突してしまったのだ。

故障が判明したあとは交通課の巡査が交差点の交通整理に当たった。基板の不具合が原因とわかり、翌日にはそれを交換して修理が完了している。当事者のふたりには故障について知らせ、補償も行う手はずになっている。問題は残っていないはずだ。

坂元が眉根《まゆね》を寄せ上河内に視線を送る。

「上河内代理は何が不満なの？」

待ってましたとばかり上河内は二度まばたきして、口を開いた。

「実はですね……この物損事故が発生する三十分ほど前、高森課長さんが仰《おつしや》った暴走車が事故を起こしかけたと同じ時間帯に、交差点から南へ百五十メートルほどにある綾瀬駅前のパチンコ店でオートバイ盗がありまして、臨場した警官が見分中、女性の悲鳴を聞いたとの報告が上がっているんですわ」

ひと息に言うと坂元のまなじりが吊《つ》り上がった。

「はい。パチンコ店裏手の路地です。悲鳴の上がったあたりに警官が駆けつけたんですけど、何もなくて」

「その悲鳴と暴走車に関係があると考えたのか？」

助川に尋ねられ、上河内は首を縦にふった。

「そうなんです。暴走車両が、オートバイ盗のあった付近にいた可能性を思いついたものですから」

「その暴走車両がオートバイ盗と関係しているわけですか？」

坂元が納得いかない顔で訊《き》いた。

「いえ、パチンコ店の防犯カメラを見ますと、オートバイはその二時間前に盗まれていましたので、関係はありません。ただ、暴走車両と女性の悲鳴の相関関係が気になりまして」

すらすらと口にしたので坂元が残っていた浅井を見た。

「オートバイ盗は未解決ですよね？」

「はい。現在捜査中です」と上河内。

「それで、どうしようと？」

坂元が浅井と上河内の顔を交互に見やる。

「暴走車両と女性の悲鳴について、少しうちのほうで調べたいと思っているんですよ」

待っていたかのように浅井が反応した。

「調べるって何を？」

「弱ったなぁ」上河内が頭をかきながら受ける。「実を言いますとね、信号機修理完了報告書が回ってきたとき、オートバイ盗の報告書を思い出したんです。当夜、臨場した警官に訊いたり、110番通報を改めて聞いてみたりしたところ、車両が暴走していたことがわかりまして、浅井課長さんに相談してみたんです。それで、防犯もかねて、少し調べてみるかという話になりまして」

すっかり根回しがなされているようで、浅井が黙ってうなずく。

「調べても何も出てきやせんぞ」

助川が吐き捨てるように言い、署長室を出ていこうとする。その背中に上河内が声をかける。

「いやいや、副署長、他意はないんですよ。一度気にかかってしまうと、どうしても調べたくなってしまう質《たち》なもんですから」

助川は優秀なセールスマンのような口調を嫌うように、うるさそうに手を払い、出ていってしまった。

微笑を浮かべつつ、髪の毛をかき上げると、上河内はまた高森の脇《わき》に並び、「どうでしょう?」と語りかける。

根負けしたように坂元が、

「了解。気のすむまでやってみてください」

と口にしてソファから署長席に戻る。

「うちのほうからも人を出すか?」

署長の手前もあり、わがままな子どもの面倒を見るように高森が声をかける。

上河内は長身を軽く折り曲げ、右手を振りながら、

「いえいえ、ご迷惑はおかけしませんので。わたしと……」さっとこちらを振り返る。

「柴崎代理とで現場に入ります」

いきなり言われて、驚いた。

どうして自分が?

「まあ代理同士で適当にやってよ」

あっけらかんと高森に言われると、返す言葉がなくなった。

「柴崎、頼むぞ。苦情が出るといかんから手早くな」

浅井からも声をかけられ、ますます返事に窮した。

ふたりとも署長室からさっさと退出する。

上河内がさっと来て、調子よさげに肩に手をかける。

「ひとつ、よろしく」

なれなれしく声をかけられ、ぐっと背中を押されつつ署長室から出た。

鼻先を男性用香水の匂《にお》いがかすめる。嫌みのないシトラス系だ。

文句が出そうになったところに、

「なにぶん新顔じゃない。地元に詳しい助《すけ》っ人《と》が要るんだよ」

憎めない微笑《ほほえ》みをたたえた顔で声をかけられた。

「地元といってもまだそんなに……」

「まあまあ、そう言わずに、ここはつきあってよ」

通りかかった助川の席の前でこれみよがしに言う。

「きょうですか?」

「うん。早く見ときたいんだ」

「午後なら時間を作れると思いますが」

「いいよ、何時？」

「三時半なら」

「よし、迎えに行くぜよ」

にっこりと笑顔を浮かべると、左右両方の人差し指をこちらに向けながら後ずさりし、カウンターの外へ出ていった。ふざけた男だ。

まんまと術中にはまったような気分だった。

2

署を出たときには午後三時を回っていた。上河内が納入したてのクラウン・アスリートを用意していた。落ち着いたシルバーの色合いだが、けっきょく柴崎が運転する羽目になった。

よく晴れ上がり、まだ日は高かった。ろくに会話もしないうちに、ボン・ジョヴィのCDをかけて、口ずさみはじめる。しばらくして、上河内のスマホに着信があった。

「よう、久しぶり、元気？　……ああ……そう……」笑いをはさみながら続ける。

「表参道の……あそこだろ……行ける行ける、八時ね、オッケー」

さっさと通話をすませて、スーツのポケットにしまう。腕にはめたフランク・ミュラーがきらりと光った。週明け早々、飲み会の誘いのようだ。相手は民間人らしい。

川の手通りを南に走り、綾瀬駅東口交差点を右にとった。駅が近づいてくる。乗降客はまだ少ないようだ。

「オートバイ盗より、暴走車が気になるわけですね？」

助手席で長い脚を揺らす上河内に訊いた。

「もちろん」

悪びれた様子はない。

女性の悲鳴が上がっていたとしても、幹部二名がそれだけで現場に出向くことなど、ふつうならあり得ない、と訴えた。

「まあ、そう言わんでよ。二、三チェックしたら、すぐ帰るけん」

やや、不機嫌そうな博多弁を洩らした。

上河内は福岡県出身で、東京の私大法学部卒だ。本部の捜査二課で警部になり、この春、綾瀬署に異動してきた。捜査一課のほか、機動隊の経験もあるばりばりの幹部刑事である。

「確認したらすぐ戻りますからね」

念を押す。ゴールデンウィークが終わり、新年度の書類仕事を山ほど抱えているのだ。

「つれないことを言いなさんなよ。お互いこの先、長いとぜ」

百年の知己のような口調だ。ろくに知らないうちから、軽々しく無駄口を叩《たた》く人物は警戒しなければならない。鷹揚《おうよう》そうに見せていても、腹の中で何を考えているかは分らないからだ。

「おつき合いは、長くはならないと思いますよ」

「またまた」

上河内は昇任配置で今回たまたま綾瀬署に着任したにすぎない。来春には、本部のそれらしいポジションに移るだろう。いわば腰掛けだ。

口八丁手八丁を絵に描いたような男だ。三月の異動内示日には、二課の部下三人を引き連れてやって来た。彼らを露払いのように従わせ、会計課から地域課、交通課と順に挨拶《あいさつ》して回り、署長の前で大見得を切った。着任初日も、退庁時に同期の友人たちが駆けつけて着任祝いにくり出すというパフォーマンスを演じた。

綾瀬駅の北側一帯は区画整理が行われており、東京武道館をはじめとして、区立の小中学校がある。悲鳴の上がったという路地は綾瀬駅西口にあり、神社や寺が広い土地を占めているため区画整理が遅れているエリアになっていた。

西口のタクシー乗り場で車を停めた。左手は綾瀬駅だ。道路をはさんで右手にパチンコ店があり、その前に自転車やオートバイがずらりと並んでいた。ここに停められていたオートバイが盗難事件に遭ったのだ。それだけを確認して発車する。

道の左右に中華食堂やゲームセンター、回転寿司《かいてんずし》屋などが軒を連ねている。居酒屋も多い。電器店前にある最初の角を右に曲がった。左手に有料駐輪場があり、その並びにあるコインパーキングに停車する。

「じゃ、見てみよう」

威勢のいいかけ声とともに上河内が車を降り、ドアを閉めた。

すぐに終わると思い、運転席に留まる。

「柴崎サンっ」

大声で名前を呼ばれ、あわてて車を飛び出した。

一帯は住宅街だ。道は狭く交通量は少ない。上河内はズボンのポケットに両手を突っ込み、寺の山門に向かって歩いてゆく。すぐに追いついた。アパートをひとつ通りすぎたところで、右手に入る。

左右に三階建てのアパートが建ち並ぶ路地だ。アパートの形はどれも同じで、二十メートルほど歩くと左右はまた駐輪場になっていた。

「ここだな」

上河内が前方に視線を送った。アパートの途切れた右手にパチンコ店の裏口が見える。左手は墓地を遮蔽《しゃへい》する形でコンクリート壁が続き、壁が途切れたあたりで、路地は左にゆるくクランクする。そのあたりから路地はさらに狭まっていた。クランクのあたり、一メートルほど突き出る形で金券ショップがある。

あらためて周囲を観察する。道のくびれた先の左手は六階建ての雑居ビル。向かいはそば屋だ。突き当たりには綾瀬駅西口に通じる道路がある。オートバイ盗の見分中、悲鳴を聞きつけた警官が入ってきたルートだ。悲鳴の上がった地点は特定されていない。路地を出て、百五十メートルほど北に行けば、衝突事故のあった江北橋通りの交差点になる。

「……これはあるなあ」と、上河内が後方でひとりごちている。

歩み寄り、上河内が見ている金券ショップ前の地面に目を落とした。

インターロッキング舗装された道路に、焼き付けたような黒い四本の溝のブレーキ痕《こん》が見て取れた。どれも八十センチほどの長さだ。それぞれ二本が対《つい》になるように平行している。一対は道の右側に寄っていて、金券ショップの突き出た壁面に向かっていた。もう一対はやや左側にあり、右のブレーキ痕と交錯する形で左斜め方向についていた。同一車によるブレーキ痕で間違いない。

うしろから軽トラックが走ってきたので道ばたに避けて、やりすごす。

上河内が金券ショップに向かって両手を前に伸ばしながら、

「わざと突っ込みやがったな」

ともらした。

意味が取れず、訊き返した。

「このあたりに向かっていって、急制動をかけ、ぎりぎりで止まった。そのあとバックして態勢を立て直してから、今度はやや左手に進路を変えてもう一度突っ込んだ」

上河内が左手のブレーキ痕を指さす。

言われてみれば、二対のブレーキ痕は、金券ショップの手前で急ブレーキをかけたようなかたちをしている。しかし、何故《なぜ》バックして、もう一度突進したと断言できるのか。

「二度、突っ込んだと思っているんですか？」

上河内がうなずきながら、左手のコンクリート壁に歩み寄った。クランクする道に沿うように、壁も急角度で左手に切り込んでいる。その角になるあたりに目を凝らしている。コンクリート壁の下から五十センチほどのところに引っ掻いたような傷ができていた。

「二度目で、ここを擦《こす》ったんだ」

「車の左側面が壁と相撲を取った？」

上河内はキザっぽく、立てた人差し指を振る。

「喩《たと》えがイマイチなんじゃない？　突っかかっていった相手に逃げられたので、もう一度体勢を立て直して、取っ組み合いに行った、ぐらいは言ってもいいんじゃないかな」

「ここに対象者がいて、それを狙《ねら》ったと言いたいんですか？」

ちょうど道がクランクするあたりに人が立っていた？

「深夜だし、対象者以外に通行人はいなかっただろう」

上河内がまた壁を指さす。

「つまり、ここを歩いていた人に向かって車で突っ込んだが失敗したので、もう一度轢《ひ》きにいったと言いたいわけですね」

「ああ。それで悲鳴が上がったわけだ」

突拍子もない想像だ。

かりにそうであったならば、単なる事故ではなく、殺人未遂になるではないか。

「面白え」にやりと笑みを向ける。「じゃ、採証しておこう。キット持ってきて」

いまさら何をしようというのか。

「ぼんやりしてないで、塗膜片《とまくへん》、探してよ」

交通鑑識さながらの採証活動？　捜査員としてのカンだけを根拠に、壁を擦った車の持ち主を捜し出す？　この男は本気であて逃げと捉《とら》えているのか？

しかし、中腰になり、ひとつも見逃すまいという顔付きで路面を睨《にら》みつけているので反論もできず、トランクから鑑識キットが収められたジュラルミンケースを出して運んだ。

路地に防犯カメラの類《たぐ》いはない。

上河内の横でしゃがみ、舗装路をじっと見つめる。警察学校で受けた交通鑑識の授業以来の経験だ。

ちぎれた枯れ葉が雨水の取水口に張りついている。

「もっと低い姿勢で」

上河内に言われて、這《は》いつくばった。上河内も同じように顔をぎりぎりに近づけている。砂粒ひとつ見えない。刷毛《はけ》でぬぐったように、きれいなものだった。

後方から軽自動車がやって来たので、立ち上がって路肩に寄ってやり過ごす。

車が走り去るとまた同じ場所で作業を再開した。

上河内が履いているウイングチップシューズが気になり、

「それってブランドものですよね？」

とつい口にしていた。

上河内は有名なイタリアのブランド名を口にした。

「高いでしょう？」

「たいしたことないよ、ヨンゴー」

立派な値段だ。官給品の靴になど目もくれないのだろう。

「しっかし、見あたらんね」

苦々しげにつぶやいている。

そうだ。ないのだ。それらしい証拠品が。

五分ほど続けたが、見つけたのは一センチほどの糸切れとペットボトルのキャップ、
そしてごく小さな土片だけだった。汗をびっしょりかいていた。

上河内も同様のようだった。

「ひとまず、よしとするか」上河内がネイビースーツのスラックスをぱんぱんと手で

払いながら、立ち上がる。額のあたりが光っていた。

「顕微鏡でも持ってこなきゃ、無理そうですよ」

柴崎もその場で腰を伸ばしながら言った。

もう勘弁してほしかった。

手にしたビニール袋を上河内が取り上げたものの、中身を見て失望の色に変わった。

「これじゃ使い物になんないな」

むっとしたが、上河内の採取したものの中にも、めぼしいものはない。

「大雨のせいでしょうね」

悲鳴が聞かれた日から既に一週間が経《た》っている。先週の金曜日から週末にかけて降った大雨が、路上にあったほとんどすべてのものを押し流してしまったのだろう。

「やっぱり、鑑識に任せたほうがいいわ」

その場でスマホを取り出し、交通課長の高森を呼び出した。

「ああ、高森課長さん、いま例のところに来ているんですよ……ええ、それでね、気になるところがあって……ええ……」

交通鑑識の臨場を依頼しているが、すぐに応じてもらえないと悟ると、泣き落としにかかった。なかなか巧みな話術ではある。通話を切るとけろっとした顔で柴崎を振り返った。

「さあ、聞き込みに行こうぜ」

「これから？」

もう午後四時近い。

なれなれしく肩を組んでくる。

「一、二時間やればすむしさ。金券ショップとあれをお願い！　おれは向こうを回ってくるから。よろしく、柴やん」

スーツの襟元を両手でつまんで整えると、声をかける間もなく、さっさと駅方向に通じる道のほうへ歩きだした。

いつからおれは柴やんになったのだ。これまでの人生でそう呼ぶ者など誰もいなかったというのに——。

狐《きつね》につままれたような案配で、上河内の指した建物を見上げる。

クランクした先、左手にある六階建ての雑居ビルだ。かなり古そうだった。

3

現場《げんじょう》に戻ったのは、午後五時前だった。鑑識活動が終わったばかりらしく、交通捜査係の係員たちがワゴン車に機材を積んでいるところだった。

現場を統括する秋山《あきやま》係長に携えていたビニール袋を渡して待っていると、向こうから上河内が戻って来た。

「ご苦労様です」

調子よく声をかけられた秋山は、聞こえないふりをして小太りな体を部下に向けた。

「とりあえず微物の収集とそっちの写真撮影もしておいたから」

ブレーキ痕のあるあたりを指しながら、ぶすっと言う。四十五歳になる交通畑一筋の警部補だ。

「塗膜片、見つけて下さいましたよね?」

期待をこめた顔で上河内が尋ねた。

「いや」

あっさり、秋山は答えた。

上河内は納得いかない様子だ。

「……見つかると思ったんだけどなあ」

秋山の表情が一変した。ふっくらした頬に赤みが増す。

「この道、何年やってると思ってるんだ」

上河内がたじろいだように顔をそむけた。

「三人がかりで、三十分このあたりを舐《な》め回したが、塗膜片なんてひとつもなかったよ」

吐き捨てるように秋山が言う。

「失礼しました。育ちが悪いもんで言葉が足りなくて。それだけやってもらえればありがたいです」

愛想笑いを浮かべて答える。

「あとは、そっちでやってよ」

上河内はやや弱ったような表情で手を擦りながら、

「失礼ついでに、ちょっくら人を貸してくれませんかね」

「どうして？」

事件とも何ともつかないものに、なぜそこまでする必要があるのかと言いたいのだ。

上河内の推理など、一顧だにしていないように見受けられる。かりに、あて逃げ事件となれば、塗膜片の収集はむろん、聞き込みやら何やらで十人近い捜査員が必要になる。不審なブレーキ痕について説明しようと思ったが、上河内なりの判断があるようなのでやめておいた。

「それでね、秋山係長」へりくだった口調で上河内が言う。「近場の防犯カメラの映像収集とか、お願いできませんかね」

また秋山が頰をふくらませた。渋い顔になる。

「うーん」

「頼んます」

「考えておくわ」

愛想ひとつ見せずに、係員に声をかけて早々に撤収させる。

交通鑑識のワゴン車がいなくなると、上河内に聞き込みの成果を尋ねられた。

「雑居ビルだけじゃなくて、マンションもやりましたよ」

綾瀬駅西口に通じる道路が交わるあたりを指した。鉛筆のような細長いマンションが二棟建っている。片方は死角に入るが、念のために聞き込みをしたのだ。

「その顔じゃ、何も出なかったたな」

あっさり見破られたので、突き当たりの左にある六階建てを振り返った。

「留守が多かったんで、七戸からしか聞けませんでしたよ」

「上等上等。で？」

「そっちはどうだったんです？」

「柴やんの方から先に聞かせて」

有無を言わせない表情で詰め寄られる。

「五月八日の午前一時四十分頃、ガリッとした金属的な擦過音を聞いたという証言を、二戸から得ました」

「壁を擦った音？」

「そう思います。ひとりは女の悲鳴らしいものも聞いています」

「ここから？」

「たぶん」

目がきらっと光り、胸の前で手を合わせて祈るような構えを見せる。

「……どうして午前一時四十分頃とわかったの？」

スマホを差し出し、当日のテレビ番組表の一覧を見せる。

物音を耳にした時間を特定するため、その時間帯にどのテレビ番組を見ていたかについて問いかけたのだ。すると、たまたま興味のあるテレビショッピングを放映していたので見ていたという人物がいた。上河内の推理にかなり近づいた証言を得た格好だ。やるじゃないかぐらいの言葉を期待したが、当然といった顔で先を促される。

「擦過音と悲鳴を聞いたのは三階のいちばん手前の主婦。五階にひとりで住んでいる七十五歳のおじいさんがほぼ同じ時間帯に擦過音だけ聞いてます」

「ベランダから下を見なかったかな？」

「主婦がそうした、と。駅とは反対方向に黒っぽい車が猛スピードで走っていったと言っています。その後、男女ふたりが同じ方向に小走りに駆けていったと」

上河内が真剣な面持ちでじっと柴崎の顔を見ている。

「車は猛スピードでこの先の武道館西口交差点に走っていったんだな」

「と思われます」

そして、交差点であやうく衝突しそうになり、片方の運転手が警察に１１０番通報してきたのだ。

「ふたり組はどのあたりにいたの？」

信号のある方向を指す。

「この歩道ですよ」

左右にゆったりした歩道が取られている。

百五十メートルほど先は衝突事故が起きた交差点がある。

「車種は？」

「一瞬のことでよく分からなかったようです。信号は見えないですね」

道がゆるく右にカーブしているのだ。

「女の悲鳴は若かった？　年がいってた？」

「若いような、そうでもないような感じだと言ってまして」

「そうか……」

顎《あご》に手をやり、目を宙に泳がせて考え事をはじめた。

「秋山さんに報告しましょうか？」

「まだいいんじゃない」

やはり何か腹にあるようだ。

「そっちはどうだったんですか？」

あらためて尋ねると、上河内は思い出したように口を開いた。

「ああ。そこのコンビニで面白いものを見つけたぜ」

さっさと歩道を歩き出す。衝突事故のあった交差点方向だ。

交差点の左手前にコンビニがある。店に入った上河内に続く。

「店長いるー？」

とさも親しげな口調で声をかけた。

バックルームのカーテンが開いて、五十がらみの背の低い男がレジに出てきた。

「さっきのやつ、見せてよ」

男は、「ああ、どうぞ」と答えて、先にバックルームに入っていった。

上河内のあとについて中に入る。店内に客はいない。

「例のところですよね」と言いながら、店長は防犯カメラの録画装置を操作して、映像を巻き戻しする。

店の奥から店内を、入り口から外側を映している映像だ。

その場面で通常再生してもらった。

5：8　01：44

五月八日の午前一時四十四分だ。交差点で衝突しそうになったという110番通報が入った時間帯と近接している。

左手に並んだガラス扉の冷蔵ケースから缶ビールを取り出す男と雑誌コーナーで立ち読みをしている中年男がいる。別段怪しい動きはない。時間が過ぎていく。

缶ビールを持った青年がレジに向かったところで、上河内が、「ここ、ここ」と入り口を指さした。三十秒ほど巻き戻して再生させる。

ドアの前に人影があった。髪が長い。女だ。生白い顔が一瞬、垣間見《かいまみ》える。

店内に入らず、左手に歩き出す。雑誌コーナーのガラス一枚へだてた向こう側を通りかかったとき、女に寄り添うような男性らしい人影に気づいた。男はうつむき加減だ。メガネをかけており、女にもたれかかっているように見える。そのまま歩き、ふたりは駐車スペースの端にあるスタンド型の公衆電話の前で止まった。女は傍らにいる男の体に自分の体を密着させて支えているようだ。

女が公衆電話の扉を開けて、電話をかけ始めた。黄色いライトに当たって顔立ちがぼんやり見える。

一分弱ほどで通話を終えて、ふたりは公衆電話から離れた。それきり姿を消した。左方向に去っていったようだ。

店長に礼を述べ、店から出る。

「わたしが聞いた例のふたり組ですか？」

衝突事故の起きた交差点を眺めながら柴崎は訊いた。

「そう思わん？」

せかせかした口調で答える。

「いまのふたりがひき逃げと関係していると思ってるんですね？」

しきりと上河内はうなずいている。「もちろん」

さあ次はという表情で柴崎の言葉を待っている。

確かに、もはや単純な事故だとは考えにくくなってきた。

「とあるドライバーがさっきの路地を歩いていたふたりを狙い、故意に車を突っ込ませた……」

指を二本立て、それをさっと横に走らせた。

「二度もな。だが失敗して、あわてて走り去っていった」

命からがら男女は逃げ出したということか。

目の前に視線を移した。コンビニから道路をはさんで右手に七階建てのマンションが建っている。交差点の際《きわ》は有料駐車場になっていた。東西に走る江北橋通りは幅が広く、優先道路になる。そこに向かって、南方向から猛スピードで走り込んできた車は、直前で信号が青になったため、スピードをゆるめず交差点に進入したのだろう。

「その推理が正しければ殺人未遂ですね」

上河内はちらっとコンビニを振り返りながら尋ねてくる。

「女があそこから電話をかけた理由はわかる？」

興味津々《しんしん》の顔だ。

「あわてていたんでしょう」

「なぜ、携帯を使わなかった？」

わからない。警察に110番通報していないのはたしかだ。

ふたりとも携帯電話は持っていただろうから、公衆電話まで来なくても、110番通報はできる。

答えないでいると、また上河内が疑問を口にする。

「男女は自分たちを襲った車が走り去ったのと同じ方向に現れた。どうしてかな？」

車は駅とは逆方向に走ったのだ。

「……駅近くは人目につくからかな」

納得した顔で上河内がうなずく。

わざわざ公衆電話を使ったことから見ても、そうなのだろう。

しかし、被害者が人目を避ける必要はあるのか？

上河内は小休止の姿勢になり、腰に手をあてた。いたずらっぽく目を光らせる。

「あれだけ激しい事故だぜ。かすり傷のひとつぐらい負っていてもおかしくはないよな」

電話をかけたのは女だ。男のほうが負傷していた？

「かすり傷じゃすまないかもしれないですね。……電話をかけた先は病院？」

「そうかなあ」

「いや、夜間に診てくれるかどうか、確認を求めて」

上河内はおや、という顔で柴崎を見た。

「そんな電話をしているように見えた？」

長々と問い合わせをしていたようには見えなかったのだ。

「よし、行こうか」

授業を終えた高校教師みたいに表情を切り替え、上河内は車の停めてある方向に歩き出した。

「このまま帰るんですか？」

まだ聞き込みを続ける必要があるのではないか。

「お、柴やん、熱心だね」上河内がニヤリと笑みを浮かべて言う。「俺もまだ調べたいんだけど、前から、大学時代のダチと飲む約束が入っててさ」

ここに来る途中でかかってきた電話を指しているのだろう。会話からは、以前から約束してあったとは思えない。

もし、これがあて逃げ事件ならば、一刻も早い聞き込みが必要だ。ぐずぐずしているうちに人の記憶は薄れてゆく。はっと気付いた。嫌々連れてこられたはずなのに、いつの間にか入れ込んでいる。犯罪がらみの線が浮上してきたとはいえ、現時点では憶測の域を出ない。被疑者は不明だが、犯罪として統計にカウントされることもない。例の男女にしても被害届すら出していないのだ。このまま捜査を終えても、誰からも文句は出まい。

「続きはまた明日ね」

とんでもない。あとは上河内の役目だ。

「明日はだめですよ。警察協議会の資料作りがありますから」

「切れ者の柴やんなら楽勝でしょ」調子よく言いながら助手席に乗り込む。「乗りかかった船だしさ。最後まで面倒見てよ」

鼻歌を口ずさみはじめる上河内に腹が立った。

上河内が指揮する刑事課の強行犯係はいま、ゴールデンウィーク中に起きた地元の暴走族らによる集団暴行事件の捜査で忙しい。しかし、そんなことはおくびにも出さず、活《い》き活《い》きした表情から、友人との会合に早くも胸を躍らせているように見えた。

仕方なく綾瀬駅まで送ってから、ひとりで署に戻った。

4

テーブルに小皿を並べ終えた妻の雪乃《ゆきの》が目の前に座った。

「珍しいわね。遅くなるって電話もくれなかったし」

いつもより眠たげな顔で声をかけられる。ピンクのニットシャツの上に花ボタンをあしらったエプロンを付けていた。

「ごめん。また捜査に駆り出されてさ」

柴崎は答えた。

帰宅が遅くなり、午後九時を回っていた。

牛肉のしぐれ煮を肴《さかな》に、ビールを流し込む。

かいつまんで、信号機故障やあて逃げ事件、そして、話していなかった上河内の人となりについて伝える。

「気になるふたり組ね。地元の人じゃなさそう」

雪乃が言った。

「かもしれんな」

「会社から帰宅途中としても、遅すぎるし。どこから来たのかしら」

「さっぱりわからんよ」

一帯は住宅街で、オフィスや工場のようなものは存在しない。

「ひき殺されそうになっても、警察に訴えなかったのは、クスリでもやってたからじゃないの？」

雪乃は声を低めた。

「なるほど、その可能性はあるな。とすると、誰に襲われたんだと思う？」

「売人？　わからないわよ」テレビのニュース番組を見ながら、雪乃はハーブティーをすする。「それにしても、上河内さんて変わった刑事さんね」

「あんな人、初めてだよ」

「福岡のどこ？」

気になるらしく、ティーカップを置いて柴崎を見た。

「天神《てんじん》だって」

父は天神の新天町《しんてんちょう》アーケード商店街にある複合ビルのオーナーだと歓迎会で聞いた。

「いいところのボンボンなのね」

納得したようにテレビの方を向いた。

「ああ、次男坊」

高校は福岡県一の進学校だが、勉学をさぼり東京の二流私大の法学部を出ている。

九州出身の警官は警視庁にも多く、珍しくはない。

「苦労させられそうね。そうそう、岩城さんていう人はどうなの？　もう落ち着いた？」

「あっちは大丈夫」

職場にはすっかり馴染《なじ》んだ。当面は引き当たりの戒護員をさせながら、事務仕事に慣れてもらう腹づもりでいる。遠からず、留置場に関わる仕事に就いてもらうことになるだろう。

「ところで、ちゃんと眠れてるか？」

このところ、雪乃は眠りが浅いらしく、夕方以降はカフェインの入ったお茶などは避けているのだ。

「まあね」

「健康診断の申請を出そうか？」

柴崎が申請を出せば、共済組合が一定金額を補助する受診券がもらえる。

顔色はさほど悪くないので、季節的な問題なのかもしれない。それでも、心配ではある。

「いずれね」

二階から下りてきた長男の克己《かつみ》が冷蔵庫を物色して、ペットボトルのコーラを並々とコップに注ぐ。身長が百六十センチまで伸び、綿のパジャマがきつそうだ。

「寝る前に飲むと太るぞ」

柴崎が声をかける。

「平気平気」

言いながら口をつけ、テーブル上の封のあいたポテトチップの袋から、四、五枚取り出すと、旨《うま》そうにほおばる。

「部活には慣れたか？」

「うん、まあ」

親しい友人に誘われて、三月の春休みから硬式テニス部に入ったのだ。

入学以来一年間のブランクがあるが、もともと運動が好きな質《たち》だったから、さほど苦にはなっていないかもしれない。

「明日はちゃんと起きてよね」

雪乃が言った。

「明日は朝練ないから」

ぶすっと口にし、コップとポテトチップの袋を手に、二階に駆け上がっていく。

「練習、厳しいんだろ。いつまで続くかな?」

雪乃に訊《き》いた。

「どうかしら」

いっとき、口もきかない時期があったが、最近はそこそこにコミュニケーションを取るようになってきた。しかし、また元に戻ったのだろうか。

「ケンカでもしたのか?」

「しないわよ」

心外とばかり片方の顔をゆがめ、音をたててティーカップを置く。

「それなら、いいけど……」

「あなたの言い方が仕事っぽくて」雪乃は何か思いついたようにこちらを見た。「さっきの話。その男女は何をしていたのかな?」

飲みかけのビールを口から離す。

「見当もつかん」

「知られちゃいけないことがあったとか？」

「さあな」

残ったグラス半分ほどのビールをひと息に流し込む。

雪乃は台所に立ち、食器を洗い出しながら、ふたたび上河内の話題を口にした。

「でも上河内さんて、ずいぶん捜査熱心な人ね。その人、捜査二課の前は一課にいたんでしょ？」

「その前は麻布警察署の刑事課」

「ふーん、それで二課に来たわけか」

「ああ、デスク主任だった」

現場から情報を吸い上げ、捜査の筋道をつける参謀役だ。それを一年務め、警部試験に合格した。そして、昇任配置で今回綾瀬署に着任したのだ。

「いまにしくじるタイプだよ」

「どうして？」

「民間人とのつきあいが多いし」

「それでしくじるとは限らないわよ。二課にいたんだったら、外部の人たちとも自然と親しくなるだろうし」

「そんなに長くいたわけじゃないけどね」

捜査二課の在籍期間は四年だから、長期とは言えない。

確かに、詐欺《さぎ》や贈収賄《ぞうしゅうわい》事件を手がける部署にいただけに、民間人とのパイプは多く有しているだろう。有力者とのつきあいもあるはずだ。月島のマンションで妻とふたり暮らしと聞いている。夏休みの長期休暇には、軽井沢の友人の別荘とやらに滞在するらしい。

柴崎は十畳ほどの居間を眺めた。テーブルも冷蔵庫もかなり年季が入ってきた。せめてテーブルクロスでも替えれば気分もよくなるだろうと思ったが口にしなかった。

「年度の切り替えのときは大変よね。そうそう、彩子《あやこ》さんに聞いたんだけど、中田課長が六方面本部の本部長になったんでしょ？　何だか、嫌な予感がするけど」

思いついたように言われた。中西《なかにし》彩子は雪乃の警官時代の同期で、現在も蔵前《くらまえ》署に勤務している。

「別に。関係ないよ」

「だって、六方面は綾瀬署も管轄してるんでしょ？　監査とか、いろいろ意地悪されるんじゃない？」

「大丈夫だって。せいぜい、管内の柔剣道大会で顔を合わせる程度だろ」

「そうかなあ……」雪乃は柴崎を振り返った。「明日もまた上河内さんにつきあって聞き込みをするの？」

「しない、しない」

そんな風に関わり続けていたら、とても自分の仕事がこなせない。

「そうよね、刑事課の部下だっているんだし」

「上河内サンがにこやかに近づいてこないことを願いたいよ」

別れ際に交わした会話を思い出し、酔《う》いが少しばかり失せた。

5

翌日。

昼休みで食堂から戻ってきた警務係長の根木が、ポーカーフェイスのまま目配せしてきた。その方向を見ると、カウンターからこちらを覗《のぞ》き込んでいる上河内と目が合った。

ストライプのジャケットに赤いネクタイをしている。ベージュのチノパンと合わせており、カジュアルな雰囲気を醸《かも》し出していた。

来てくれと右手で合図を送ってくる。

昨日のあて逃げの現場にいた男女が気にかかっていた。ノートＰＣに表示させていた警察協議会用の資料を閉じて電源を落とし、根木にちょっと出てきますと声をかけて裏口に回る。

盗犯第二係の高野朋美巡査がハンドルを握るアスリートがすぐ前に停まっていた。左手の後部座席から上河内が顔を覗かせている。回り込んでその横に乗った。

「でしょう」

得意そうに高野が言いながら発進させた。

革製のハンドルを小気味よく回し、本通りに進入する。

上河内と合わせたみたいに、ベージュのパンツにタートルのニットという軽装だ。

「きょうは来てくれないと思ったけどな」

上河内が高野に声をかける。

柴崎が来る、来ないでやりとりしていたようだ。

「いよいよ、捜査が本格化するわけですね？」

皮肉っぽく言ってみる。

「そんな大それたもんじゃないよ、な、高野ちゃん」

テレビ局員が部下に呼びかけるような口調だ。

高野はまんざらでもないらしく、

「わたしも、この事案にちょっと興味が湧《わ》いてきまして」

だったら、この自分が出る幕ではないじゃないかと口に出かかった。

「梅島の窃盗はいいのか？」

梅島のオフィスビルの事務所に何者かが侵入し、現金や財布を盗んだ事件が発生したばかりだ。

「係長の了解を得ましたから、ご安心ください」

「こっちからお願いしたわけじゃないよ、柴やん。高野ちゃんが行きたいって」

どちらでもいい。どうせ、上河内が裏で圧力をかけたに決まっている。

気を取り直す。

「せめて塗膜片が見つかっていれば」柴崎は言った。「防犯カメラの映像の収集は、はかどっていないみたいですね」

交通捜査係の秋山がしぶしぶ引き受けたようだが、さほど人手を割いてくれていないようだ。

黒い本革シートで統一された車内から、新車の匂《にお》いが漂っている。警察無線が取りつけられているものの、コンソールのスイッチや装備類は少なめだ。助手席のサイドポケットには上河内のものらしいロックバンドのCDが挟み込まれていた。

「また現場に行くんですか？」

しかし、高野は環七通りを西に向かって車を走らせている。綾瀬駅の方角ではない。梅島陸橋の交差点が近づいてくる。

「タクシー会社を回るよ」

ごく当然というふうに上河内が言った。

「……コンビニ前で女が電話したのはタクシー会社だと思ってるんですか？」

「男の様子、変だったべ」

意味ありげに微笑《ほほえ》む。

「怪我《けが》を負ったので、タクシーを呼んだと？」

「そうに決まってるじゃん」

立って歩いてはいたが、たしかに不自然な感じはあった。あて逃げに巻き込まれたとしたら、それなりの深手を負った可能性もある。

家族なり知人などに迎えに来てもらうこともできただろうが、上河内はあえてその選択はしなかったとみているようだ。

女が電話したコンビニから東へ百メートル行けば綾瀬駅がある。駅西口側にタクシー乗り場があるが、ふたりはその逆の方角へ消えていった。

女がスマートホンを持っていたなら、タクシー会社はすぐに検索できたはずだ。そのままスマホから電話しなかったのは、電話番号を示したくないと判断したためだった——とすれば、ふたりはどのような間柄なのか。

高野が交差点を左にとった。

「これから、しらみつぶしですか？」

管内だけでも大小、十を超えるタクシー会社がある。足立区全体なら、その三倍になるだろう。あて逃げの現場は葛飾《かつしか》区境になるから、葛飾区内の会社も考慮に入れなくてはならない。そうなれば、五十近くまで増える。

「しらみつぶし以外に手があるかい？」

「いや、思いつきません」

女がタクシー会社に電話したという確証はないが、手がかりのひとつにはなる。それにしても、手間がかかる。やはり、きょうは同行すべきではなかった。

そんな思いを察したように上河内がこちらを振り返った。

「大丈夫だよ。知能犯の連中にも聞き込みをやらせてるから」

強行犯捜査係は手一杯なので、根回ししたのだろう。しかし、管内では高額な振り込め詐欺の被害が出ており、知能犯捜査係はそちらの捜査で忙しいのではないか。

足立区役所を通りすぎる。しばらくいくと、LPGスタンドが併設された三階建てのタクシー会社の社屋が見えてきた。二階建ての車両駐車場も連なっている。黄色いタクシーが五台ほど並んでいる。

社屋の前で車を停めると、高野は「のちほど」ときりりと言い残し、そのまま走り去っていった。

すぐ近くにある二番手の規模のタクシー会社に単独で聞き込みに行くのだ。

上河内とともに一階の事務所に入った。女子職員に身分を明かし、担当者に取りついでもらう。パーティションで仕切られた向こう側に、配車の部署があるらしく、ひっきりなしに無線連絡を行う女性の声が聞こえてくる。そこから制服を着た五十前後の男が姿を見せた。配車担当責任者の岡部《おかべ》と申しますと名乗り、名刺を差し出した。

上河内が手早く用件を伝え、コンビニの住所を記したメモを渡すと、岡部の顔に困惑の色が広がった。

「五月八日の午前一時四十五分ですか……」

ちょっと待ってくださいと言い残し、パーティションの向こうに消えた。

しばらくして戻ってきた岡部は、頭をかきながら、

「その時間帯にそちらに向かわせたタクシーはありませんでした」

用済みとばかりにメモを寄こす。

礼を言って事務所を出る。

しばらく待っていると、高野が運転するセダンがやって来た。

「やけに早かったじゃない？」

二人で乗り込むなり、上河内が訊いた。

「近くでしたし」高野が好奇心たっぷりの顔で振り返る。「いかがでしたか？」

「空振り、そっちは？」

「同じくです。次に行きましょう」

潑剌《はつらつ》とした顔で前を向き、アクセルを踏み込む。

「いいねえ、その意気、その意気」

いったいこれから何社回る気だろう。

「三人で手分けしましょうか？」

高野に提案された上河内は住宅地図をパラパラめくりながら、

「高野ちゃん、おれが見込んだだけあるな。どうする？」

と柴崎に訊いてくる。

「了解」

乗りかかった船ではあるし、早くすませて帰署したかった。

「お、柴やんも、またやる気出してきたじゃん。あんがい早く片づくかもよ。な？」

「はい」

聞き込みが少しも苦ではないかのように、楽しげに答える高野だった。

6

金曜日。

柴崎が運転するアスリートは、中川にかかる飯塚橋に差しかかっていた。まだ日は高く交通量も多い。機嫌よさげに缶コーヒーを飲みながら、上河内が川面《かわも》に行き交う船に目をやっている。川向こうは葛飾区の水元《みずもと》になる。目指す場所は常磐《じようばん》線金町《かなまち》駅の南にある総合病院だ。あと、十五分ほどで着く。

「これでまたひとつ前進するかもよ」

上河内が言った。

マスタードのセーターに白パンという遊び着のような出《い》で立ちだ。おまけに茶のスリップオン、柴崎は休日でも、とてもこのようなコーディネートはできない。

「前進するといいんですけどね」

「柴やん、助かるわー」

「これ以上は勘弁してくださいよ」

一昨日と昨日、部下の中矢とともに、合わせて五つのタクシー会社の聞き込みを行った。

「いやあ、状況次第。また頼むかもしれんけん」

「……まずは、あちらで話を聞いてからです」

それらしい男女を乗せたタクシーを見つけた、との連絡が上河内から入ったのは、当直時間帯に入る間際だった。千住関屋町《せんじゅせきやちょう》にあり、近辺では最大手の会社だ。知能犯係の若手刑事が見つけてくれたらしかった。

カップルを乗せたタクシーの運転手によれば、男性は五十代、女性は四十代に見え、男性は終始うつむいていて、頭には怪我を負っていた様子だった。タクシーに乗り込むなり、女性のほうがすぐ病院名を口にしたという。

「興味深い展開になってきたじゃない」

上河内はむくむくと笑みをこぼした。自分が推理する方向に材料が集まってきたことを素直に喜んでいる。

「乗せたのは例の男だとして、あて逃げされたときに怪我をしたんでしょうね?」

「当然」

車のほうもかなり損傷を受けたはずだ。因縁があったとしても、そこまでやるだろうか。

「病院を指定しているんですから、すぐ身元は割れますよ」

「それは甘いぜ」

「そうですかね。きょうは飲みに行かないんですか?」

上河内が目を輝かせ運転席側に体を向ける。

「行くよ。柴やんもくる?」

「結構です」

「今度誘うわ。こないだ、青山で気の利《き》いたイタリアンを見つけたんだよ。うちの連中が顔を見せないような店だし、高野ちゃんともう一人くらい女の子誘って行こうぜ。そのあと六本木の隠れ家バーで東京タワーを見ながら、カクテルとでもいこうじゃないか。酔いつぶれたら、うちで泊めてやるから、なあ」

親しげに肩をぽんと叩《たた》かれる。

「……まあ、予定が合えば」

つい乗せられて口にしてしまう。こんな同僚は初めてだ。

橋を渡りきって、三つ目の交差点を南に取った。

常磐線の高架をくぐり、カーナビの指示に従い路地を通り抜ける。国道六号線の手前で、斜めに道を折れた。金町消防署のある区画に、こぢんまりした四角い三階建ての病院があった。表玄関前の駐車場に車を停める。

玄関は閉まっており、建物の東側にある救急外来入り口から中に入った。

薄暗い受付で上河内が用件を改めて告げると、救急外来の看護師長が現れた。四十前後の女性だ。用件を口にすると、「当直でわたしが担当した患者さんだと思いますよ」との返事があり、すぐ横の説明室で待たされた。中央にテーブルが置かれ、隅にデスクトップ型の古いPCの置かれた机と椅子《いす》があるだけの殺風景な部屋だ。

しばらくすると戻ってきて、一枚の紙をテーブルに置いた。電子カルテのハードコピーだ。

「この方だと思います。初診でした」

村山澄夫《むらやますみお》という名前が記されている。北小岩の住所で、年齢は五十二歳。職業欄には記載はない。病歴も空白だ。診断は右頭部裂傷と右腕打撲。頭を十二針縫う処置がなされていた。保険で受診しておらず、CT検査や投薬代を含めて四万八千円ほどを実費で支払っている。

「付き添いの方がいらっしゃったと思うんですよ。どんな方でした？」

上河内が尋ねる。

「奥様が付き添われていました」

コンビニの防犯カメラの映像では妻のようには感じられなかったが。

「頭の傷の程度は？」

「四センチくらい切れていたと思います。幸い傷口は浅くてしっかり押さえつけてられたので、出血はどうにか止まっていましたけど」看護師長はカルテに目をやる。

「それより右手の傷がひどかったですよ。指先が腫《は》れて血が出ていたし、肘《ひじ》あたりにひどい打撲を負われていたように見えました。先生はそちらもレントゲンを撮ったほうがいいとすすめたんですけど、かかりつけがあるから、後で診てもらうと言われて」

「とりあえず、頭だけ処置してもらったわけですね」上河内が看護師長の目を覗き込む。「ふたりが薬物を使っていたような様子はありませんでしたか？」

「いえ、それはなかったです」

まったく動じる気配はなく、きっぱりと言った。

「保険を使わなかった理由は？」

「保険証を忘れてきたということでした」

「怪我はどこで負ったと言っていましたか？」

「ご自宅の風呂場《ふろば》で足を滑らせて、鏡にぶつかったと仰《おつしや》っていました」

「右手もそのときに？」

「倒れたときに浴槽に当たった、と」

「電話番号を記入されていないようですけど、不審に思われた点はないですか？」

柴崎が割り込んだ。

看護師長は胸に左手を当てながら困惑した表情で答えた。

「いえ……奥さんもご一緒でしたし、それ以上はお訊きしませんでした」

「警察へ届けてはいないですね？」

「はい」

「いや、どうもありがとう」

上河内が立って挨拶《あいさつ》し、ハードコピーを手に、部屋を出ていった。

あわてて、そのあとを追う。

「もう少し訊かなくていいんですか？」

「ヤサが割れたんだから、裸同然じゃない」

「えっ？　でも保険証使ってないんですよ」

「記録が残るのを嫌っただけだから」

「だとしても……女はほんとうに妻なんですかね？」

「知らん。面割れしてるんだから、すぐわかるって」

心配することは何もないといった風情《ふぜい》だ。入り口に向かって大股《おおまた》で歩き出す。

7

土曜日、午後三時。

正面玄関から、白いネット包帯を頭にかぶった男が出てきた。左手を軽く上げ、とぼとぼとこちらに向かって歩いてくる。村山澄夫だ。紺のスラックスに白のワイシャツ、黒っぽいネクタイをしている。やや下腹が出ており、黒のセルフレームのメガネをかけている。

上河内が手招きするミニバンの後部座席に乗り込んできた。神経質そうな男で、横にいる上河内をちらっと見るなり、肩をすぼめて建物のほうに顔を向けた。

柴崎も運転席から同じ方を見た。洒落《しゃれ》たマンションと道路を隔てて対面する形で、ゆったりした敷地に立つ黄色い五階建てだ。すべての階に同じ形のベランダが設けられている。常磐線金町駅の北二百メートルのところにある、村山澄夫が勤務する介護付き有料老人ホーム、清空園《せいくうえん》だ。

「突然、お呼び立てして恐縮です」

ドアにもたれかかり、リラックスした体勢で上河内が口を開いた。

昨日とは色違いのライトグリーンのセーターを着ている。

「……いえ」

と顎《あご》を引き、首をすくめるように村山は言った。

「土曜日も仕事ですか？　大変ですね」

「当番制ですから」

「お怪我の具合はいかがですか？」

遠慮なく向けられる上河内の視線が気になるらしく、村山は「はい」と応じただけで、負傷している右腕をかばいつつ落ち着かなげに体を動かす。

上河内が体を起こし、おどおどしている村山に顔を近づける。

「事務長でいらっしゃいますよね。何年ぐらいお勤めになっていますか？」

「こちらを任されてからは四年になります」

この老人ホームは総職員数三百名を超える小松会という社会福祉法人が経営している。葛飾区を中心に、グループホームやケアハウスなど、十カ所あまりの施設を傘下《さんか》に置き、なかでもこの清空園は小松会の本部を兼ねる中心的施設だ。村山は小松会の生え抜きらしかった。

「お忙しいでしょう？」

「ええ、まあ……」

「小松会の事務長も兼任されているんですよね？」

できものにでも触れたみたいに、村山は顔をしかめた。

調べではそうなっている。

触れてほしくない点に踏み込んだのか。

「はい」

うつむきかげんで洩《も》らした。

「施設の管理から始まって、入居者のケア、職員の採用に至るまで、最終的にはすべてあなたの責任になるわけだ」

それが何か、という顔で上河内を一瞥《いちべつ》する。

「いや、これだけの施設だからね。出入りする業者だって半端《はんぱ》な数じゃないと思って」

「まあ……そうですね」

上河内が表情を引き締める。

「われわれがお邪魔した理由、おわかり？」

「はあ……」

肯定とも否定ともとれる。

村山の住まいは京成本線江戸川駅にほど近い、江戸川区北小岩四丁目の戸建て住宅だ。交番の巡回連絡カードによれば、妻と高校生の息子、中学生の娘の四人暮らしとなっている。

上河内は改めてネット包帯をかぶった村山の頭に目をやる。

「車に襲われましたよね？　接触したものの、手でかばって、どうにか助かったんじゃないの？」

村山が唾《つば》を飲み込んだ。何も答えない。

「五月八日の午前一時四十分ですよ。そのあと、お連れの女性がコンビニ前の公衆電話からタクシーを呼んだ。覚えてないのかなあ」

村山は目を大きく見開いた。答えない。

「あなたたち、クスリを使っていたわけじゃないよね？」

村山の顔に怒りが生じた。

「まさか！ そんなことしてるはずないじゃないですか」

「まあまあ、あなたを捕まえようというわけじゃないんです」

やや突き放したように、上河内が言う。

押しどころを心得ているやり方に感心した。

村山の顔に、それまでにない険しい線が浮かんでいる。

「実はね、あなた方に向かってきた暴走車両について調べています」

追い詰められたように、村山が目を白黒させる。

らちがあかないので、柴崎は運転席から声をかけた。

「連れの女性について聞きたいんです」

上河内が手にした写真を見せると、村山は不審気な表情を作った。

「綾瀬四丁目にあるラブホテル、エルセーヌに入室したときのあなた方の写真」上河内が言う。「奥さんじゃないよね？」

ホテルの中で部屋を選んでいる様子を写した写真だ。ワイシャツ姿の村山と女が並んでいる。

「……はい」

張りつめていた空気がしぼむようにそう口にした。

「お名前は？」

「シライ」

「シライ何？」

「ユリコさんです」

「どちらの方？」

村山が不安げに老人ホームの建物を指さす。

「入居されているキタハラトシカズさんの娘さん……」

あらためて建物を見やった。

入居者の娘とつきあっているとは。

上河内は低くはっきりした声で、

「不倫関係にあるんだよね？」

とたたみかける。

「……はい」

しおらしくうなだれた。

それで警察沙汰《ざた》にしたくなかったのだ。

「つきあいはじめて、どれくらい？」

「一年とちょっと」

「何歳の方？」

「四十六……いや七か」

「キタハラさんご自身は、どれくらい入居されています？」

「一年半くらいです」

村山はぽつぽつと白井由里子とのなれそめを話し出した。

白井由里子は専業主婦で、リース会社勤務の夫とふたりの子どもがいる。村山とは同じ地元の中学校出身で顔見知りだった。ある日、実の父親の俊和が軽度の認知症になったと、連絡を受けた。半年後に施設に受け入れ、由里子が訪問するたび、あれこれと相談に乗ってやるうちに親しくなり、男女の仲になったという。大方の事情を訊きだしてから、あらためてあて逃げのあった場所で起きたことについて、上河内が問い質《ただ》した。

「いきなり突っ込んで来て……殺されるかと」

と村山は言いながら、困惑した顔でうつむいた。

「あなたたち、ホテルから綾瀬駅に向かっていたわけね？」

「はい」

「駅近くの細い路地を歩いていたら、突然、車がやって来た？」

「はい。うしろを見たら、ガーッと突っ込んできて。はね飛ばされる寸前に、金券ショップ側にはりついてなんとかやりすごして」

急ブレーキ痕《こん》があったあたりだ。

「前方に逃げたわけか」

「白井さんの手を引っ張って走りました」

「車の色と形は？」

「黒です、スポーツカーみたいな形で。車高が低くて」

「あの道は金券ショップのところで、左側にクランクカーブしてるよね。そのあたりで、その車はもう一回突っ込んできたんじゃないの？」

なぜ知っているのか、という顔をしながら村山はうなずいた。

「ものすごい音がして振り返ったらまた来て……避ける暇もありませんでした」

「接触したものの、必死になって彼女ともども横っ飛びに倒れ込んだわけですね？」

その瞬間を思い出したらしく、首をぶるっと震わせる。

上河内は油断なく、きつく包帯の巻かれた村山の指を見つめている。

「はい」

「車は？」

「すぐバックしてから走り去っていきました」

やはり、クランクがあったおかげで、はねられずにすんだようだ。

「ナンバーは見ませんでした？」

「とてもその余裕は」

「運転席にいた人間を見ましたか」

「はい」

「男？　それとも女？」

「男です」

「心当たりはない？」

「ないです。ありません」

即座に村山は答えた。

「白井さんは何と言っています？」

「同じです」あたり前だという感じで村山が答える。「ぜんぜん知らない顔だと聞きました」

「そうですか」上河内が疑い深げに言った。「われわれは、あなた方ふたりを狙《ねら》った犯行であると考えています。身に覚えはないですかね？」

村山は弱り切った顔を窓側に向けた。

「こちらの方はいかがです？　あなた方の関係に気づいている職員はいませんか？」

改めて上河内が訊いた。

「いません。いるはずがない」

考えをめぐらしながら言った。

「あなたの奥さんや白井さんのご主人はどうでしょう？　おふたりの関係を知られていませんでしたか？」

丁寧な口調で続ける。

「そっちだって、ないと思います」

少しずつ、自信を失いつつあるような口調で言う。

「誰も知らないなんて、おかしいな。あなたを名指しで誹謗《ひぼう》中傷するビラがこちらの施設に投げ込まれたりしたそうじゃないですか」

目のやり場に困ったみたいに、村山は下を向き、口を噤《つぐ》んだ。

午前中、高野が身分を秘匿《ひとく》した聞き込みで拾ってきたネタだ。

すでに彼女は署に引き上げている。

「施設を私物化するなとか、そんな内容だったようですね」

少しもゆるまない上河内の問いかけに村山は落ち着かなげに、脚を交互に上げたり下げたりする。

「どうですか。思い当たる人がいるでしょ?」

必死で首を横に振り、全身で否定する。

知っている顔だ。

そのとき、上河内のスマホが震えた。

車から出て通話をすると、すぐ車内に戻ってきた。

「きょうはこれでけっこうです」

村山はすっかり気落ちしていた。消え入るような声で、これからどうなりますかと訊いてくる。

「改めて、ご連絡します」

憔悴《しょうすい》しきった様子で、村山は車を降りて建物に戻っていった。

それを横目に見ながら上河内がまたスマホで電話をかけはじめた。

柴崎に向かって微笑《ほほえ》むと、Vサインをみせる。

秋山が調べていた防犯カメラの映像から、それらしい車が割れたようだ。

8

日曜日。

共栄オートと書かれたガレージはぴったり閉じられていた。二階に通じる階段を上ったところにアパート風の構えが見える。夕方の六時を過ぎても、男は部屋から出てこない。ここは総武線小岩駅の北五百メートルほどの民家が密集する住宅街。相良隆征《さがらたかゆき》三十三歳が住む部屋だ。自動車修理工場の上にあり、一年ほど前から借りているらしかった。相良以外に住民はいない。

東京武道館西口交差点から西へ二百メートル先にディスカウントストアがあり、五月八日の午前一時四十二分、その店の防犯カメラが、武道館西口交差点方向から走ってくる黒い車を捉《とら》えていた。車は店の前を直進し、梅田方面に走っていった。ナンバーも映っていて、持ち主が特定されたのだ。

持ち主は相良。車は二〇〇二年製、最終特別限定車の黒のシルビアだった。

一階のガレージはおろか、共栄オートが借りている契約駐車場にもシルビアは見当たらなかった。

通りを挟んで三棟のアパートが建ち、そこに併設された大きな駐車場の一画にミニバンを置いて綾瀬署員が監視を続けていた。

手分けして捜査している捜査員から、また上河内に電話がかかってきた。

会話をイヤホンで聞きながら、スマホで捜査員が撮影した相良の写真を改めて見る。

午後四時すぎ、ママチャリにまたがり、近くのコンビニまでタバコとビールを買いに行きアパートに戻ってきたときの姿だ。引き締まった体に縦のラインが入った黒のジャージをまとい、赤のトレーニングシューズを履いている。髪は短く眉《まゆ》が極端に細い。

捜査員との通話を終えると、上河内は柴崎をふりかえった。

「きょうは休みみたいだぜ」

「夕べは夜勤だったんでしょう?」

「ああ」

張り込んでいた知能犯係の捜査員によれば、会社の車で送られて帰宅は午前五時過ぎだったらしい。ビル清掃会社に勤務していて、昨夜は閉店後のパチンコ店内の清掃を三店舗かけもちでこなしたという。

「車はどこに停めてあるんでしょうね？」

それが見つからなければ、犯罪の立証はできない。

「ダチのところじゃねえかな」

二〇〇二年製のシルビアは、スピード狂の若者たちのあいだで根強い人気がある。仲間とつるんで湾岸道路をレーサー気取りで走るのだ。

「母親のところはどうですか？」

立石《たていし》にある地元の建築会社の寮に住み込みで働いているらしかった。

「そっちにはぜんぜん寄りつかないみたい」

母ひとり子ひとりの家庭のようだ。村山が勤めている有料老人ホームとはいまのところつながりが見つからない。

村山澄夫と白井由里子に相良の写真を見せたが、まったく見覚えのない人物だと口をそろえて証言している。白井については、その前にも高野が事情聴取をして、村山と不倫関係にあるのを認めている。ふたりの関係を中傷するビラも目にしており、村山の話とほぼ一致していた。ただし、最初に肉体関係を持つように迫ってきたのは村山だと言い、白井のほうから誘われたという村山の話とは食い違っていた。人から恨まれるような覚えはまったくない。ただし不倫が夫や子どもに知られては家庭が崩壊してしまうから、絶対に内密にしてほしいの一点張りだった。

上河内はシルビアが発見されるまで、行動確認を続ける腹のようだ。

「シルビアが見つかっても、それ自体は証拠にはなりませんよ」

「わかってるって」

現場から塗膜片が見つかっていない以上、相良による犯行とは断定できない。

「なあ柴やん、例の事務長は、叩けばまだほこりが出るぜ」

上河内がつけ足す。

きょうは黒のポルカドット柄シャツとグレーのパンツだ。

「村山さん？」

まだ何か隠しているというのだろうか。

「ちょっと横になるけん」

上河内が助手席でシートを倒し、手足を伸ばした。

「なあ、柴崎、代理はつまらんねえ」

ふと口にする。

こんなときに、何を言い出すかと思えば。

不満が溜《た》まっているのだろうか。

「そうですか」

「全般を見るといっても、細かに指揮をとれるわけでもないしな」

「まあ、損な役どころですね」

実際の捜査指揮は係長が行う。課長代理の仕事といえば、事後のチェックが多くなるが、それはそれで、職責上、仕方ない。

「しょせん手垢《てあか》のついたものばかりだしな」

暗いトーンが本音であることを示しているようだ。

「手垢ですか……」

「代理なんて、ブンヤでいやあ、遊軍ちゅうところかもしれんな」

その気持ちに同感したのも事実だった。

上河内は二カ月前まで本部の捜査二課に籍を置き、デスク主任として辣腕《らつわん》をふるっていたはずだ。こせこせした所轄署《しょかつしょ》での縄張り争いに早くも嫌気がさしているのかもしれない。

「車が見つかったとしても、引っ張れますかね」

気分を入れ替えるようにいたずらっぽい笑みを浮かべ、上河内は顎をなでた。

「大丈夫、もう解決したも同然よ」

そうだろうか。

シルビアが処分されていれば、あて逃げの証拠はない。引致《いんち》しても取り調べで叩ける材料がない。それとも、一対一で自供に追い込む自信があるのだろうか。

9

水曜日。午前十時。

自動車修理工場の一階ガレージでは、ふたりの従業員が車の整備に当たっていた。奥まったところにある事務所には、社長らしき男の姿も見える。

彼らに断りを入れて、上河内とともに錆《さ》びた鉄の階段を上がった。表札の出ていないサッシのドアの前に立つ。軽く上河内がノックした。

きょうはグレーのジャケットに黒のズボンを合わせている。モノトーンがなかなか粋《いき》だ。

しばらくして、くぐもった返事が聞こえた。

「相良さん」

対照的にほがらかな声で呼びかける。

ロックを外す音が伝わり、細目にドアが開いた。前屈《まえかが》みになった相良隆征が顔を覗かせた。きょうも黒のジャージ姿だ。寝起きに手で擦《こす》ったようで、目が赤くなっている。

ドアを支えながら上河内が示した警察手帳にちらっと目をやると、細い目に緊張の色が走った。

ドアノブをつかんで、上河内が引き寄せる。そのまま中に入ると狭い玄関にローファーを脱ぎ捨て、板の間に上がった。柴崎もそのあとに続く。左手はトイレとユニットバスだ。

引き戸の向こう側に相良が後ずさった。六畳ほどの畳の部屋だ。ローテーブルが置かれ、窓際《まどぎわ》に布団《ふとん》が乱雑にたたまれている。

入り口を背に上河内が腰をおろして、あぐらをかいた。呆然《ぼうぜん》とした顔で立ったままの相良に、「まあ、座りいよ」と声をかける。

相良が衣装ケースの前で片膝《かたひざ》を立てて座り込んだ。いささか緊張していたが、それを押し殺して、引き戸の手前の板の間に腰を落ち着けた。

「趣味と実益を兼ねたいい部屋じゃないですか」

どう答えてよいのかわからないようで、ちらちらと上河内を窺《うかが》っている。

「お仕事、きついでしょう？　夕べは何カ所ぐらい回りました？」

調べがついているのを悟ったらしく、不承不承、

「みっつ」

と口を開いた。

「時給どれくらいになるの？」

「二千円」

ふてくされたように答える。

「なかなかだね」

うれしくも何ともないという素振りをして、首をふる。

「五月八日未明、あなた、どこで何をしていた？」

一瞬、相良の視線が宙に泳いだかと思うと、落ち着かない様子で膝をゆらしはじめ

た。

「もういっぺん訊《き》くよ。五月八日の未明、おまえ、何《なん》しとった？」

「……いや」

ようやくそれだけ口にする。

「どこにおった？」

「……仕事に」

視線を合わせてこない。

「その晩は非番やったぞ」

はっとしたように、相良の喉元が動いた。

上河内がここぞとばかり、にじり寄る。

「五月八日午前一時二十分、綾瀬四丁目のラブホテル、エルセーヌ前の路上に愛車を停めて何をしていた？」

さらに、シルビアとして最終限定車となった愛車の仕様を告げられて、目が奥へ縮こまった。

「そんな……あの日は乗ってないし」

ぼそぼそと答える。

「ホテルの防犯カメラにゃ、ちゃんと映っとる。ホテルから出てきた男女ふたりを見つけて、どうしたんだ？」

さらに、トーンを上げてゆく。

「いや……」

「車であとをつけただろうが。綾瀬駅まであと二分のところまできて、どうした？」

「……」

「村山澄夫さん、白井由里子さん、知っとるな？」

身を乗り出し、冷静な口調で呼びかける。

絡《から》みつく上河内の視線から逃れるように顔を伏せ、

「誰ですか、それ？」

と吐き捨てるように言う。

「まあ、よか。おまえ、消防設備士の資格を持っとるな」

質問の向きが変わると、やや緊張がほぐれた表情を見せた。

「それを生かしてこの三月まで、空調設備会社の契約社員だった。どうして、そこをやめた？」

「やめたんじゃない……」

上河内は口を尖《とが》らせた。

「その会社でおまえは地元の病院や社会福祉施設などの設備点検の仕事をしていた。そうだな？」

守勢に立たされたのを覚《さと》ったように、嫌々、相良がうなずく。

「なかでも小松会の仕事が断トツに多かった。ケアハウスとグループホーム、それから有料老人ホーム、社は合わせて十の施設をすべて請け負っていて、おまえはグループ施設の九ヵ所を日々回っていた」

繰り出される言葉に怯《おび》えるように、相良の顔が強張《こわば》ってくる。

村山が勤める有料老人ホームだけは、規模が大きいので同じ会社のほかのチームが行っていたのだ。

「しかし、この四月からその仕事がなくなった。そのために会社は仕事が減るのを見越して、三月いっぱいで人員を整理し、相良さん、あんたも馘《くび》になった」

苦しげに肩で息を吸い、

「……ああ」

と洩《も》らす。

上河内は間をおかず続ける。

「馘になった理由をあちこち訊いて回ったそうじゃないか。五年も勤めた会社だったからな。それで村山さんが契約を打ち切ったのを知った。そういうことでいいか？」

たたみかけられて、相良はのけぞった。

「そんなことまで……」

驚きに満ちた顔で応じる。

「馘になったのは村山のせいだと恨みを募らせたわけだ」

上河内は言うと、相手の出方を窺った。

「村山さんを誹謗《ひぼう》する怪文書を清空園に投げ込んだのもおまえやろうが」

相良はしきりと手を胸のあたりにあてがった。

上河内がその肩に手を添えた。

「四月に入って、ずっと村山さんをつけ回しとった。白井由里子さんと不倫関係にあるのもつきとめた。それだけじゃない。新たに施設に入った空調設備会社が白井さんの兄が経営する会社であるのも知った。そっちに契約を切り換えるよう、由里子さんが村山さんに進言したと邪推したわけだ」

実際、そのとおりだった。白井由里子は愛人の立場を利用して、親族に有利な口利きを行った。村山はそれに応《こた》え、職権で不倫相手の身内の会社を採用したのだ。

ふたりは仕事上も癒着していた。それを第三者に勘付かれていると感じたために警察に通報しなかったのだ。

「それで五月八日の未明だ。ホテルから出てきたふたりのあとを車でつけた。あの狭い路地に入ると、人気《ひとけ》がなくなった。脅してやろうと思ってふたりに向かってアクセルを踏み込んだ……」

頭の上に重い石をのせられたように、相良は上体をかがめた。

「ところが、接触するぎりぎりのところでかわされて、あやうく金券ショップにぶつかりそうになった。頭に血が上り、脇目《わきめ》もふらずバックし、もう一度襲いかかった。今度は手加減無用だ。気がついたときには、車の左側を壁に擦っていた」

追いつめられたネズミのような目に変わり果て、首は縮こまっていた。固く握りしめた手が震えている。

しばらく、その場を沈黙が支配した。

「どうや」

上河内が身を乗り出したとき、残った力を振りしぼるように相良は背筋を伸ばした。

頬をふくらませたかと思うと、

「知るか」

ぶっきらぼうに言い放った。

上河内は動じなかった。

「湾岸を仲間と突っ走るのが趣味なんだろ。休みには赤城山のほうまで行くそうじゃない。山道で見物客が待ち構えてるんだってな」

相良の目が上河内の差し出した写真に釘付《くぎづ》けになっている。

「青戸の島本成也《しまもとせいや》のガレージや。よう知っとるやろ？」

コンクリート打ちっ放しの狭い庫内に黒のシルビアがある。車の左サイド、前からドア近くまで横一線に傷ついていた。

親友の自宅にシルビアを預けていたのだ。

相良が固まったように動かなくなった。

「五月八日午前一時四十分、おまえは村山、白井両名をこの車ではねようとした。認めるな？」

「いや……」

「相良、よう聞けよ」言い聞かせるように上河内が続ける。「こいつのバンパーに村山さんの指紋が付いとる」

衝突される直前、村山が体をかばって手を伸ばした。それを昨夜の島本宅への家宅捜索で採取できたのだ。もちろん、島本には口止めしてある。

相良は口を半開きにし、両眉《りょうまゆ》を上げつつ上河内を見つめた。

すぐ後ろでドアが開き、捜査員たちが顔を覗《のぞ》かせた。高野も交じっている。

上河内から目で合図され、柴崎は逮捕状を眼前に突きつけた。

「ここに逮捕状が出とる。相良隆征、おまえは村山澄夫ならびに白井由里子両名に対して恨みを抱き、綾瀬駅付近の路上で両名を傷つける目的で、車両を衝突させようとした……いいな」

有罪はまぬがれないはずだ。初犯だから執行猶予《ゆうよ》は付くだろうが。

すっかり気力を失った相良を捜査員が両脇から支えて部屋から連れ出した。

そのあとに続いて、部屋から出る。

肩を叩《たた》かれた。

「柴やん、ありがとう。これからも頼むぜ」

上河内がさわやかに笑い、隣にいる高野にウインクすると階段を下りていった。

相良が押し込まれたミニバンにさっそうと乗り込む。

「見ていたのか？」

高野に問いかけた。

「あ、はい……途中からですけど」

うっとりと走り去る車を見つめている。

「どうした？」

「かっこいいですよね、上河内さんて」

何を言い出すかと思えば。

「女たらしだぞ、間違いなく」

「でも、いい感じ」

好きにしろよと思いながら、車を回すように命じる。

いそいそと階段を下り出した高野の後ろ姿を見送りながら、柴崎はようやくこれで自分の仕事に打ち込めるとひとまずは安堵《あんど》した。

歪《ゆが》みの連鎖

1

五月二十六日月曜日。

デニムのパンツと青の長袖《ながそで》シャツ、パンプスとブルー系のワントーンでまとめた女性が入り口に姿を見せた。肩の張ったしっかりした体型だ。猫のような吊《つ》り目に卵形の顔。目鼻立ちが大きい。中身の詰まった大型トートバッグを肩にかけている。手招きすると軽く頭を下げて前の席に着いた。

「お待たせしました」

こちらを覗《のぞ》き込むように口にする。薄化粧。ショートボブの髪が肩に届いている。

地域課地域第二係の沢井《さわい》照美《てるみ》だ。

「呼び出したりして申し訳なかったね」

柴崎はとりあえず謝った。

「いえ、いいんです。ジムに行くだけですから」

やや緊張した面持ちで言いながら、トートバッグを下に置く。

「体力作りか。感心だな。このまま電車で？」

「はい、荒川区営のジムに。南千住から歩いて十分ですから」

「家からも近いの？」

「歩くと、ちょっとありますね。車で行ったりもします」

「けっこう利用するわけだ」

「はい。非番の夜はだいたい」

「そうか」

きょうは日勤だ。夜は空いている。

沢井はメニューを取り、指でなぞる。

ここは、北千住駅近くのサンロード商店街から一本路地に入ったところにある民家を改修したカフェだ。幹部同士で飲むとき、待ち合わせでよく利用している。

「この店、ホットケーキが旨《うま》いよ」

「そうですか、じゃ、それとカフェオレをいただきます」

「うん」

ウエイトレスを呼び注文した。

沢井は運ばれてきた水をひとくち含んだ。

「ご用件は何でしょう？」

と言ったなり、顎《あご》を引く。

「そう硬くなるなよ。同じ釜《かま》の飯を食ってるんだから」

口にしてみたが、沢井はじっとこちらを見つめるのみだ。仕事帰りに、警務課の課長代理に呼び出されたのだ。不安がるのも無理はない。口をきくのもはじめてだ。

今年二十七歳になる独身。荒川二丁目の自宅に両親と住んでいる。

「六木《むつぎ》交番には慣れた？」

軽めに声をかけてみた。

そんなことを訊《き》きたいのかという顔で、

「以前からよく来ていましたし」

髪を額のところでふりはらう。

「そうか、住宅街だから、事件も前ほど多くはないだろう？」

この三月まで、沢井は管内でも事件の多い中央本町交番勤務だった。

「はい。ただ、アパートが多くて怪しげな外国人もいるし、空き巣もかなり発生しているようで、気は抜けません」

「花畑川を越えると地価も安くなるしな」

住む人間が流動的になり、犯罪者もそこにつけこむのだ。

「そうですね」

会話が一向に弾まない。

「ご両親は元気ですか？」

沢井はうなずいて、

「父はまだ現役ばりばりですし」

大手生命保険会社に勤務しているはずだ。

「それはいい。すねかじりできるうちは、しとかないとね」

早く本題に入ってほしいという顔付きになってきた。

「じつは、あなたのことを案ずる人がいるんだけどね。セクハラ、パワハラを受けているんじゃないかって」

沢井はすっと目をそらした。

反応がある。やはり……。

だがなかなか口を開こうとはしない。

「職場の人間関係などで悩んでない？」

「……いえ」

「話しづらいことはわかります。相変わらず男性中心の社会だし、女性への気配りがなかなかうまくいっていないのも事実だからね。だからといって、ひとりで苦しまなくてもいいんだ」

沢井は切なそうに息を吸い、首を横に振った。

「心あたりは特にありません」

あっさり返された。

「遠慮する必要はないよ。女性が働きやすい環境を作るのが我々の仕事だから。些細《ささい》なことでも構わないから話してみてくれないかな」

沢井が視線を合わせてきた。

「あの、その話、どちらからですか？」

「決して怪しい筋からのものではないよ。どんな件であっても相談に乗ります。仕事上の辛《つら》い点、職場の人間関係、地域の人とのつきあい、何でもいい。困ったことがあれば、この際相談してほしいんだ」

今月中頃、本部の監察に匿名《とくめい》の男から、沢井照美がセクハラを受けているという通報があった。それを受けて調査を開始したのだ。通報者は不明。

「仕事は好きですし、いまの職場も気に入ってます」

少しとって付けたような印象を受ける。

「勤務が辛いというようなことはないですか？」

女性警察官も男性と同じく、四部制なのだ。宿直勤務も当然ある。

「それは、はい、慣れていますので」

短大卒で入庁七年目。前任の深川署では交通課を三年経験し、地域課に移ったのち、三年前に綾瀬署に着任した。交番勤務は通算四年目になる。

カフェオレとホットケーキが運ばれてきた。

ホットケーキを小さく切って口に入れる。

ジムの話になった。トレーニングメニューの話で若干盛り上がる。打ち解けてきたところで、もう一度用件について口にしてみる。

「それでね、沢井さん、お困りのことがあれば、話してもらえません？　近くにトラブルの当事者がいたとしても、あなたの立場が悪くなるようにはしません」

明るさをとり戻していた沢井の表情が翳《かげ》った。

「だれかから、荒い言葉をかけられたりしてませんか？」

沢井が強《こわ》ばった顔で首を横に振る。目玉がくるくる動いた。

押しても引いてもダメなようだ。

もう一切れ口に入れる。

「我々警務は、あなたの味方です。相手方の出方次第で、柔軟に対応もできます。わたしたちを信用して頂いて……」

沢井がしきりと自分の耳たぶをつまむ。

これ以上話を聞きたくない様子だ。

きょうはこれまでか。

「沢井さん、いつでも、気兼ねなくご連絡くださいね」

柴崎は自分の携帯の番号を名刺に記して渡した。

支払いはすませておきますと言うと、沢井はぺこりとお辞儀をして席を離れていった。店から出ていく後ろ姿を見送る。

離れた席にいた高野が近寄って来た。白いブラウスにベージュのフレアスカート。OLの通勤着そのものだ。

「どうでしたか？」

「手がかりなし」

「ハラスメントを受けてるのに？」

「ハナから認めない」

「職場がらみですよね？」

「わからんが、きっと、やられてるはずだ」

いまの段階では、セクハラ被害があったとしても、それが仕事上のものなのか、判然としない。しかし、何らかの出来事はあったに違いない。

「でもなあ……」

高野が言った。

「どうした？」

「沢井さん、もともとはハラスメントに耐えてるようなタイプじゃなかった気がして」

「それは高野の印象論だろ。とりあえずついていってみてくれ」

高野は気分を改めた顔で、うなずいた。

「わかりました」

席を立ち店を出る彼女を見送った。

重大な問題の端緒なのかもしれない。私生活をしばらく、高野に見ておいてもらうほかはないだろう。

もうすぐ六月だ。鬱陶《うっとう》しい季節になる前に解決できればいいのだが。

2

翌日。小会議室。

柴崎は上河内に沢井の様子について話した。

聞き終えた上河内が口を開く。オリーブカラーのスーツを着ている。

この問題に関心を寄せる高野のたっての希望で声をかけると、上河内は快く応援に入ると応じてくれたのだ。

「携帯は見られた?」

「そこまではとても」

いまの段階では、せいぜい携帯を任意で提出させるくらいしかできないが、それすら口にできなかった。

「高野ちゃんのほうはどう?」

上河内が高野に訊いた。

「ジムに向かう途中で人と会ったりはしてませんし、ジムでも特定の人と話し込むような場面はありませんでした。九時過ぎにさっさと家路についています」

と高野は答えた。

上河内が柴崎に向き直る。

「暴力を受けている様子なんかどう？」

「それは見受けられなかったように思います」

「じゃ、セクハラはどう？　やられてる？」

「と見ましたけどね。おどおどしてるし。通報は本物だという印象を持ちました」

「わたしもそう思います」

高野がつけ足した。

「どうしてそう思うの？」

「この前の女子会でもあまり話さなかったし、急に無口になったような気がするんです。それまでとても明るかったので、落差が大きいなって感じます」

「高野ちゃんがそう言うなら、たしかだろうなぁ」上河内が首の後ろに手を回す。

「にしても、手がかりがない……いまの職場はどうだ？」

「六木交番はどうでしょうね」

　柴崎は言った。

　この春の異動で、地域第一から第四係のうち、第二と第三の係長が替わった。それに伴い、地域課全係員の三分の一ほどの配置転換がなされた。沢井照美もそれまでとは別の交番で、別の人間たちとシフトを組むようになったのだ。それも、まだふた月しか経《た》っていない。

「そうだな。職場が変わってすぐ、そんな話になるわけないしな」

「ええ。沢井さんは、寮に住んでいるわけじゃないし」

「高野ちゃんも仕事がらみと思うね？」

　彼女は考え考えうなずいた。

「配置転換があっても、うちの署ももう丸三年ですから、それなりのストレスが溜《た》まっているのかもしれません」

　上河内がもっともという顔でうなずく。

「俺もそんな気がするな。六木交番の所長は誰だっけ？」

「栗原《くりはら》さんです。本所署から来たばかりですけど」

　異動したばかりだから、実情には疎《うと》い。

上河内は柴崎に視線を向けた。

「そうか。柴やん、彼女と一緒の組で手癖の悪そうなやつはいるか？」

「彼女のまわりにはどうかな……」

「少年補導員や交通安全協会の連中は？」

「そっちでも聞いたことはないですね」

「肝心の被害者が話さないんじゃ、犯人捜しは難しいぞ」

「通報があった以上はきちんと調べないと」

上河内はため息をつきながら柴崎と高野を見比べた。

「それはそうだけどさ。どう？　ほかに何か把握していない？」

「武道訓練で一緒に稽古《けいこ》してる連中がいたな」

柴崎が言った。

「誰？」

「よく交通総務の係長さんに鍛えてもらってますよ」

高野が口を出した。関口章弘《せきぐちあきひろ》警部補だ。五十歳、柔道五段の猛者《もさ》。署に練習にやって来る柔道の少年クラブの子どもたちの面倒見もいい。

「そうだな、みっちり稽古つけられてるし。先月の署対抗試合にも出ていた」

沢井が関口と組んでいるのを何度か見たことがある。

「その関口さんにやられているという線は？」

そう言った上河内を高野が見据えた。

「関口さんは誰もが認める人格者ですよ。いつも、沢井さんのほうから稽古をつけてもらいに行ってます。彼女の口から、頼りがいのある先輩だって聞いたこともありますし」

「わかった、わかった……となると、地域課に絞られるな」上河内は言った。「まず手はじめに二係の人間を聴取するか」

「そうですね。とりあえず同じ組で働いてる人間に当たってみましょう」

柴崎が言った。

第二係は総勢二十五名で五回のシフトを組んでいる。それぞれの組み合わせはずっと同じだ。

「まずは安《アン》パイからいこうや」

「それなら心当たりはあります」

「小本《こもと》さん？」

高野がふと思いついたように言った。

「ああ」

およそ警官にはふさわしくない小心者だ。職質から巡回連絡まで、ノルマを達成したことは一度もない。迷惑をかけているからと言って、父親が菓子折を差し入れに来るような警官だ。

「誰、そいつ？」

上河内に訊かれて人となりを説明する。

「頼りないやつだな……まあ、よろしく頼むわ。こっちは上の連中をそれとなくさらってみるから」

「お願いします」

「彼女の知人関係や家族の話も聞かなきゃいけなくなるかもしれん。高野巡査、またよろしくね」

「了解しました。同性として、彼女の力になりたいと思います」

高野はきっぱりと言った。

「柴やん、行こうか」

さばさばした顔で上河内は席を立った。

軽く肩を叩《たた》かれる。

「さっそく、その小本くんのご尊顔を拝みに行こうじゃないの」

「これから？ 沢井が一緒かもしれませんよ」

「いたら、やめるさ。電話を入れてみてちょうだいよ」

「了解」

また上河内のペースになっている。

柴崎は部屋の電話を静かに取った。

3

十分ほどで六木交番に着いた。コンクリート造の二階建てだ。六木小学校の西側、都道の桜並木沿いにある。二階にはカーテンが引かれていた。駐車スペースは空だ。自転車が一台あるだけ。セダンを停めて、正面に回った。

ガラス越しに人の姿はなかった。アルミサッシの扉を開く。

名前を呼ぶと、奥から黒のスクエアメガネをした男が現れた。色白で髪が長い。やや太り気味で、ズボンの腹のあたりがきつそうだ。入庁四年目、大卒の二十六歳。綾瀬署が初任地だ。

靴を履き直しながら、

「あ、どうもご苦労様です」

と小本龍洋《たつひろ》巡査が敬礼してきた。

情けなく笑っているような細い目だ。

「立番しなくていいのか？」

「ちょっと片づけものがあったので」

奥で何をしていたのかわからないが、それ以上訊く気も起きない。

物音は聞こえない。小本ひとりのようだ。交番内はきれいに片づけられ、茶色い床の片隅に消火器が立てかけてあるだけだった。

「いいか？」

「あ、はい」

ときおり点検に訪れる柴崎は別にしても、上河内が一緒についてきているのを特段意識していない様子だ。

「自転車盗、どうだ？」

「ああ、はい、マル被が見つかったらしくて、三人で行ってます」

「時間かかりそうだな。ほかは？」

「パトロールと交通取り締まりです」

本日は五人の警察官と交番相談員一名のあわせて六名態勢のはずだ。電話を入れたとき、ちょうど小本が出た。自転車盗が発生し、沢井を含めた三人で臨場しているとのことで、こちらに顔を出したのだ。

「……あの、きょうは点検でしたっけ？」

「十日前にやったばかりだろ」

上河内に促され、二階の男性用休憩室に上がった。入口脇《わき》に名札の貼《は》られたロッカーが並び、壁にパイプ椅子《いす》が立てかけられている。

柴崎は小本の耳にふりかかる髪をつまんだ。

「ちょっと長いぞ」

小本は首をすくめ、小さく舌を出す。

「すみません。今度の休みに刈ってきますから」

「そのほうがいいな。どうだ、こっちは？」

「ちょっと楽かな」

以前は中央本町交番にいたのだ。人口密度からすれば、三分の二程度だろう。

「ほかの先輩にはそんな言葉遣いするなよ。しょうがないやつだな」

たしなめると頭を掻《か》いた。上司であっても、人を見てタメ口をきく。

「沢井の様子はどうだ？　近ごろ、元気がないみたいだが」

「沢井ですか？」

「望月《もちづき》課長から様子を見てきてくれって頼まれてな」

視線を外し、

「どうって言われても……」

とロッカーの方を向く。

「下谷《したや》や一宮《いちのみや》はどうだ？　どんな感じで沢井に接してる？」

いきなり同じ交番で働く人間の名を出されて、小本は言葉につまった。

見かねて上河内が、

「ふだんのしゃべり方とか、そんな程度の話なんだけどさ」

と口をはさんだ。

少し落ち着いたふうに、小本はふたりを見た。

「相変わらずの上から目線というか……ですね」

「年上だからそうなるんだろ？」

上河内が続けたので、小本がそちらを向いた。

下谷と一宮はともに四十代後半だ。地域課が長く、熱意のある仕事ぶりは共に定評がある。ここ二年間、ふたりともこの交番に勤務している。

「沢井さん、いまもお二方と一緒に出てますよ」

「わかってるって」柴崎は続ける。「さっき聞いたじゃないか。彼女を小突いたりするようなことはないか？」

「けっこう発破かけてますよ。一宮さんと職質に行くと、半端《はんぱ》じゃないですからね」

「おまえ自身が発破をかけられてるんだろ？」

「あ、まあ、それもそうですけど……」

「もうドジやらかすなよ」

「しませんよ」

ぶすっとした口調で答える。

この一月、署内の講堂で行われた拳銃《けんじゅう》訓練の折、拳銃吊り紐《ランヤード》を紛失し、始末書を書かされている。

「そういや、こないだの声かけ事案あったじゃないですか。うち全員で捜索したんですけど見つからなくて。沢井さん、平林《ひらばやし》さんのパトカーに乗せられて、何かねちねち言われてたけど……」

平林は職務熱心で知られる地域課のパトカー乗務員だ。

「いつの声かけだ？」

イライラしてくる。不審者の声かけなど毎日のように起っている。

「えっと、先々週の金曜日だったかな。『バス停どこ』って声かけた男に、小四の女の子が胸を触られたやつ」

記憶にない。

「平林がどんなふうに対応したって？」

尋ねた上河内を振り返る。

「中身まではわからないっすよ」

はじめて口をきくはずだが、遠慮する様子はない。

「ほかに何か気がつかなかったか？」

柴崎が訊くと、小本がにやっと口の端を引いた。

「曽我《そが》さんが何か手土産を持って沢井さんのとこに来ていましたよ」

「刑事課の曽我か？」

上河内が訊くと、細い目をしばたたいた。

「ええ……そうですけど」

曽我は組織犯罪対策係所属の巡査である。

「いつの話だ?」

上河内が訊いた。

「ひと月くらい前かな。沢井さんに会いに、こっそり来たのを見ちゃって……」

そのときのことを思い出すように、視線を窓の外に向けた。

「栗原所長との関係はどうだ?」

今度は柴崎が訊いた。

「所長ですか? とりたてて、仲が悪いわけじゃないと思います」

訊くこともなくなり、小本を二階に行かせた。念のため、女性用休憩室にある沢井の使っているロッカーを調べる。夏服と合羽《かっぱ》、折りたたまれた靴下が二足。これといって気になるものはない。

帰りの車中、上河内から平林について訊かれた。

「東和交番で二年勤務してから、パトカー乗務に抜擢《ばってき》されました。巡査部長です」

「年齢《とし》は?」

「三十二、三」

「相棒はたしか……岡田さんだっけ?」

「ええ、地域課の長老ですね」

五十五歳になったはずだ。

「勤務成績はどうなの？」

「優秀ですよ。出動すれば手ぶらじゃ帰りませんからね」

「ほう、岡田さんの指導がいいんじゃない」

「かもしれませんが」

花畑川を渡り、川沿いの一方通行を走る。

「往々にして、そういうのが他人に厳しいぜ。なまじ、若いだけにさ」

言うと、上河内は車窓に目を向けた。

住宅やマンションなどが続いている。運転席側は防波堤のせいで見通しがきかない。

「さっきの声かけ事案、どんな対応だったのか岡田さんに訊いてみますよ。それより、曽我はどうです？　ずっと組対《そたい》志望だったと聞いてますけど」

前任は葛西《かさい》署の地域課だ。

「おうおう、あたりははばからず昇任試験の勉強に励んでるぞ。神経ぶっといな……あいつ、沢井とつきあってるのかな。彼女、そう言ってなかった？」

「曽我の名前は出てきていません」

「まあいいや。そっちはおれが訊いてみるから」

「そうしてください」

面倒極まりない。疑うべき人物が次々に出てくる。

4

五月二十九日木曜日。

バス通りからひとつ南に入った荒川八丁目の住宅街。荒川自然公園の東側にいる。沢井照美の自宅は角に建っていて、となりはファン製造の町工場。車を停めているのは、道路をはさんで対角線上にある、段ボール工場の従業員用駐車場だ。

戻ってきた上河内が助手席に収まった。

「築地《つきじ》の寿司《すし》屋から『生きのいい城下《しろした》かれいが入ったから来い』なんて電話がかかってきたよ。この時期は脂《あぶら》が乗ってるからねえ」言いながら沢井の家を見る。「どう? 照美ちゃん、帰ってきた?」

「十分前に帰宅しました」

つい一時間前、沢井は飼っているプードルの散歩に出かけた。上河内がそっと尾行したところ、近くにあるペット・トリマーの店に入った。それを見届けて、上河内は近所の聞き込みを行ったのだ。

「成果はありましたか？」

「ナッシング」

「家族仲は？」

「休みの夜は、家族三人で食事に出かけるのをちょくちょく見かけるそうだよ」

「問題ないみたいですね」

「うん。家に帰ってから動きはあった？」

言いながら、双眼鏡を目に当てる。

「なしです。曽我でも現れるかと思っていましたが」

「また、すぐ真に受けるんだから。警察学校の同期というだけだぜ」

「まあ、そうですが」

上河内は直接曽我本人に当てた。同期の中で、気の合う仲間同士が集まり、飲み会を行っているらしい。日帰り旅行にもちょくちょく出かける。二週間ほど前、仲間六人で箱根にドライブに出かけたが、休日が合わなかった沢井に、土産の芦《あし》ノ湖《こ》まんじゅうを持っていったと曽我は言っているのだ。

「曽我の野郎は信金のOLとつきあってやがる。来年、晴れてご成婚されるそうだよ」

「そうだったんですか……小本のやつ、いいかげんなこと言いやがって」

「あんがい、知ってたんじゃないか」

「……ですかね」

当てつけのために、ちくったのかもしれない。

「それより、平林が気にかかるな」

上河内は双眼鏡を見ながら訊いた。

「ええ」

五月十六日金曜日に起きた小四女児への声かけ事案では、沢井をはじめとして、当日の勤務員六名全員が現場に駆けつけた。目撃者の情報から、身長百七十五センチくらい、やせ型、ベージュ色の作業着を着た男とわかって、手分けして捜索した。沢井が現場から三百メートルほど離れた場所でそれらしい男を見つけ追いかけたところ、アパートの一室に飛び込むように入っていった。しかし、その部屋には立ち入らなかった。

その判断について、平林は沢井をパトカーに呼びつけ、かなり叱責《しっせき》したらしいのだ。

「あの場合、部屋まで立ち入るべきだったんですか？」

柴崎は訊いた。

上河内は軽く首を横に傾けた。

「微妙。とりあえずはドアをノックするくらいがせいぜいやないと」

それはせず、仲間を無線で呼んだのだ。

「マル被とわかっていても？」

「完全にそうとわかれば立ち入っても構わんけど、似とるというくらいじゃ無理やな。住居侵入罪の現行犯逮捕としてなら立ち入れるけどさ」

「そこまではわからなかったでしょうからね」

アパートの住人は風邪で寝込んでいた。マル被が侵入して、裏の窓から逃走したのがあとから判明したという。

「ああ。岡田さんは何と言ってた？」

「同乗していなかったからわからないと。ただ、職質中に逃げ出した相手が同じようにアパートに逃げ込んだとしても、原則的には立ち入れないと言ってました」

「やろ。そのあたりの線引きは実に難しいのよ」

「とすると、そんなに厳しく叱《しか》りつけるのはおかしいですね」

「法は無視しても、ケースバイケースでホシ捕りを優先しろぐらいは言うかもしれんな」

いや、法は法だ。ないがしろにしてはならない。むしろ、沢井は法律を正確に解釈していると言えるのではないか。

「平林は要注意人物ですね」

「一宮もやろ」

「ええ」

上河内は双眼鏡を下ろした。

沢井宅ととなりあうファン製造工場に目を向けている。

工場脇の広い空き地の端から、するするとシルバーのセダンが通りに顔を見せた。道の反対方向へハンドルを切ったかと思うと、勢いよく走ってゆく。

上河内が双眼鏡をもう一度目に当てたが、車はすでに遠のいていた。

「工場の従業員ですかね」

「工場はもう終わっている」

セダンの走り去った方向をじっと見ている。

「あの車、ずっとあそこにいたっけ?」

「……覚えてません」

上河内は狐《きつね》につままれたような顔で双眼鏡を下ろした。

「もう一度、聞き込みをしてみますか？」

柴崎の問いかけに、上河内はしばらく黙り込んだ。

「いや、もういい」

「そうですね。帰りますか」

丸一日、張り込みに費やすわけにはいかない。

仕事がたまっている。署員全員の健康診断結果にも目を通さなくてはならない。

車をそっと出した。

「本人から携帯を任意提出させるしかないかもな」

「……折を見て出させますよ」

きょう明日にはできない。しばらく様子を見てからもう一度面談するしかなさそうだ。

道が狭い。慎重にハンドルを操る。

「その前に仕事関係を潰《つぶ》すしかないだろうな」

上河内が改めて言った。

「そうですね。引き続き二係の人間から聴取します」

「沢井と相勤の連中を先に当たってくれよ」

「もちろんそうします」

「おれは平林に当たってみるべか」

「この件に、ずいぶん真面目《まじめ》に当たってますね？」

「サツカン同士が陰湿にゴチャゴチャやってるのが好きじゃないからな」

上河内はそう言うと背筋を伸ばした。

5

一宮隆生《たかお》巡査部長から事情を聞けたのは、金曜の終業時だった。帰り支度をして、表玄関から出るところで声をかけた。折からの雨で、傘を差そうとしていた一宮とともに北綾瀬駅へ足を向ける。

身長は百七十センチほど。がっしりした体型だ。日焼けしている。

最近はいかがですかと水を向けてみた。

不審がらずに、「自転車の事故が多くて閉口しますよ」と答える。

「先月、高校生が歩行者とぶつかってひどい怪我《けが》を負わせた件はどうなりました?」

「示談ですませたけど、収まりが悪いみたいですね。いずれ、訴え、出てくるな」

「対応が大変ですね」

しばらく、その話題を続けたあと、沢井照美の勤務態度について問いかけてみた。

すると、傘が上がった。白髪混じりの短髪頭がこちらを向く。迷惑顔だ。

「まだふた月しか組んでないけど、なかなか向こうっ気が強い女だね」

「ほう、いっそう思われたんですか?」

「交通違反の取り締まりなんかをいやがるやつなんて、さっさとエンジンキーを引き抜いてパトカーに乗せちゃうからね」

「やりますね」

「職質でも了解なしに相手のバッグを開けるのなんてしょっちゅうだ。穏やかに諌《いさ》めても、食ってかかってくるからな」

「ちょっとやりすぎですかね」

「今年から指定捜査員になって、箔《はく》がついたとでも思ってるんじゃないか」

事件が起きたとき、応援する捜査員として登録されているのだ。

思った以上に沢井に対する評価は低いようだ。

勤務で沢井とふたりきりになるケースも多いはずである。ふとしたとき、この男は手荒い形で本心を表出してしまうのではないか……。

駅に着いた。改札の手前で別れ、署に引き返す。

自席に戻り、たまった給与関係の書類に判を押しながら、根木係長に一宮について伝えた。署員のDV・セクハラの解決は第一優先事案ですから、十分留意して当たってください、などと返される始末だった。

6

六月三日火曜日。

午後二時を回っている。砂利が敷き詰められた運送会社の駐車場に停めたセダンで高野とともに張り込みをしていた。並木道をはさんだ斜め前に、六木交番がある。駐車場の横に用水路が流れており、青々と茂る桜並木のせいで、交番からこちら側の見通しはきかないはずだ。

高野が窓を開け助手席から双眼鏡で交番を見ている。

同じ格好でかれこれ五分ほどになるが、双眼鏡を下ろそうとしない。

「……ワンオペになってますね」

交番の内側に人影が見える。

「沢井だけか？」

「はい、彼女ひとりです」

沢井以外の五人の勤務者は、それぞれ交通取り締まりやパトロールに出かけている。午後四時までの二時間、単独で扱った事件の書類整理などに励むのだろう。

「平林さん、来るかな」

「気が向けば来るかもしれん」

パトカーに乗務し、管内を流している。ここまで足を伸ばすことも十分にあり得る。

「事件でも起きなければ、ここには来ないいんじゃないかな」

「どうして？」

「あの人、荒れた現場を好むみたいですから」

「事件がないと姿を見せんか」

高野がちらっとこちらを見て、意味深な顔で続ける。

「平林さんだとしたら、セクハラというよりパワハラなんじゃないですか？」

「かもしれん」

上河内によれば、平林は沢井に限らず、地域課の若手警官に対して、強めの指導を行っているらしい。

「西新井署の松江《まつえ》署長さんて、どうなんでしょう……」

双眼鏡に目を当てながら、ふと高野が洩らした。

「どうって何が？」

「まだ〝滝山《たきやま》路線〟なのかなって思って」

「……だろうな」

現政権が推進する『女性が活躍する社会の実現』に呼応して、警察庁は全国の警察に女性警察官の積極的な幹部登用を通知した。それに基づいて、昨年度は警視庁でも五人の女性が副署長として抜擢された。さらにこの春、三人の女性警察署長が誕生したのだ。その中のもっとも年長の松江朝子《あさこ》が西新井署署長として赴任した。捜査一課畑が長く、性犯罪捜査で知らぬ者はいない。

若いころ仕えた生活安全部長を後ろ盾に、「わたしには滝山がついてるのよ」とことあるごとに吹聴《ふいちょう》する。生安畑から刑事畑に居所を変え、イエスマンだけをまわりに侍《はべ》らせる女帝気取りの五十七歳。ＤＮＡ捜査を信奉している。その滝山が副警視総監に成り上がり、棚ぼたのように転がり込んできたのが今回の署長就任だった。

「えっ……小本さんだわ」

高野が声を上げた。

小本が自転車を横に停めて、中に入ってゆく。

十分前に単独で巡回連絡に出たはずだが、なぜ戻ってきたのだろう。

「あれ……」

言いかけて高野はやめる。

「どうした？」

「ちょっと様子が」

高野の双眼鏡を奪い取り、目にあてがった。

座っている沢井が剣呑《けんのん》な表情で、何事か言っている。

こちらに背を向けているので小本の表情はわからない。沢井が勢いよく席を立ち、奥に入っていった。小本もそれに続く。

「また小本さん、ミスでもしたんじゃないかな」

「たぶんな。平林あたりだったらぶん殴られてるぞ」

ほんの数分で小本は表に姿を見せた。沢井も元のように席につく。

小本は不機嫌そうにサッシの扉を音をたてて閉めた。

沢井は見向きもしない。

そのとき、高野のスマホが震えた。はっとした顔でモニターを一瞥《いちべつ》すると、柴崎に強い視線を送ってくる。

「コンビニ強盗で緊配《きんぱい》（緊急配備）です」

「どこで？」

「東和三丁目、東和図書館近くです」

「急ごう」

柴崎は車を発進させた。警察無線をオンにする。

高野が足元の収納ボックスから赤色回転灯を取り出し、ルーフに載せる。サイレンのスイッチを入れた。けたたましい四秒間隔のサイレンが鳴り響く。いつでも応答できるように、ハンドマイクを握りしめた。続々と無線が入電してくる。

〈……至急至急、警視庁から各局、各移動も傍受されたい〉

〈こちら綾瀬3、マル被は宮元公園方面に徒歩で逃走している模様、繰り返す〉

〈人着《にんちゃく》（人相着衣）はわかっているか？〉

〈こちら綾瀬3、茶色いズボンにグレーの半袖《はんそで》シャツ、長髪でマスクをかけている模様〉

〈警視庁了解、関係各局にあっては受傷事故防止に特段留意の上、早急なマル被確保に努められたい〉

花畑川を渡り、バス通りを南に走った。

大谷田《おおやた》橋交差点で綾瀬署方面からやって来たパトカーが右に曲がった。

信号が変わるのを待ってその後を追う。

カーナビの画面に刻々と地図が映される。襲われたコンビニが画面上に表示された。近くまで来ている。

ふたつめの信号を右に曲がる。一方通行だ。先を行くパトカーが二百メートルほど先で、右手に入った。コンビニの駐車場だ。パトカーに続いてコンビニに着いた。サイレンを止め、駐車場に乗り入れる。

コンビニ入り口が開けられた状態で固定されていた。捜査員らしい男や地域課の警官が四、五人出入りしている。縞模様《しまもよう》の制服を着た店員がおびえた様子で事情聴取を受けていた。

「見てきます」

停車すると同時に高野が飛び出していった。

ひとりの制服警官と話したかと思うと、すぐ戻ってくる。

「ホシは向こうです、急ぎましょう」

と道の先を指した。

「了解」

車を発進させる。サイレンは鳴らさず、図書館方面へ向かった。

路地を横切るたび、奥を覗《のぞ》く。

それらしい人影は見えない。

「あそこに入ってください」

指示されるまま、ドラッグストアの駐車場に入った。

停車している車のあいだをゆっくり走り抜ける。人が乗ったり隠れたりしている車はない。

三分ほどで点検をすませる。

外に出た。

信号をまっすぐ進み、最初の角を右手にとる。一方通行だ。二百メートルほど一気に走り、図書館方向へハンドルを切る。図書館が目の前に現れた。広いコインパーキングがあり、半分ほどに車が停まっていた。ゆっくり進入し、あたりを警戒する。

「行ってきます」

とPチャンイヤホン(受令機)を耳に差し込みながら、高野が再び慌《あわ》ただしく降りていった。

柴崎はゆっくり車を発進させた。注意深く駐車場の中を点検する。

折り返したところで、警察無線が入った。

〈こちら綾瀬5、マル被確保した模様、繰り返す、マル被確保した模様……〉

無線が錯綜《さくそう》する。聞き取れない。

別の声が入った。

〈……ただいま、コンビニに向かっている……〉

戻ってきた高野を乗せて、急いで戻る。

先ほどの倍ほどの捜査車両がコンビニの駐車場を埋めていた。

上河内の顔も見えて、ほっとする。

灰色のシャツを着た男が地域課の警官にはさまれて、店内に入っていく。

被疑者のようだ。面通しをするのだろう。

駐車場の端の空いたスペースに車を押し込み、高野とともに外に出た。コンビニの入り口で、顔見知りの警官が様子を窺《うかが》っていた。

そのうちのひとりに被疑者かどうか尋ねた。

「そうです。やつです」

連れ込まれた男の顔を見ているのが襲われた店員のようだ。

しばらくして、男が入り口に姿をさらした。

六十すぎくらいだろう。灰色のTシャツの胸元が裂けていた。縮れた長い半白の髪が顔の上半分を覆《おお》っている。黒いズック靴の先に穴があいている。

パトカーの後部座席に押し込まれると、思い切りドアが閉められた。そのまま、駐車場を出てゆく。

「怪我人が出なくて何よりだ」

いつの間にか、となりにいた上河内が息をついた。

「カネはどれくらいやられたんですか?」

「ひとつかみ。五、六万握ってあっちへ逃走しやがった」

と上河内は図書館方向を指した。

「わたしたちが着く直前に確保されたんですね」

高野が口をはさんだ。

「柴やんたちもそっちに?」

意外そうな顔で訊かれる。

「はい。上河内さんより早く着きましたから」

「六木交番から直《じか》に来たの？」

「もちろん」

柴崎が答えた。

「スピード逮捕でしたね」

ひっきりなしに入れ替わる捜査車両を眺めながら柴崎が言った。

「あいつらしいぜ」

と上河内が駐車場の片隅で三人ほど固まっているのを顎《あご》で示した。

制服警官がふたり、半袖のスウェットTシャツを着た若い男と話し込んでいた。

ひとりの警官が忙《せわ》しげにメモを取っている。

「機捜のデカらしい」

スウェットTシャツの男だろう。強面《こわもて》の顔立ち。もみあげが長い。

……越田《こしだ》？

「知ってるのか？」

「三月までうちの地域課にいました」

ときおり、頭に手をやりながら答えている。

「たまたま近くを流していたんだってさ」

運がよかったとしか言いようがない。

上河内が店先に前向きで停まっているセダンを指さした。マークXだ。助手席のサンバイザーが前側に倒され、装着されたフラットビームライトが剝《む》き出しになっていた。機動捜査隊の捜査車両だ。

「マークX、覚えがないか?」

「えっ?」

「先週の木曜、沢井の家の近くに停まっていたろ」

上河内とともに沢井宅を張り込んでいたとき、店のとなりの空き地から車が現れた。

そう言われれば、この車のような気もしてくる。

上河内は店内から呼ばれて、その場を離れていった。

越田がふたりの警官と別れ、マークXに乗り込む。

柴崎は運転席側に回り込んで、窓を突《つつ》いた。

するすると窓が下がり、越田が顔を覗かせる。柴崎に気づいて少し口を尖《とが》らせた。

「しばらくだな、元気か?」

声をかけると越田は面白くなさそうにうなずいた。

「お手柄だったな。署に寄るんだろ？」

「いえ、相方が待ってるんで」

「相方が？　どこで？」

「水元のヤマで張り込み中なんすよ。すぐ戻らなきゃ」

シフトレバーに手をかけたので、車から離れた。

水元は中川の対岸だ。車なら十分とかからない。

「おまえ、先週、沢井照美の家に行ったか？」

越田はポカンとした顔でこちらを見た。

「はあ？　行ってませんよ、そんなとこ」

慎重にバックさせて切り返すと、走り去っていった。

上河内の見間違いなのかもしれない。

「単身で臨場したみたいですね」

興味深げに見ていた高野が言った。

「ああ」

「バディはなぜいないのかな……」

釈然としない気持ちを抱いたまま、越田の説明を伝えた。

鑑識の車が到着する。

「邪魔になるから、出ようか」

高野に声をかけ、車に戻った。

7

同じ日の夕方、久方ぶりに道場で柔道の稽古《けいこ》に参加した。取り替えたばかりの青畳に受け身の手のひらを叩きつける。特練員の斉藤四段を相手に、立ち技の打ち込みを反復練習した。斉藤は三十一歳。交通課の交通捜査係所属だ。

すぐ横で上河内も刑事課の若手と組んでいる。柔道が得意なだけに真剣な面持ちだ。見る間に、支え釣り込み足で崩したかと思うと、大外刈りで倒した。相手も負けじと立ち上がり、がっしりと上河内の襟をつかんだ。

交通総務係長の関口が巡回し、ひとりひとりに型の指導をしている。

ぶつかり稽古に入るころには、びっしょり汗をかいていた。

「そこ、払い腰っ」

入り口近くで黒帯に指をあてがい、関口が声を張り上げている。

額の汗をぬぐいながら歩み寄り声をかけた。

「ご苦労様です」

「珍しいですね、きょうは」

「たまには稽古しないと鈍《なま》りますから」

「いつでも来て下さいよ、喜んでお相手しますから」

と言いながら、すぐ前で組んでいるふたりに「内股《うちまた》っ」と大声をかける。

「きょう、沢井はどうしたのかな」

「そういや、いないな」

はじめて気がついたように関口が言った。

太い首を回し、ひとわたり道場を眺める。柔道耳だ。スポーツ刈りにした頭に汗が滲《にじ》んでいる。

上河内もやって来て、三人で稽古を見守る。

「上河内代理の大外刈りはなかなかですね」

まんざらお世辞でもないように関口が言った。

上河内は柔道二段だ。

「こっちは、へっぽこ帯ですから」

と鼻をつまむ。

「今度の対抗試合はいつですか？」

柴崎が訊いた。

「来月の十三日。それまでに若手のレベルアップを図らねばなりません」

真顔で言い、特練員のふたりに近づいて両肩を思い切り叩《たた》く。

「気合い入れろ、気合いっ」

激しく足を絡《から》み合わせるのを確認してから、戻ってきた。

「沢井照美も試合に出ますよね？」

柴崎はふたたび訊いた。

「もちろん。熱心ですからね。今度は先鋒《せんぽう》ですよ」

「ほう。前回は次鋒でしたよね？」

「はい。沢井はめきめき上達してますよ」

「係長の指導のたまものです。それはそうとして、何やら近ごろ、セクハラ受けてるみたいじゃないですか」

上河内が小声で言うのを横目で見る。

「パワハラかもしれないし」

柴崎がつけ足した。

すると、関口が大きく息をついた。

「そんな話が耳に入ってきますねえ」

「どんな内容ですか？」

関口は自分の額をコンコンと叩いた。

「本人からは聞いたことないな」

ふうと大きく息をつく。

柴崎は練習に励む警官たちを見やった。

「柔道の仲間が言っている？」

「……まあね」

「職務がらみですかね？」

上河内が口を挟む。

「そっちの線が強いんじゃないですか」

「あなた、本部に通報したよね」

さらりと上河内が口にした。

関口は聞き流したように表情を変えない。

図星のようだ。

「どうなんでしょう……」

柴崎が言い終える前に、関口が口を開いた。

「弱音吐くような子じゃないけどね。実は一度、練習の後で聞いてみたんです。もう終わったからいいんですって」

「終わった？　どういうことです？」

柴崎が訊くと関口は道着の腕を組んだ。

「本人がそう言ったんですから、いいじゃありませんか」

「いや、本当に終わったとは限りませんよ。続いていたらまずい」

「それ、いつの話ですか？」

上河内があいだに入った。

「先月二十四日土曜の稽古日に」

「……やっぱり、内部ですかね」

「ほかにないと思いますよ」

関口はそう言い残し、乱取りのはじまった中に入っていった。

それまでの会話がなかったみたいに、声を張り上げる。

「そこ、腰が引けてるぞ——」

ひときわ指導の声が大きくなった。

8

翌日。

午後七時。沢井照美の運転するSUVは明治通りから離れ、南千住方向へ向かった。住宅街を走り抜け、荒川総合スポーツセンター手前の交差点を左に曲がる。センターの建物に沿ってしばらく進み、野球場の手前で右に曲がりセンター専用の駐車場に入っていった。

柴崎は手前の路肩に一時停止して、しばらくやりすごしてから、駐車場に入った。入り口から離れた手前の空きスペースに車をバックで停める。

奥からトレーニングウェア姿の沢井が階段を上がっていくのが見えた。

「ほんと、スポーツウーマンですね」

助手席で感心したように高野が言った。

「おまえも負けずに体を鍛えんと」

「時間が取れません」

「時間は作るものだって」

「そういう代理はどうなんですか?」

高野がいたずらっぽい瞳《ひとみ》を向ける。そこを突かれると痛い。

「窓、開けますね」

高野がエアコンのスイッチを切り、窓を開けた。

蒸し暑い空気が押し寄せてくる。

あたりを見ながら、「ここ狭いですね」と高野が口にした。

柴崎が停めたところから奥に向かって一列で二十台ほど。その奥は建物に沿って、やはり一列になっているようだ。沢井は突き当たりの右手奥に停めているはずだ。

「沢井さん、交番内でやられてるのかな……」

高野が言った。

「どうだろうな」

「本人からもう一度事情聴取しますよね?」

「もちろん」

来週あたりに設定しよう。

様子を見てきますと言って高野は出ていった。

柴崎も車から降りた。駐車場の空きスペースはない。自分たちは運良く収まることができたようだ。スマホで検索してみると、近場の小さなコインパーキングが十近く表示された。ここは手軽にスポーツを楽しめる施設として人気があるようだ。料金も安い。

年季の入ったスポーツセンターの中に入った。正面にロッカールームがあり、右手がプールになっている。左手に進みトレーニングジムの手前で中を覗き込んだ。広い。六割方のマシンが使われている。沢井の姿はないようだ。

スマホが震える。高野からだ。

一階にある幼児用プールにいるという。そこに足を向けた。

幼児用プールの入り口で待っていた高野が振り返る。

「沢井は？」

柴崎は訊いた。

「三階でランニングしてます」

呼びつけられた意味がわからず、訊き返した。

「こっちです」

案内されるまま、通路を歩く。鉄製の枠に囲われた窓の手前で、高野が壁に張りついた。

「あそこ」

窓越しに外を指さす。

駐車場だ。自分たちが停めた場所の奥、左手方向。クリーム色のコンパクトカーが停まっている。黒いスクエアメガネをかけた男が運転席にいた。陰鬱《いんうつ》な眼差《まなざ》し。どうして小本がいる？

「何してるんでしょう？」

「わからん」

施設を利用するなら、さっさと降りてきているはずだ。

「近くに住んでましたっけ」

「いや……自宅は市川市だ」

「反対方向じゃないですか」

「スポーツをしていると聞いたことはないが」

武道の練習も嫌々やっているくらいだ。

高野が硬い表情で柴崎を見つめた。

「ひょっとして、沢井さんが目的？」

高野が壁から離れた。

「問い質《ただ》しましょう」

「待てよ。様子を見る。車に戻るぞ。そこの空きスペースに入れ直す」

コンパクトカーから十台ほど離れたところに、一台だけ空きがあった。

あそこなら、コンパクトカーの前を横切ることなく駐車できる。頭から突っ込めば、見張っているのに気づかれないはずだ。

急いで入り口から出た。運転席に飛び込み、奥に向かってハンドルを切った。

突き当たりが近づいてくる。コンパクトカーがあるのは左手だ。

「頭を低く」

言いながら、右に曲がる。しばらく走った。右手にふくらみ頭から滑り込ませた。

切り返してまっすぐに停める。

運転席から後部座席に移った。高野は助手席に残る。

頭を少し動かせば、コンパクトカーの方を望むことができる。

小本は動かなかった。

そのまま一時間がすぎた。

午後八時十五分。小本がおもむろに車を降りた。

駐車場の入り口に向かって歩き出す。

柴崎と高野もゆっくり外に出る。

建物の角まで来て、向こうを窺った。

入り口の横だ。五段ほどある階段の真ん中で、小本が沢井と向き合っていた。

三十メートル近く離れているので、やりとりが聞こえない。

沢井が顔をしかめて、何事か言い放った。階段を降りようとする。小本が前に出てそれを阻《はば》んだ。なおも沢井は横をすり抜けようとしたので、小本がその腕をつかんだ。

「放してよ」

声が響いた。

小本は驚いて手をはなした。

こちらを向き、早足でやって来る。残された沢井がじっと立ち尽くしている。

高野に声をかけ、あわてて車に戻った。

小本も車に戻りすぐ発進させた。一呼吸おいて、柴崎も車両を出す。

左に取り、入り口が見通せる通路に入った。

うなだれた沢井が横を通りすぎる。

小本のコンパクトカーが駐車場を出て、右に曲がっていった。

それに続き入り口まで達する。右手を見た。

小本の車がみるみる小さくなっていった。

そちらに向かって車を出した。

「小本さん、待ち伏せしてたんだ」

やりきれないといった声を高野が発した。

火曜日の午後、沢井がワンオペのときのやりとりが浮かんだ。彼女とふたりきりで話すために戻って来たとしたら——。

「何を話していたんですかね」

高野が言った。

確かめる術《すべ》はある。

交番の中では、市民と接する表部屋の防犯カメラが二十四時間回っている。ふたりのやりとりはそれを確認すればわかるはずだ。

「小本さんって、職場で浮いてますよね」

「かなりな」

「すごく気になります」

これまで小本については調べなかった。しかし、この段階で職場での噂《うわさ》や人間関係を掘り起こす必要がありそうだった。

9

二日後。

「……そんなことしてたんですか。よっぽどのことがあったんじゃないかな」

小本龍文《たつふみ》が痩《や》せ気味の体を揺すりながら訥々《とつとつ》と口にする。小本龍洋の父親だ。白いものが目立つ髪をきちんと左右に分けている。

きょう、龍洋は日勤の日で、帰宅は夜七時過ぎだ。

先ほど、沢井の名を伏せて、息子が同僚を待ちぶせしていたと告げたのだ。

「よっぽどと申しますと？」

柴崎は声をかけた。

ここは市川市堀之内にある小本の自宅だ。

龍文が親から受け継いだ古い家らしく、壁も柱もかなり傷《いた》んでいた。縁側とのあいだに昔ながらのすりガラスの戸がはめられ、表に小さな庭が垣間《かいま》見《み》える。

二年前、父親の龍文は信用金庫を退職し、いまは損保会社の代理店に勤めている。専業主婦の母親は買い物で留守だ。

「そっちこそ、おわかりでしょう?」

と龍文は口角を下げた。

上河内が柴崎を目で制して龍文に向き合った。

「申し上げにくいのですが、龍洋さんが職場で正座させられていたというような話を聞きまして」

遠慮がちに話し出す。

龍文は眉をしかめ、いまいましそうに上河内を睨《にら》みつけた。

「きょうも小突かれたとか、長々と嫌味を言われたとか、よくしょげかえって帰ってきますよ」

上河内と顔を見合わせる。

職場でいじめられているのは本当のようだ。

「おまえなんか死んでしまえとかまで言われてるようでね。最初のころは聞き流せとか、いい仕事して見返せ、って言ってたんですよ。その場じゃ、わかったとか答えるけど、また肩を落として帰ってくるし」

龍文の頬に赤みが差す。

「あの……同じ交番勤務の連中からですか？」

「そうに決まってるでしょ。ほかにいますか？　息子には上に訴えろって何度も言ってきたんだよ」

首を傾《かし》げつつ、敵意のこもった視線を投げつけてくる。

「……いつごろからでしょうか？」

龍文は天井を見上げ、大きく息をついて止めた。

「去年の夏ぐらいからだな」

「それまではお聞きになっていないんですね？」

「だから去年の夏だって」

ぶっきらぼうに言う。

「いまも続いてますか？」

龍文は胸の前で腕を組むと、壁を睨みつけた。

注意深くその様子を上河内が見守っている。

「よくわからんが……このふた月ぐらいは、聞いてないかもしれん」

いじめが収まった？

しかし、過去に繰り返されていたのは事実のようだ。

龍文の息が荒くなった。

「時期なんてどうでもいい。嫌がらせを受けるでしょ。あまりひどい時は、メールしてくるんだ。この一月だって『拳銃《けんじゅう》の吊り紐《ひも》なくしちゃって』ってメールが来た。びっくりしたよ。一生懸命探せって返事した。でも見つからないって言うから……またやられたなって思って。土下座させられたと後で聞いたよ」

龍文はたまらなそうに髪をかき上げた。

やはり、ランヤード紛失は職場の仲間の嫌がらせだったようだ。

陰湿極まりないいじめだ。

「気づきませんでした」

柴崎は頭を下げた。

龍文の目が据わる。バンと机を平手で叩いた。

「気づきませんですむのか？」

柴崎は反射的にもっと深く頭を下げた。

龍文の顎が突き出る。

「ちっ……そんな調子で、よく管理職が務まるな」

柴崎は畏《かしこ》まった。上河内も膝《ひざ》を揃《そろ》えたたまま、黙りこんでいる。

「わかってたんだろ？　見て見ぬ振りしやがって。こんなのをほっとく組織があるかって言ってるんだ。あんたたち管理職のせいだ。わかってるのか」

ひと息にまくし立て、顔が横を向く。肩で息をしている。

「すみません……」

その場でうなだれ、龍文の言葉を待った。

沈黙が垂れこめた。

探るような眼差しで上河内が声をかける。

「……お父さん、お怒りはごもっともです。ここまで息子さんを追い込んだ責任はわれわれにあります。誠に申し訳ありませんでした」

ふたりそろって深々とお辞儀をした。

次いで上河内が労《いたわ》るように口を開いた。

「息子さんに対するいじめが続いているとしたら、いますぐ手を打たなければなりません。ご協力頂けませんでしょうか」

上河内の言葉に、やや龍文の表情がゆるんだ。

時を合わせるかのように、庭の方から小鳥の鳴き声が聞こえた。見るとサザンカに二羽のセキレイがとまっていた。

「いじめの実態についてお聞きしたいのですが、龍洋さんの口から具体的な個人名は出てきませんでしたか？」

続けて上河内が訊いた。

「名前？」

柴崎は思いつく二係の名前をいくつか口にした。

「そんなんじゃない。この三月に異動したやつで……コシ何とかだった」

「越田？」

まさかと思って口にした名前に、

「そう、そいつ」

と龍文が応じた。

上河内が顔をしかめている。

越田は当時、中央本町交番所属だったはずだ。三十人近い勤務員の中で、頭ふたつ抜けた成績を収めていた。それが評価されて希望通り機捜に移ったのだ。

「女性の名前はお聞きになっていませんか？」

質問を重ねる。

「女……いたな、柔道やってるとかっていう」

「沢井」

柴崎の言葉に龍文は首を縦にふった。

「そう、そんな名前だ」

沢井も中央本町交番に勤務していた。

偶然ではなかろう。

丁寧に謝意を述べ、きょう訪れたことは息子さんに内密にしておいてくださいと念を押して小本宅を辞した。

近くに停めたアスリートに乗り、柴崎の運転で綾瀬署に向かった。

午後二時半をすぎていた。松戸街道から国道を経由し、東京外環自動車道のランプを上がった。

上河内がピアノ・トリオのCDをかけた。知性的なサウンドが流れる。

「ブラッド・メルドー。好き?」

「いや、聞いたことないです」

初めて耳にするが、なかなかいい。

「しかし、参りました」

正直、あそこまで怒りを見せるとは予想できなかった。

「腹にすえかねてたんだろう」

上河内が言う。

「しかし、どうして小本はいじめを受けているのを報告しなかったんでしょうね」

いじめを受けていれば被害届を出せる。現在は、悪いことは悪いと言える流れになってきているのだ。チクッたと後ろ指をさされることもない。

警察は徹底した縦型社会だが、今回のような人格を否定するような暴力は到底許されるものではない。

外環道の高い遮音壁に沿ってスピードを上げてゆく。

「本人のせいか、それともまわりがそうさせなかったか。とにかく、小本の兄ちゃんを立ち直らせてやらんとな」

警察官は日々危険にさらされている。他者と自らを守るため、規律正しい行動の遵《じゅん》守《しゅ》と叱咤《しった》激励は必須《ひっす》である。それゆえに理不尽と思われる暴力が肯定されてしまう土壌がある。

柴崎自身も北沢署の地域課勤務のとき、同僚が先輩警官にパワハラを受けてうつ病になるのを目《ま》の当たりにした経験がある。

「いじめをしていた連中が被害届を出させなかったのかな」

「そこをはっきりさせようじゃないか。越田ってどんな野郎だ？」

越田の人となりについて、知り得る限りを伝えた。

上河内は高速道路の壁に埋め込まれた窓に目をやっている。曇っていて見通しがきかない。

昨日、六木交番に出向いて、交番内を撮影した火曜日の分の防犯カメラの映像を持ち帰った。そして、火曜日の午後二時すぎ、沢井がワンオペのときに小本が現れたときの映像と音声を署でチェックした。

沢井の第一声は、『何なの』だった。

それに対して、小本はこう答えた。

『決まってんだろ』

『何が決まってるのよ』

『ふざけんなよ』

小心者の小本にしては、威勢のいい声だった。

座っている沢井のうしろで、壁とのあいだを行ったりきたりしている。沢井はふりむきもせず、じっとしていた。

そのあと防犯カメラはふたりが奥に移動していくのを捉《とら》えている。

そこから先、映像はない。しかし、かろうじて音だけは拾っていた。

小本『……払えねえんだよ、もう』

沢井『……仕方ないでしょ、あなたの不始末なんだから』

小本『どっちなんだ……』

沢井『……わたしに言ったって……わから……』

小本『……あいつがきそうに行ったからだ……』

そこまでで音声は途切れている。

一分足らずでふたりはカメラの下に姿を見せた。

小本が荒々しく戸を開けて出ていく音が響いた。

沢井がそれを見守るようにじっと戸の前で佇《たたず》んでいる。

それが、あのときのふたりのやりとりのすべてだった。

小本の言葉の中に含まれていた〝きそう〟。あれは機捜。

父・龍文が越田の名前を出したとき、確信と化した。

三郷ジャンクションを首都高方面に取った。視界が開ける。十分も走れば加平インターだ。三時過ぎには綾瀬署に着く。

藪《やぶ》の中に入ってしまったような気分だった。

「小本が沢井に言った〝あいつ〟は越田だったのか……」

と柴崎は口にした。

「だったとしたらどうなの？」

面白そうに訊き返される。

「この三月まで、小本をいじめていた張本人ですよ」

「その小本が誰に何を払うって？」

「金？　何らかの不始末をしでかしたんでしょうか」

その対価として何者かに金銭を支払うというように取れる会話だったのだ。沢井か……、あるいは越田に？

高層建築物のない望洋とかすんだ風景に目をやる。

「柴やんは小本は何かの弱みを握られているから、金を払ったと言いたいの？」

ふと思い起こしたように上河内が口にする。

「ええ、まあ」

「いじめられていたのは小本のほうだぜ」

「それが引っかかるんですよ」

小本がいじめを告発しない見返りに金をせびろうとするのなら、わかる。

しかし、その逆のようなのだ。

小本は明らかに弱味を握られている。それを見つけなければ叩けない。

「どこから手をつけるかねえ」

上河内が両手を伸ばした。

順番を間違えれば、三者は必ず口を閉ざしてしまう。そうなる前に、なにがしかの確証はつかみたかった。

「金の動きを追いましょう」

柴崎が言うと上河内は少し驚いた顔で振り向いた。

「さすが柴やん。沢井と小本の銀行口座を洗うのが手っ取り早いか」

「越田はどうしましょう？　本丸はそっちかもしれない」

「もちろん、調べんといかん。そのあとは？」

柴崎はハンドルを強く握った。

「沢井照美に直当《じかあ》たりするしかないでしょう」

上河内が「わかっとるやん」と呟《つぶや》き、何度かうなずいた。

10

火曜日。新橋。小雨がぱらついている。愛宕《あたご》警察署裏手の警察専用駐車場だ。署の上階には独身寮があり、すぐ横に第一機動捜査隊が入る警察合同庁舎が併設されている。署の裏手からカーゴパンツを穿《は》いた男が足早に現れた。ボーダー柄のTシャツ。素足に紺のクロックス。

目が合うと越田孝則《たかのり》は眩《まぶ》しげな顔で、「こんなところまで、何の御用ですか」と口にした。

異動と同時に四月からこの独身寮に入居しているのだ。

「話を聞きたいんだ」

アスリートの後部ドアを開けてやると、不満げな顔で収まった。

エンジンをつけっぱなしにし、エアコンを効かせた車の運転席に乗り込む。

「先週はお手柄だったな」

越田はちらっと柴崎を見て、眉間《みけん》を人さし指で神経質そうに叩いた。

「……足立のタタキですか？」

後部座席の奥に座っていた上河内が所属と姓名を名乗り、わざとらしく越田に顔を近づける。

越田は息を吐いて、「まぐれですよ」と答えた。

「そう、卑下しなさんな。うちの美人署長がたいそうほめてるぞ。礼を言いたいから一度、署に寄ってくれと伝えてあるはずだが、なぜ来ない？」

上河内はたたみかけた。

「これでも、けっこう忙しくて。坂元署長によろしくお伝えください」

軽く頭を下げる。

「副総監賞二回、部長賞詞五回の越田くんにおかれましては、手柄のうちに入らんか」

そう口にした上河内の顔を、越田が睨みつけた。

「何言ってるんですか」

「むきになるなよ」

「……いずれ、伺います」

越田は言って、用件はすんだとばかりにドアノブに手をかけた。

その肩を上河内がぐっと摑《つか》む。

「話はこれからだろ」

越田は体をドアに向けたまま、体をこわばらせ、

「話？　何です？」

と口にした。

上河内は手を放し、背もたれによりかかる。

「機捜での評判はなかなかなもんだな。後輩連中を府中や中山に連れてってやったりするんだって？　穴狙《ねら》いで派手に買ってるらしいじゃないか」

「……」

「照れるなって。深川署から上がってきた竹村《たけむら》巡査とコンビを組んでるみたいだが、やっこさん、おまえをすいぶん尊敬してるそうだな」

越田は首のあたりをさすった。

「それがどうかしましたか……」

「おまえの言いつけにとにかく従うそうだな。単独で張り込めって言えば、何時間でもぬぼーっと突っ立ってるらしいじゃねえか」

「そんな話、どこから仕入れたんですか？」

上目遣いで警戒しながら訊《き》いてくる。

「おまえ、非番の日もマークXに乗って巡回しているんだって？」

「所轄《しょかつ》と違って、出番が多いですからね。サービス出勤は当たり前ですよ」

上河内の口の片方が上がり、頬にシワが寄った。

「ほー、熱心熱心。おれなんて、非番の日は官給のスマホの電源も切っておきたいぐらいだぜ」

「人それぞれでしょ」

ふてくされた顔で外に目をやる。

「先週の火曜、どこから東和の現場にやって来た？」

調子を改めた上河内に越田は小さく息を吐いた。

「だから、近くにいたんですよ」

「相棒はどうした？」

「気になる継続事案が水元にあるんで、張りつけさせていたんですって」

「通学中の女子中学生に体液をかける野郎の事案か？」

あれ、という顔で上河内を睨んだ。

「いちいち、お答えする理由はないですけどね」

「それ、錦糸町だぜ。水元に新しいネタでも上がっているのか？」

さらっと上河内が口にした。

越田の顔がゆがんだ。

「どこにいようといいでしょう」

つっけんどんに言い放つ。

「おまえがつきあっている女は綾瀬署にいる」

越田は首を横に振り、はぐらかした。

「沢井照美とは続いてるんだろ？」

その名前が出て、越田が目を丸くした。

「……えっ」

「つれなくするなって。男がすたるぞ」

「……別れる理由はないですからね」

「それを聞いたら、沢井さん、きっと喜ぶぞ。だけど、まあ、これからの展開によっては心変わりするかもしれんな」

「ちっ、何なんですか」

と柴崎に視線を送ってくる。

「ときに、小本巡査をどう思う？」

上河内の口から出た新たな名前に越田が別の反応を示した。

「おとなしいやつですよ」

「一緒に組んだら足手まといだったろ？」

越田は目を横に流した。

「そんなこと、思ったことはないですね」

「本当か？　おまえがいつも小突いていたって、中央交番の仲間だった連中から聞いたばかりだぜ」

越田が鼻で笑った。

上河内は目を細め咳払《せきばら》いをひとつして続ける。

「おまえと沢井が音頭《おんど》を取って散々小本をいたぶったんだよな。職質、交通取り締まり。ノルマが達成できないと小本の責任だって叱《しか》りつけて、正座させたあげくに鉄拳制裁。上司も頼りなくて相談をもちかけられない。そんな毎日だったと小本は言ってる。……どうなんだ？」

煩《わずら》わしそうに越田は短かく息を吐いた。

「オーバーですよ」

「沢井もおまえにけしかけられて、女だてらに足蹴《あしげ》にしたんだってな。さすがに小本も参ったろうな」

また小馬鹿《こばか》にしたような顔で越田は笑みを作った。

「こっちに全責任があるようなことを言われても困りますよ」

上河内が息を大きく吐き、目を吊り上げた。

「ふざけるな！　おまえと同じ組だった木村、内田、樋口《ひぐち》の三人はおまえらカップル主導のいじめがあったと認めてるんだ」

越田は肩をすくませ、下唇を噛《か》んだ。

「この四月、小本は六木交番に移ったが、何の因果か沢井も同じ組になった」柴崎は話を受けた。この男は許さない。「いまの組はベテラン揃《ぞろ》いで、集団いじめになど発展しようがなく、小本がそれまで溜《た》まりに溜まっていた鬱屈を沢井照美に向けたとしてもおかしくない。彼女がひとりになった交番で小本は何をした？」

越田の顔がみるみる赤らんだ。

「奥に連れ込んで罵声《ばせい》を浴びせる。髪をつかむ。肩を床に押さえつける。おれがプレゼントしたバッグを床に叩《たた》きつける――やりたい放題にやられた」

越田の耳元までが赤く染まった。

「沢井にしたところで、それまでのことがあるから迂闊《うかつ》に上へ助けも求められん。泣きつかれたおまえは一計を案じた。小本と二人になるときはぜんぶ録音しておけと言い渡したんだよな。いずれはそれが告発するときの証拠になるからと言って。彼女はそれを忠実に実行したわけだ。ＩＣレコーダーを持って、おまえは五月の連休中日《なかび》に小本を呼び出した。表沙汰《おもてざた》にされたくなかったら、金を寄こせとな」

越田は顔を引きつらせたまま乾いた笑い声を発した。

「五月五日、小本は自分の口座から三十万引き出している。同じ日の夕方、おまえは自分名義の口座にＡＴＭで三十万円の入金をすませた」

越田の顔が青ざめた。

「立証できるんすか？」

「説明が足りなかった。三十万でカタがついたと思った小本はすっぱり沢井から手を引いた。ところがおまえは違った。五月三十日に小本に連絡を取って、もう三十万寄こせと脅した。そうだな？」

いい金蔓《かねづる》――そう思ったのだ。

小本は話が違うと主張して、先週の火曜日、沢井ひとりの交番に戻って押し問答をした。それでも答えが出なかったので、ジムにまで行って待ち伏せした。越田は沢井の身を案じて自宅周辺に張り込んでいた。沢井がワンオペのときには、職務中でも単独で近くにいたのだ。

上河内は息を大きく吐くと、越田の腕を強めに叩いた。

「小本から金を受け取ったな？」

越田はうつむいたまま、じっとしている。

柴崎は黒いプラスチックの塊を差し出した。沢井がプライベートで使っていた手のひらにすっぽり収まるボイスレコーダー。越田は一瞥《いちべつ》しただけで顔をそむける。

「よく見ろ……よく見ろって言っとるやろうが」

上河内が語気を荒らげる。

「……テルの……」

そう言ったきり、息が荒くなった。目を白黒させる。ドアノブにかけた手が張りついたように動かない。

上河内が柴崎を見た。

付け加えることがあるかという顔だ。

首を横に振ると、上河内は越田の両肩に手を載せた。

「越田。おまえは警察官であり続けてはいけない。追って連絡を待て」

突き放すように言うと、越田はシャツの胸元をつかみ、首を折るようにうなだれた。

弱々しくドアノブを引き、ゆっくりと外に出る。

バックミラーには寮に引き返す越田の悄然《しょうぜん》とした姿が映っていた。

「どこで間違ったんでしょうかね」

「警察を甘く見ているからこうなる」

今週中にも所属長を通じて監察に連絡がいく。その日のうちに呼び出され、叩かれる。警視庁に籍があるのはあとひと月足らずだろう。

沢井、小本、そしていじめに関わった警官全員が処分対象になる。最低でも厳重注意、場合によれば戒告もありうるだろう。

「ああいう輩《やから》はそれなりに実績も上げるし、幹部の受けもいい。だけどな、往々にして自分に甘くなる。金に執着し出してこそこそ動き回り、自分の墓穴を掘るやつらを何人も見てきた」

上河内は吐き捨てた。

「女が絡《から》むとそうなりやすいですね」

「とも限らんぜ。ヒラにしろ幹部にしろ、誘惑はいくらでもある。違うか?」

ちらっと柴崎の顔を見る。

「心当たりはありません」

「なにも柴やんのことは言ってないよ」

「そう聞こえましたけどね」

上河内は意味深な笑みを浮かべ、前方を指した。

警察合同庁舎のタイル壁が雨に濡《ぬ》れて光っている。

あの中で多くの警官が交通管制の大パネルを見つめている。大都会東京。分刻みで起きる事件事故に対応し、声を涸《か》らしているはずだ。今回の一件で名前の上がった警官たちの顔を思い浮かべた。去る者もいれば残る者もいる。残る我々は、これからどのような警官人生を送っていくべきなのか。

「じゃ、行きますか」

「ああ」

「柴やんはやっぱり刑事に向いてるよ」

「そんなこと、ないですよ」

軽く微笑《ほほえ》むと、柴崎は前を向いてアクセルを踏み込んだ。

独り心中

1

ふたつの死体は目を閉じて仰向《あおむ》けになり、肩を接する近さで並行して横たわっていた。いずれもきちんと靴を履いた足をそろえ、両腕を腹の上で組んで身動きができないよう、足首と手に結束バンドがはめられている。ふたりとも小柄で女のほうは二十代前半、男は三十前後に見える。血の気は失《う》せており、死後数時間が経過しているようだった。

女は細身だ。ショートボブの前髪が眉《まゆ》までかぶさって額を隠している。青のストライプのワンピースの裾《すそ》は両膝《りょうひざ》まできれいに伸びて、シワひとつなかった。大きめのウエストリボンがことさら痛々しい。体型とは裏腹に、ふっくらした頬はやや緑色がかっており、閉じた目には二重まぶたを想《おも》わせる深いラインがある。

男の身長は百七十センチほどかと思われる。面長の顔立ちで密生した顎《あご》ヒゲ。長めの黒髪を耳にかけ、横分けにしている。ジーンズをロールアップさせているので、強《こわ》そうなすね毛が露出していた。ネイビーのTシャツの上に着込んだ白のリネンシャツ
いずれの顔にも、眉根あたりにこわばりがあり、口元近くに幾筋かの髪が張りついているのは、死ぬ間際《まぎわ》にもがき苦しんだ名残だろう。両名ともスマホを持っており、女は保険証、男は運転免許証を携行していたので、即座に身元は割れている。

「着衣をとれ」

臨場した検視官の指示に従い、ふたりの若手刑事が朽ちかけた畳の床を踏み抜かないようにすり足で男の死体に近づき、服を脱がせはじめる。

女性側にある格子窓《こうしまど》は開け放たれているものの、むっとする暑さと湿気が充満する八畳間だった。土壁はところどころ剝《は》がれ落ち、床柱や敷居などの木の造作は焦《こ》げ茶に変色している。頭側に形ばかりの床の間と違い棚があり、埃《ほこり》をかぶったブラウン管の小型テレビがのせられていた。畳には破れたカレンダーやら古新聞やらが散乱している。消防署員の手によって室内は無毒化されているが、いい気持ちはしない。

手際よく裸にされたふたつの死体に目を転じる。いずれも、腹部あたりが緑色がかっている。ぱっと見では外傷はなかった。顎や腕を動かす横で、刑事が体温計を取り

出し、直腸温度計測の準備をしている。

　そのうしろ側で片膝を立てた格好でしゃがみ、じっと畳に目を凝らしているのが上河内だ。ベージュのスーツとチェックのネクタイはいかにもこの場にふさわしくない。鑑識員を呼び、そのあたりの写真を撮らせている。

　もういいだろうと思い、柴崎は八畳間から台所に戻った。欠けた茶碗《ちゃわん》や皿などの食器類が床にまで散乱し、足の踏み場もない。右手にも小ぶりな和室があり、ぼろぼろになった布団《ふとん》や座布団などが見えた。ちりの積もった狭い廊下を慎重に進み、汚れきった浴室やトイレの入り口を視界の隅に入れながら、玄関から外に出た。

　緩い風が頰に当たる。ぬかるんだ足元に注意しながら、マスクを外す。恐る恐る息を大きく吸い込み、ふうっと吐き出した。

　三日間降り続いた雨のせいで、地面はじっとりとしており、ところどころに水溜《みずた》まりができている。

　イヌツゲの密生する垣根に囲まれた庭の一画に、厚手の透明フィルムにくるまれた白いホウロウ容器が置かれている。その横に緑色のトイレ用洗浄剤と茶色い液体の入ったボトルが並んでいた。直径十センチほどのホウロウ容器には、問題の液体が入っているはずだ。

ぱんぱんと衣服を払う音がして、上河内が廃屋から姿を見せた。そこにいた鑑識員に足カバーを押しつけ、マスクを手でむしり取ると、地面に気をつけながら歩み寄ってくる。

イタズラっぽい目で、

「柴やん、お疲れ」

と声をかけてきた。

返す言葉もなく、あらためてホウロウ容器を見下ろす。

中身の液体はすでに中和されているのでガスは発生しないが、ふたりの命を奪った物質として無言の存在感を放っている。

「硫化水素を使っての心中と見て間違いないですね」

「そう見えるけどな」

上河内は曖昧《あいまい》な返事をし、あたりの地面を眺めている。わずかに露出する苔《こけ》むした土に、靴で踏み固めたような跡がついている。

茶色い液体は、硫黄を主成分にした家庭用入浴剤だ。塩酸を含んだトイレ用洗浄剤と混ぜれば硫化水素が発生する。ホウロウ容器はそのために使われた。もともと、亡《な》くなったふたりの頭の上三十センチほどのところに置かれていたが、室内を無毒化する際に液体の中和が行われ、外に運び出されたのだ。

「結束バンドをはめて死んでいるのは、はじめて見ましたよ」

「そうか？ たまに聞くぜ」

足は自分ではめられる。腕もあらかじめ輪を作って手首に通しておけば、嚙《か》んで引いて締められるのだ。

「死ぬ覚悟を固めても、やっぱり、苦しいからでしょうね」

無意識のうちに逃げてしまうのを阻止するために必要な道具なのだろう。

上河内は腕を組み、廃屋を眺めている。

「よく、こんな場所を見つけたな」

と感心したように口にする。

勉強になるから、と強引に誘われたのでついてきたまでだ。長居する気は毛頭ない。

「外から見りゃ、誰だってわかりますよ」

柴崎はそう言うと、隣家と隔てるブロック塀の先を見やった。幅五十センチにも満たない小道には雑草が生い茂り、その先に表の舗装道路がある。ここは足立区の南側を東西に走る幹線道路の江北橋通りの北側。東武伊勢崎線の五反野《ごたんの》駅から西へ三百メートルほどの住宅街にある空き家だ。入り組んだ細い路地が縦横に走る一帯で車の対面通行もままならない。

六月十六日、週のはじまった月曜日早々である。付近の住民から強い臭《にお》いが漂っているとの通報が消防署に入ったのは、いまから一時間前の午後一時半。

駆けつけた消防署員が防護服着用の上付近を捜索したところ、刺激臭を発する空き家からふたりの死体が発見されたのだ。ただちに現場は無毒化された。同時に到着していた綾瀬署員により住民の避難がなされ、付近は封鎖された。

消防署員が見つけたとき、部屋の襖《ふすま》は閉じられ、格子窓も閉められ、そこに雨戸が立てられた状態だった。

スーツ姿の検視官が出てきたので、死因を尋ねるべく横についた。梅原というがっしりした体格の警部だ。マスクはすでに外している。

「硫化水素による窒息死と見ていいだろう」

「了解です。事件性はありますか?」

「外傷はないし、争った様子もない。ふたり仲良くの道行きだ」

表の道に目をやりながら、せかせかした調子で言う。一刻も早く現場を離れたい様子だ。

「死亡推定時刻は？」

「死後硬直がはじまったばかりだしな。両名とも直腸温は三十五度あったから、せいぜい三、四時間前ってとこだ」

そう言い残して、規制線の張られた通りに出ていった。

心中事件で間違いなかろう。

硫化水素は無色の気体で空気より重い性質を持つ。腐った卵に似た刺激臭を発し、吸い込むと気管支炎や呼吸困難を引き起こす。高濃度の場合、たちまち昏倒《こんとう》して死に至る。練炭よりも手早く確実に自殺できるとされ、ネットなどを通じて一時期流行《はや》ったが、最近はネットそのものへ規制がかかり下火になっていた。

ほかにも理由はいくつかあるだろうが、硫化水素による自殺は決して楽な死に方ではないという情報が行き渡ったせいもあるだろう。

吸い込んだとたん、火傷《やけど》を負ったように疼痛《とうつう》が喉《のど》や胸奥《きょうおう》に走り、意識がなくなるまで、筆舌につくしがたい苦しみに襲われるという。一時期は美しく、きれいに死ぬことができるなどともてはやされたが、死後に皮膚の色は緑色がかった褐色になり、体全体からガス特有の腐卵臭を発することも広く知られるようになった。

ひとつ片づいたような気分で、ブロック塀の際を歩き表の通りに出た。

「これじゃ下足痕《ゲソこん》もとれねえな」

うしろから上河内の声がついてきた。

空き家の玄関へ続く小道は、雑草に覆《おお》われ、その下には落ち葉の吹きだまりができており、地面が見えない。

「裏庭にはそれらしいのがあったじゃないですか」

「うちと消防署員のものばかりだぜ」

無毒化する際、多くの消防署員と警察官が出入りしたのだ。

改めて家を眺めた。ここは家の背面にあたる。二階まで窓ひとつなく、赤みがかったトタン壁は錆《さ》びついて、コブシの太い木が一本まっすぐに立っていた。切妻屋根の瓦《かわら》がいかにも重たげだ。空き家の両隣は空き地になっていて、そこから先はそれぞれ二階建ての民家が並んでいる。三メートル幅の道路をはさんだ向かい側も、コンクリート塀で囲われた平屋の民家だった。南に五十メートルほど行けば道は突き当たりになり、北は八十メートルほど先でやや広い道と交錯していた。

「気味の悪い家ですね」

「悪ガキだってよりつかんぜ」

目を細め、空き家を見つめながら上河内が吐いた。

「ええ。心中するにはもってこいだ」

「決めつけるなって」

上河内がこちらを振り向いて言った。

「若いカップルが何かに行き詰まってやらかしたんですよ」

あるいはどちらかが相手に同情して、死を選んだ。

心中は珍しいことではないのだ。

「最少催行人数の集団自殺かもしれんぞ」

その場から動かず口にする。

「名推理もほどほどにしてくださいよ」

つきあっていられず、背を向けて車に向かった。

「せめて親たちが到着するまでいろよ」

上河内の声を手で制して、足早に歩み去った。

戻ってすぐに、署長室で、副署長の助川と坂元署長に報告を行った。

「ご苦労様でした」

坂元は書き物の手を止めず、ちらっと顔を上げただけだった。

「心中に間違いないと思います」

坂元はペンを置いて、正面から見つめてきた。

「若い男女がですか」

無念そうに息をひとつ吐いて唇の端を嚙む。

「残念ながら」

東京都では毎年二千五百名前後の自殺者が発生する。そして、件数がもっとも多いのはこの足立区にほかならなかった。今回自殺した両名は足立区在住ではないが、発見場所でカウントされるので足立区の自殺者が増える計算になる。しかも一度にふたり。綾瀬署管内では毎年五十名近くの自殺者が出るのだ。

「ガスを吸い込んでしまった人はいますか？」

「幸い無毒化作業がすみやかに行われましたので」

「それだけはよかった」

「目に見えないだけに恐ろしいものです」

坂元はうなずきながら、ふっと視線をそらした。

「それにしても、どうしてまた硫化水素なんでしょう……。ほかの人の迷惑は考えないんですかね」

「死ぬことだけで頭がいっぱいだったのかもしれません」

「そうだとしても……」

言い返そうとした言葉を坂元は呑《の》み込んだ。

それ以上会話が続きそうになく、頭を下げて退出した。

2

翌朝の署長室ミーティングでは、前日の心中事件が話題となった。

刑事課長の横に座る上河内が強引に俎上《そじょう》に載せたのだ。

「家主は田中政夫《たなかまさお》と判明しましたが、近所の人や町内会でも、家主の消息を把握していないんですよ」

ひとしきり議論を交わしたあと、上河内が再び疑問を口にした。

「しつこいな、放置された空き家なんてそこらじゅうにあるぞ」

対面にいる助川が早く終わりにしろと言いたげに口を開く。

「噂《うわさ》のひとつふたつくらいは、あってもいいと思うんですよ」

上河内には引く様子がない。

見かねたように浅井が彼のほうを向いた。

「古くからの町だけどさ。代替わりしてご近所づきあいも薄まっているんだ」

「空き家の特措法もできたことだし、区と調整して所有者不明で略式代執行してもらうしかないですね」

坂元は関心なさげだった。怪しげな空き家を潰《つぶ》し、同様の事件が起きうる場所をひとつでも消し去りたいという意向のようだ。

上河内は署長の話を無視するように、また口を開く。

「この一週間内に、空き家の前に四十前後の男女が佇《たたず》んで、建物を見ていたとの情報もあります」

それが何なのという顔で、坂元は返事をしない。

「それから、ふたりが横たわっていたあたりから、かなりの毛髪が採取されています」

「そのふたりのもんだろうよ」

助川はごく当たり前とばかりに言う。

「いえ、鑑識は別人の毛髪だと言っています。明日中には正式な鑑定が出ます」

上河内はやや緊張した顔つきで身を乗り出し、ビニール袋を坂元の前に差しだした。

小さなボタンが収まっている。

「部屋の隅で見つかりました。女が着ていたワンピースのいちばん上のボタンです」

坂元はちらっとそれを一瞥《いちべつ》した。

そういえば昨日、上河内は鑑識員に指図して、そのあたりの写真を撮らせていた。

「……それが何か？」

ボタンには興味を示さず上河内に尋ねる。

「落ちている場所が不自然なんですね」

助川がビニール袋をつまんで上河内のほうに放《ほう》った。

「写真を見たが、悶絶《もんぜつ》した様子の顔だったな。何とか逃れようとして苦し紛れに首元に手をやって、パチンと弾《はじ》けたんじゃないか」

飄々《ひょうひょう》とした口調の助川に対して、上河内は大げさに手を振ってみせた。

「結束バンドをしていたわけですし、そんなに飛びますかね」

「やってみなきゃわからんだろうよ」

助川が口調を荒らげたので、上河内はさっとかわすように、笑みを浮かべた。

「でもね、副署長、双方の親たちは、それぞれ相手の顔はおろか、名前すら聞いたことがないと口をそろえていましてね。硫化水素じゃないけど、これはちょっと臭《にお》うなと思いました」

　引っ込めそうでそうしない上河内の粘り腰に、助川は下駄《げた》を預けるように坂元の顔を見やった。

「それはまぁ若い者同士ですから、ネットとかで知り合って……近ごろありがちな交際パターンじゃないですか」今度はなだめるような口調の坂元だ。「心中の線は動かせないんじゃないですか。上河内代理はいったいどの線で調べたいと思ってるの?」

　両手を膝《ひざ》にのせて上河内を見る。

「たとえば殺し。度が過ぎたイタズラの招いた予期せぬ事故、みたいなものもこの際ですから視野に入れてですね」

「殺し? ふたりに接点はないと言ったのはあなたですよ。まさか、怨恨《えんこん》がらみなんて言わないでくださいね」

　上河内は弱り切った顔で、うーんと洩《も》らし、こちらも助け船を求めるように浅井を見る。

「代理が言うように、ふたりがあの空き家をどうやって見つけたのかについて、実は私も気になってきましてね」浅井が遠慮がちに続ける。「第三者が室内にいた可能性も含め、両名の交際の経緯から決行直前の足取りまでを一応調べてみてはどうかと思いまして」

ミーティングに入る前に、上河内がまた根回ししていたのが見え見えだったが、坂元もそれ以上の反論は避けたい様子でうなずく。

「わかりました。あて逃げ事件も解決されたことですし、やってみてください」

やれやれという表情で助川がため息をひとつつき、柴崎を射るような目で見た。

「柴崎、おまえも臨場したんだよな。手伝ってやれよ」

「いや……」

言葉を呑み込む。

しかし、警察学校時代から柴崎を知る上役の意向に逆らうことはできない。

上河内は柴崎にウインクすると、さっさと署長室をあとにした。

3

木曜日。

高野朋美巡査が運転するアスリートは、雨の降りしきる首都高速3号渋谷線を西に向かって走っていた。世田谷の上馬《かみうま》まであと二十分ほどだろうか。

上等そうなブラックのスーツを着込んだ上河内は、後部座席の隣で車窓を指でこつこつ叩《たた》いている。

まもなく面会する死者の親とどう接するかで、頭の中は占められているはずだ。

廃屋で発見された女性倉田《くらた》未緒《みお》は二十二歳で無職、引きこもり気味だった。訃報《ふほう》を電話で伝えたとき、母親は驚きのあまり一言も発せず、司法解剖後に遺体を引き取っていった際も、夫に抱きかかえられていたという。

「男性の頭髪が気になるんですよね」

ハンドルの下側を両手で軽く支え、冷静な口調で高野が言った。

こちらも黒のビジネススーツだ。

「心中のときにそいつがいたとは限らないんだぞ」

柴崎が言った。

現場で見つかった毛髪は、亡くなったふたりとは別の男のものだったという鑑定結果が出ている。血液型はAB型で、推定年齢五十歳前後、薬物反応はなし。だからといって、心中のあった時間帯にいたとは断定できない。たとえば、それ以前にホームレスとして入り込んでいたということも考えられるからだ。

「毛根部が残っていたんだから、心中現場で無理やり引き抜かれた可能性だってある」

　上河内が外を見ながら言った。

「全然イメージ出来ないんですよね。痒《かゆ》くて引っかけば、三、四本は落ちますよ」

　おやという顔で上河内が柴崎を見た。

「柴やんはどうも消極的だな」

「心中の線は動かせないんじゃないかと思うんですよ。倉田さんはご家族にメールを送っているし」

　スマホのアプリで死後約十時間経過後を指定し、倉田未緒は両親あてに自分が死んだことととその場所について通知している。

「隅谷《すみたに》のほうは送ってないぜ」

　もう一方の二十八歳の男は家族に一切通知はしていない。

「そのあたり、女性のほうがこまやかなものですよ」

　上河内はさらに説明を求めるような顔で見つめてくる。

「高野ちゃんはどう？　単なる心中だと思ってる？」

「ふたりとも空き家近辺に土地勘はないし、別人の毛髪が見つかったりもしていて、他の事態が起きた可能性は捨て切れないと思います」

上河内はそうだろうというようにうなずき、柴崎を見る。

「そもそも、なんで硫化水素を使ったんでしょうかね？」

柴崎はふたりに対抗するように上河内を見返した。

「柴やんはほかの方法がお好み？」

上河内が茶化すように言い、軽く肘鉄《ひじてつ》を食らわしてくる。

「たとえば練炭とか」

「練炭ねえ」

「そっちのほうが楽に逝《い》けるような気がしますけど」

上河内は大げさに首を横に振り、また窓の外を見やる。

「密閉空間でないとやり遂げられないぜ」

一理ある。乗用車内ならともかく、通常の家屋でそれを使うなら、窓や襖などから外気が入ってこないようにきちんと目張りをする必要がある。その点、硫化水素自殺は毒性が強いだけに、一定の濃度さえ保てれば短時間で死に至ることが出来る。

「利便性では断然、硫化水素ですよね」

前方を注視しながら高野が、落ち着いた様子で言う。

「そうかな」

柴崎は言った。

「七輪や練炭を持ち込まないといけませんから、かなり目立つはずです。でも、硫化水素自殺の道具はバッグひとつにおさまるし、簡単に持ち運びできます」

「そうそう」

上河内が高野の顔が映っているルームミラーを見てうなずいている。

「隅谷の親はどうでしたか？　たしか、晴喜《はるき》は父親の連れ子でしたよね？」

柴崎は書類をめくりながら上河内に訊《き》いた。

昨日、上河内の部下が市川市行徳《ぎょうとく》にある実家に赴いているのだ。

「父親はタクシーの運転手。再婚相手と暮らしてるよ。息子とは折り合いが悪かったそうだぜ。晴喜は地元の高校を出てから行徳駅の売店でアルバイトしたけど、続かなくて居酒屋やガソリンスタンドで働いていたらしい。家にはあまり寄りつかなかったと言ってる」

「死ぬ前はどこで働いていたんですか？」

「ここ一年は船橋のリサイクルセンターだよ。毎日、トラックで回収に出ていた。きょう、野中《のなか》が友人関係の聞き込みに行ってる」

野中は強行犯捜査係の若手刑事だ。

「リサイクルセンターですか……」

「どうかしたか？」

「いえ……これまで自殺未遂の経験はありましたか？」

「親たちは知らないと言ってるが、どうだろうな」

ほとんど連絡を取っていないのだから、知りはしないだろう。膝の上の書類に目を落とす。

心中したふたりの死体検案書をはじめとして、この二日間に行われた関係者への事情聴取報告書や空き家の登記簿謄本《とうほん》などの書類だ。検案書によれば、死因はいずれも硫化水素ガス吸入による窒息死とある。目立った外傷や内臓の損傷はない。隅谷晴喜の左首に五センチ四方の圧迫痕があるが、死因とは無関係であり、死ぬ間際に苦しくなって結束バンドをはめた手をあてがった痕《あと》と思われると書かれていた。

付近の聞き込みも行われた。

近くの駐車場で、軽ワゴン車が道に鼻先を出すように停まっていたとか宗教の勧誘のような中年女性がたびたび目撃されたという証言が目を引く程度だ。

検案書をめくり、倉田未緒のスマホの通信履歴を見る。三カ月分ある。母親からの着信が多かった。個人との通話はわずか四件だ。そのうちの二件は隅谷との通話だった。自殺サイトの閲覧履歴がひと月分ほど残されていた。それ以前のものはネットの管理者によりサーバーから削除されていて閲覧できない。

倉田は自殺する前、〝死の門〟と名付けられた自殺サイトに、「ミサ」というハンドルネームでアクセスを繰り返していた。隅谷も「北斗《ほくと》さん」というハンドルネームで同サイトにアクセスしていて、ふたりはこの掲示板を通じてメールをやりとりするようになったのだろう。

チャットには当初、ふたり以外の「カニ」や「ミチル」と名乗る複数の人間が加わっていた。日が経《た》つにつれてひとり減りふたり減り、最後に倉田と隅谷が残った形だ。ふたりの心中への決心が徐々に固まっていく過程がつぶさに見て取れた。

自殺する手段として、最初のころは練炭を使うという意見が出た。死に場所にしても遠い山の中でなどとしていたが、それが手軽なレンタカーに変わり、さらに倉田があまり人に迷惑をかけたくないから最後には空き家がいい、と主張するようになった。そのあげくに今度こそ絶対に失敗したくないので、できれば硫化水素でとリクエストしている。

それに応じた隅谷は、決行するなら日曜日が都合がいいと返答していた。その呼びかけに応じて、倉田が心中直近の木曜日に送った文面には、「六月十五日にしましょう」と書き込まれている。しかし実際に決行されたのは十六日だった。ふたりは電話を使わず、チャットでやりとりしていた。

一方の隅谷のスマホの通信記録を見ると、直近のひと月で電話の通話が十件近くあった。複数のハンドルネームを使い分けて〝死の門〟以外の三カ所の自殺サイトにもアクセスしている。死に憑《つ》かれていたのか。

上河内は亡くなった若者ふたりに思いを馳《は》せるように外を見たまま黙っている。

三軒茶屋の出口で首都高を降りる。玉川通りを走り、環七通りとぶつかる交差点のふたつ手前の一方通行道路を右にとった。こちらも狭い通りだ。

車を停めるスペースが見つからず、最寄りの信用金庫の駐車場に車を停めて徒歩で雨の中を歩いた。目指す番地は住宅が建て込んでいた。似たような建売住宅が並ぶ区画がいくつもある。

そこは車が奥へさらに入れるように、玄関が斜めに切り取られた家だった。二十坪にも満たない二階建てで、五十センチほどの低いセメントの塀がぐるっと家のまわりを囲っている。両開きの門の前から、上河内が呼び鈴を押した。

ややあってドアが開き、丸顔で頭髪の薄い女が顔を見せた。白シャツの上にグリーンのカーディガンを着ている。倉田未緒の母親の昭代《あきよ》だ。地味な色の口紅を差し、うっすらと化粧している。目のあたりが赤らんでおり、やつれた顔付きだった。

玄関横の日本間に招き入れられた。父親は所用で外出しているが、じきに戻ってくるはずだと昭代は言った。音響メーカーに勤めるベテラン技師のはずだ。

畳が替えられたばかりの六畳間だ。作りつけの小さな仏壇があり、その前に置かれた文机の上に倉田未緒の遺骨が収まった骨壺《こつつぼ》が置かれている。その脇《わき》に座ぶとんが二枚重ねられてあった。

上河内を先にして、左右に柴崎と高野がつく形で頭を下げる。上河内が線香に火をつけ、香炉に立てる。手を合わせて合掌しもう一度頭を下げる。柴崎と高野も同様に線香をあげた。

改めて弔意を述べると、昭代は嗚咽《おえつ》をもらしはじめた。

どうにか落ち着くと、ハンカチを口元に当て、深くお辞儀をする。ご迷惑をかけて大変申し訳ありませんでしたと丁寧に謝られ、とんでもありません、と上河内が応じた。

「あの……未緒さんのこと、さぞかしお辛《つら》かったと思います。ご心中《しんちゆう》、お察し致します」

高野の言葉に、ふたたび昭代の目が赤らんだ。ハンカチで口元を押さえ、ひと言ひと言、こらえるように口にする。

「未緒は小学生のときにひどいイジメにあってそれ以来ずっと苦しんでいました。……中学のときうつ病になってしまって、不登校になりました。高校は半年くらい通ったんですけど、やっぱりだめで」

辛かった日々がよみがえったかのように咳《せ》き込んだ。

「三年ほど前だったかしら。リストカットをして、そのときわたしたちが慌《あわ》てる様子を見て、よけい引け目みたいなのを感じてしまったらしくて……」

喉を詰まらせながら涙声で洩らす。

どう声をかけてよいのかわからない。

予兆はあったとしても、硫化水素を使った自殺はあまりに衝撃的だったはずだ。緑色に変わり果てた遺体を見た両親は、娘が最期《さいご》に味わった恐怖を目の当《ま》たりにしたも同然だ。自殺に至った心の推移については、彼女自身によるネットへの書き込みで明らかだったので、具体的に尋ねる必要はなかった。

それでも上河内は、隅谷晴喜の名前と生前の写真を見せて、こちらの方にお心当たりはありませんかと問いかけた。

涙をこらえながらしばらく写真を見つめていたものの、昭代は首をふるばかりで話ができなかった。

「すみません、お母さん、未緒さんはこの日曜日はどちらでお過ごしでしたか？」

殊勝なトーンで上河内は尋ねる。

「亡くなる前の日ですか……」

とハンカチを鼻にあてて、こらえるように考えをめぐらす。

「外に出ないで一日中部屋にいたと思います」

「月曜日、未緒さんが家を出たのはお母さんが買い物に出かけたあとだったと伺っていますが」

「九時ちょっとすぎだったかしら……わたし、郵便局に行ってて十五分くらい家を留守にしていたから、たぶん、そのあいだに……」

そこまで話すのがやっとだった。

「外出に気づかれたのは、お昼ごろだったそうですね？」

高野が口をはさむと、また辛そうな顔をして昭代は首を傾けた。

「……あの子、ずっと部屋にいると思っていたから」

消え入るような声で言うと、手を畳について肩を落とした。

「お昼ご飯だと呼びに行ったら、いなくなっているのに気がつかれたんですね？」

高野の問いかけが無慈悲に響く。

昭代はハンカチを握りしめ何度もうなずいた。

もうそのくらいにしておけと柴崎は心の中で呼びかけた。

母親は目を離したことを気に病んでいるだろう。いまさら当日の状況を掘り返したところで誰のためにもならない。

二階に上がり、未緒の部屋を見せてもらった。

窓際のベッドに布団がかけられ、反対側にはノートパソコンがのった机が置かれている。高校時代の学習参考書やら女性向きのマンガ月刊誌やらが無秩序に本棚に並んでいる。小説の類は少ない。マスコットの人形とクリスタルの置物が目につく程度で、女性らしさがあまり感じられない部屋だった。

昭代に断って机の中を改めさせてもらった。

必要最小限の筆記用具しかなく、ノート類すらない。この部屋で彼女はふだんどのように暮らしていたのか。実態がつかめなかった。

「お母さん、ひとつよろしいですか?」

上河内の呼びかけに昭代は不安げにうなずく。

「未緒さんはネット通販やオークションを利用されていましたか?」

「マンガや小物などは買っていました」

「最近、彼女宛《あ》てに届いたものはなかったですか？」

上河内は注意深く相手を窺いながら問いかける。

「いえ」

硫化水素による自殺を主張した張本人だから、家庭用入浴剤やトイレ用洗浄剤を取り寄せた事実がなかったかを確認したいのだ。

上河内は納得したようにうなずきながら、別の質問をくり出す。

「ご家族や未緒さんの友だちで、足立区方面にお知り合いはいらっしゃいますか？」

昭代はさっと首を横に振った。

「未緒は、北千住から向こうは行ったことがないはずです」

きっぱりと言われ、さすがの上河内も二の句が継げなかった。

亡くなった未緒は高校もろくに行かなかった。足立方面に友人がいる可能性は低い。

「あの子にとって辛い季節でしたし」

帰り際、ふたたび昭代はこらえきれずに泣きだした。

春が終わり初夏へと向かうこの梅雨の時期を指しているようだ。精神的にデリケートな女性にとって、過ごしやすい季節だとはいえないだろう。三人は無言で車に戻った。

4

「どうして、あんな場所で自殺したんでしょう?」

車を出してすぐに、高野は口にした。

法務局の謄本によれば、空き家の持ち主の田中政夫の、登録電話番号は現在使われておらず、本人にはまったく連絡がつかない状態だ。

「今んところ心中になっているぜ」

「ネットで知り合ったんだから、ふたりでも集団自殺っていうのが正しいような気がします」

狭い道で慎重にハンドルを切りながら、高野はルームミラー越しに上河内をちらちら窺っている。

「たしかに勢いというのはあるかもしれんな。せっかく集まったんだから決行しようって」

柴崎の言葉に高野は同意するようにうなずく。

「男女ペアだったというのが気になるんです」

「どうして？」

信号でブレーキを踏み、高野は後ろを振り返った。

「ネットで知り合ったばかりだとすると、まだあまり互いを理解していないはずじゃないですか。男の人ならそれでもいいかもしれないけど、女性の側からしたらどうかな。ちょっと、怖いのではないかと思います。やっぱり、三人目の男がいたのかもしれません」

「じゃ、そいつを炙《あぶ》り出さないとな」

きっぱりした口調で上河内が言う。

「〝死の門〟はふたりの死で持ちきりでしたね」

発見された翌日の朝刊で報道されたので、サイト関係者のあいだに知れ渡っている。その日から、『まさかやるとは思わなかった』『半分冗談だと思っていた』などとサイトでは大騒ぎになった。

「今朝見たが、サイトは閉鎖されていたな」

死んだふたりのチャットを誰でも閲覧できる状態だったのをプロバイダが封じたのだ。

「返事はあったか？」

続けて上河内が高野に訊いた。何の話だろう。

「いえ、ありませんけど、ゆうべ緊急オフ会を開こうっていう呼びかけは別のサイトで見ました」

意外そうな顔で上河内が身を乗り出した。

「管理人からか？」

「いえ、チャットしている人の呼びかけでした。今晩、池袋で午後七時からということで」

「なるほど、今晩か」

ついてゆけず柴崎は質問をはさんだ。

「事件後すぐには閉鎖されなかったので、わたし、適当なハンドルネームを使ってチャットに加わったんです。もちろんメアドも添えて」

高野の説明に納得した。

オフ会の開催は、追悼か、あるいは情報収集のためか。

いずれにしても、ネット上の関係とはいえ、知り合いが亡くなったのだ。落ち着かない気持ちのはずだ。〝同志〟たちと顔を突きあわせて、とりあえず気を紛らわせたいのかもしれない。

チャットの参加者や掲示板の管理人と連絡を取り、公式に事情聴取したいものだが、おそらく拒まれるだろう。

玉川通りに出る角で、高野は左右を確認して、渋谷方面にハンドルを切った。上河内が腕を組みながら、ふと洩らす。

「姉ちゃんと兄ちゃん、どっちが薬品を持ち込んだんやろうな？」

「隅谷だと思いますよ」

柴崎が言う。

「どうしてそう思う？」

「彼の指紋が多くついていたし」

洗浄剤の容器やホウロウの器から隅谷の指紋が検出されている。

世田谷通りと玉川通りが交わる交差点が近づいてくる。首都高高架下にある信号が変わるのを沢山の人が待っている。

「それより、ふたりはどこで落ち合ったんでしょうね？」

柴崎は話題を変えた。

「現地やないかな。高野ちゃんはどう思う？」

上河内が訊いた。

「あそこでひとりでいるのは気味が悪いから、どこか別のところじゃないかな」

「たとえば?」

「思いつきません」

「おそらく倉田未緒は電車で来てるな」上河内は言った。「高野ちゃん、きょうのオフ会の店は?」

「池袋駅東口にある居酒屋です」

「参加できるよな?」

「現地で頼めば、入れてくれるんじゃないかと思います」

「じゃ、行ってみろよ」

「そうですね。何かわかるかもしれないし」

当然のように口にする高野の顔を見た。

身分を秘匿《ひとく》して参加することになるが、おとり捜査には当たらないだろう。できればサポートしたいが、自死を望む者の集まりだし、事件直後だからみな神経質になっているはずだ。そこに自殺志望者のような顔をして入り込む演技力はない。

「トライしてみてくれ」

意外な展開に柴崎は戸惑いを隠せなかった。

「じゃ、終わった後に池袋で落ち合おう。それまで時間があるから、高野ちゃんには自分の推理の証拠集めでもしてもらおうか」

「推理というと？」

思わず振り返り高野が訊き返す。

「来るとき、道具はバッグひとつに入るとか言ってただろ」

「……はい」

硫化水素を発生させる洗浄剤や器のことだ。

「ふたりのうち、どっちが持ってきたか五反野駅の防犯カメラで確認できるぞ」

「わたしが行くんですか？」

「今度、恵比寿の鉄板焼きに連れていくからさ」

「そう言って、連れていってくださった例《ためし》はないですから」

わざと不機嫌そうな口調で言った。

「空き家付近の聞き込みはどうします？」

柴崎が会話に加わった。

空き家周辺の聞き込みはふたりの若手刑事が一日かけて行ったのみで、十分とは言えない。彼らは現場近くでふたりを見たという目撃証言を得ていないのだ。

「そっちには、これからおれが合流する。……それでさ、やっぱり空き家の持ち主が気になるなぁ、柴やん」

上河内は思いつきのようなことを言う。

「法務局の謄本を取ってもわからないし、近所の人も知らないとなれば、見込み薄ですね」

「課税資料で追うしかないと思うわけよ」

都税事務所で固定資産税の課税状況を調べ、そこから持ち主を追う方法だ。

残されている手段はそれくらいだろう。

「柴やん、そっちへ回ってくれんか？」

「都税事務所ですか？」

「得意だろ」

たしかに都税事務所へは届出などで出入りしている。

「頼んだ」

有無を言わさない口調だ。

「わかりましたよ。都税事務所に出向けばいいんですね」

やれやれと思ったが、上河内は引きそうにない。

「まずは、署へ戻ろう」

手をひとつ叩いて、シートに座り直す。

「了解です」

高野が軽くうなずき、アクセルを一段深く踏み込んだ。

5

二階から見下ろす明治通りは、駅方面へ向かう人で混雑していた。雨は上がっている。大型電器店の前で呼び込みが声をからしている。ここは池袋駅東口から歩いて五分ほどのところにあるビジネスホテル二階の、カジュアルなイタリア料理店だ。通りに面した窓際《まどぎわ》のテーブル席。カウンターもある店内は広く、奥には個室もある。午後八時半を回っていた。モッツァレラチーズのかかったトマト風味のピザを食べ、コーヒーをおかわりしてねばっていると、上河内がようやく姿を見せた。

ペペロンチーノとコーヒーを注文し、水でとりあえず喉《のど》を潤《うるお》している。

高野が入っている店を訊かれたので、通りの反対側にある雑居ビルの五階あたりを指した。

「まだしばらくかかるか」

グラスを置き、上河内はそのあたりに目をやる。

「もう二時間近くになりますね」

「通夜《つや》みたいなムードなのかな？　それとも、それなりに盛り上がっていたりして」

「さあ……」

六時半に池袋東口交番前で高野と合流し、二十分ほど近くのファストフード店で時間を潰してから、オフ会が行われる店の近くまで連れていったあと、ここにやって来た。

どんな雰囲気なのか想像もつかない。

楽しい会ではないだろう。

空き家の持ち主と連絡が取れなかったことを伝えたが、上河内には織り込み済みのようだった。

「高野ちゃん、駅でふたりの映像を見つけたんだって？」

思い出したように上河内に訊かれる。

「ええ、これです」

五反野駅の改札口にある監視カメラが捉《とら》えた映像だ。

柴崎はスマホを操作して写真を表示し、上河内に渡した。

ワンピースを着たショートボブの女が改札を通り抜ける写真だ。バッグを肩に掛け、手には何も持っていない。

目を皿のようにして見入っていた上河内は、拡大表示させて時刻を確認する。

「午前九時五十分。ちょうどの時間帯だな」

「もうひとつ」

柴崎は上河内の手にあるスマホを操作して、次の写真を表示させた。

「こっちは十時五分。隅谷か？」

食い入るように画面を見ながら言う。

「間違いなく」

顎《あご》ヒゲを生やした長めの髪、面長の顔が正面を向いて映り込んでいる。ネイビーのTシャツの上に白いシャツをはおり、ジーンズを穿《は》いていた。上河内は、その背中に背負っているグレーの大きめなデイパックを指で突いた。

「……これ、空き家にあったか？」

「ありませんでしたよ」

そう答えた柴崎の顔を上河内は不審気に見つめ画面に顔を近づける。

「パンパンだな」

隅谷はやや右斜め前を向いているので、デイパックのふくらみがわかる。

「例のガスを発生させるもろもろが入ってるんですよ」

「ふむ……」

現場にあった入浴剤やトイレ用洗浄剤、そしてホウロウ容器などを頭に描き、それらをデイパックの中に当てはめているのだ。

「もっとよく見てくださいよ」

柴崎が言ったので、上河内は目を凝らした。

入浴剤や洗浄剤は横向きで置ける幅がある。ホウロウ容器を入れたとしても、デイパックの上側のふくらみが妙だ。

「食い物とかそういうものか?」

「司法解剖の結果では、朝食を食べたきりでしたよ」

「そうだったな。何なんだろうな。たしかに、ふくらみすぎてる」

興味深げに覗《のぞ》きこみながらつぶやく。

「デイパックが現場になかったことから説明できません」

上河内はスマホをテーブルに置き、微笑した。

「面白え。やっぱり第三者が存在したか」

その人間がこのデイパックを持ち去ったのだと言いたいようだった。

もし、第三者がいたとして、いったい、何故《なぜ》？　金目のものでも入っていたのだろうか。

パスタとコーヒーが運ばれてきた。上河内はさっそくパスタに手をつけた。

「空き家付近の聞き込みで何か摑《つか》めましたか？」

上河内はフォークを動かす手を止めぬまま、答えた。

「軽ワゴン車が目撃されたっていう話があるだろ？」

「空き家近くに停まっていたとかいうあれですか？」

パスタを口に運びながらちらちらと向かいの通りを見下ろしている。

「心中する前の週の金曜日の午後二時だ。空き家の通りから、江北橋通りに出る角に牛丼《ぎゅうどん》屋がある。そこの防犯カメラの映像に映っていたらしくてな」

「近所の人が停めていただけじゃないですか？」

それまでの報告書によれば、軽ワゴン車には中年の男性が乗っていて、空き家方向を眺めていたとなっているだけだった。

「ナンバーが映っていなかったので、それ以上はわからないらしいけどさ。気になるのよ」

　軽くうなずくと、食べ終わるのを待って柴崎は尋ねた。

「隅谷の友人たちはどうでしたか？」

　上河内は顔を窓側に向けたまま、口にする。

「嫌な話を拾ったぜ。二年前、隅谷がまだＪＲ船橋駅近くの居酒屋でバイトしていたとき、同じバイトの女子大生がシフトがらみで店長とトラブったらしくてな。その店は店長と隅谷とその娘《こ》の三人で半年ほど回していたんだけど、店長が家族持ちでな。土日出勤がしばらくできなかった時期があって、あまりの忙しさに不満を持った女子大生が出勤拒否をした。困った店長から様子を見に行ってくれと頼まれて隅谷は女のアパートに出向いた。おれは君の味方だとか甘い言葉をかけながら愚痴を聞いてやるうち、女子大生もちょっとぐらっときた。そこにつけ込んで乱暴を働いたらしい」

　そこまで言って上河内はコーヒーをすすった。

「まさかレイプ？」

「そのあたりはわからん。女が訴え出て、店長の上のエリアマネージャーが収めたらしいが、隅谷の友人によると、おれは悪くない。女のほうが金目当てに訴えたんだとか抜かしていたそうだ」

コーヒーに手をのばす。

「時をのがさず悪さをしたようにしか受け取れませんけど」

「地元の後輩をおどして金をまきあげるようなこともあったみたいでな」

「タチが悪いですね」

「ああ」

そのような人間がしおらしく自殺など図るものだろうか。

「トミー登場」

窓の外に目をやっていた上河内がつぶやいた。

柴崎もそちらを見た。

白い長袖《ながそで》のカットソーにキャメルのフレアスカートを穿いた高野朋美が姿を現した。肩に小ぶりなトートバッグを下げている。

トミーは高野の急ごしらえのハンドルネームだ。

駅とは反対方向にある横断歩道を渡り、こちら側に歩いてきたのを確認して、あらかじめ予約してあった個室に上河内が移った。柴崎は店の入り口で待ちかまえ、情報収集を終えた高野を案内した。

三人掛けのソファを向かい合わせた、こぢんまりしたスペースだ。食べかけの料理が移された。高野はソファをひとりで占領して、ふたりの前に腰を落ち着けた。酒が入っているようで、目の周りがほんのりと赤い。

表情は硬いものの、とりあえずほっとした。あまり話すことはなかったので、料理だけはしっかり食べてきましたと言った。竹をモチーフにした半個室での会食だったらしい。どんな料理だったと柴崎が尋ねると、会費四千円、枝豆、お造り、串《くし》揚げなどのコースで、ドリンクは飲み放題だったという。

「みんな帰ったのか？」

上河内が労《いたわ》るような口調で訊いた。

「半分は帰りました。ぜんぶで七人来たんです」

言いながらトートバッグを脇《わき》に置く。

「すんなり入れたか？」

「ハンドルネームを名乗ったら、まったく疑われなくて」

上河内も心配していたらしい。

「男女比は？」

「女性四人、男性三人。年齢は女性が二十代三人と四十代に見える人がひとり。男性は十代の若い子がひとりと、ほかは四十前後に見えました」

まだ落ち着かない様子で言う。

注文を取りに来たので、高野が赤のグラスワインを注文した。

ひと仕事すませて喉の渇きに気づいたのか、ひといきにグラスの水を半分ほど飲み干す。

「飲み足りんか？」

高野はようやく笑みを浮かべ、

「おいしいお酒じゃありませんでしたからね」

と冗談めかして言った。

柴崎はピザを適当に選んで追加注文した。

しばらく落ち着くのを待っていると、少しずつ詳細を話しはじめた。

「……わたしともうひとりの女性を除いて、ほかは顔見知りのようでした。チャットだと本音をずばずば言い合ってましたけど、最初のうちはみんな遠慮がちで事件にも触れなくて」

「自己紹介させられたんだろ？」

柴崎は訊いた。

「品川で働くOLだとか、適当に言いました」

「参加した理由を訊かれなかったか？」

「生きづらいとか、そういう感じのことを言いましたので」

「連中、どんな感じだった？」

興味深げに上河内が訊く。

その質問を予想していたように一度うなずいた。

「それが思ったほど暗くはなかったんです。顔見知りの人たちがお互い、どうしていたかとか、まずはそういう話からでした。誰それはいま何してるとかいう話になって、わたしに説明してくれたり。この人は家でDVにあってるとか、精神障害で毎日が辛いとか。フランクに話してくれてびっくりしました」

「女が話してくれたのか？」

「そうですね。会話の七、八割は女性でした。けっこう自己分析しているっていうか、お互いの辛さを確かめ合っているというか、そういう感じで。男の人のほうがどちらかと言うと、思いつめているような印象を受けました。若い男の子は専門学校でイジメにあっているみたいでしたね」

「男は不器用なんだよ」

ゆったりした口調で上河内が言う。

「そうですね。上河内代理のようにさばけてる方は少ないです」

一本取られたという感じで上河内が笑みを返す。

「七人はいても立ってもいられなくて、集まったわけだろ？」

柴崎が訊いた。

「ひとりで悩んでいるのと、ずいぶん違うんだろうなって思いました。何ていうのかな、助け合っているような雰囲気があって。どんな人だって、ひとりじゃなかなか死のうっていう決意はできないから、こうやって集まるんだろうなって感じました」

「お互い悩みを持つもの同士、話すだけでまだ生きていられるって感じることもあるんだろうな」

上河内の言葉に高野がしきりとうなずいている。

「自分よりも苦しんでいたり悲惨な状況の人と実際に会えば、こんな人生でもまだマシかって感じて、死を思いとどまるんじゃないか」

柴崎は言った。

「シニカルですね」

「尋常ではない様子のやつもいたろ？」

続けて訊《き》いた。

「きょうはいなかったですよ。道具を用意した上で、一週間後に決行。死にたいものは集まれなんて書き込みながら、けっきょく、ほかの人にリーダーを任せて、さっさと降りてしまうような人もいるようなことを聞きました」

オフ会に潜入した興奮がまだ冷めないらしく高野がひと息に言った。

倉田未緒と隅谷晴喜について、どんな話題になったのかについて尋ねると、高野はトートバッグからICレコーダーを取りだして再生ボタンを押した。ひそかに録音していたのだ。ざわついた雰囲気のなかで会話が聞こえる。余計なところを飛ばして、肝心なところまで早送りした。女性の声だ。

『言い出しっぺは北斗さんだったでしょ……まさか北斗さん、硫化水素使うなんて思わなかったし』

北斗は隅谷のハンドルネームだ。メンバーの中では道具は男が用意するというのが暗黙の了解だったようだ。

『ほんとほんと。たしか前会ったとき、だんぜん練炭だって言ってたよね』

『うんうん、携帯型のコンロがあるから便利だってね』

『でもぴっちり目張りして、二十四時間は絶対に見つからない場所で決行しなきゃいけないって。それって、なかなかハードル高いなって思った』

『そうそう、よっぽどタイミングを合わせないと』

『ひとりでも都合が悪いっていう人が出ると、その雰囲気に流されちゃって、じゃあやめようってなるじゃない』

まるで、自らの体験を話すかのような口ぶりだ。

そこでようやく男の声が入った。

『一度決めたら、最後までやり通さないと会の意味がないじゃないですか』

『ヨシさん、そのときの流れだって』

こちらは若い男の声だ。

女性の声で話題が戻された。

『今回だって、最初のうちはカニさんやミチルさんが、すごく前のめりで一緒に死にましょうってチャットしてたのに、いつの間にかふたりとも消えちゃったし』

『そうね。わたしもカニさんと一緒なら逝《い》けるかなって瞬間思った』

『うんうん、大柄なわりにやさしそうだし。あんな包容力のありそうな人と一緒なら安心して逝けるなってね』

しばらく間が空いた。そこで、カニというハンドルネームの者の写真をタブレットで高野に見せてくれたそうだ。

『でも、北斗さんとふたりきりだと、ちょっとっていう感じよね』

ふたたび女が口にした。

『……あの、どうしてですか？』

ようやく、高野の声が入った。

『北斗さんとは一度会っただけだけど、すごく一酸化炭素中毒のメカニズムに詳しいの。酸素濃度がいくらいくらまで低くなると、膨大なCOが出るとか、助かった場合の後遺症がどうとか。聞いていてちょっと、引いちゃったな』

『そうそう、キリコっぽかった』

『でしょう？　わたしもそう思った。でも、ミサさんはテンパっちゃってたから、最後までついて行ってしまったんでしょうね』

『わたし、カニさんもかなり切羽詰まっていたように思えたけどな』

『でも、北斗さんの仕事があるから日曜にしようって変じゃない？』

『そうかな。まわりに気付かれないようにするには、仕事がない日のほうがいいような気もするけど』

しばらく聞き続けたが、そのあとは隅谷と倉田に関する話題は出てこなかった。

若い女性店員がピザを運んできたので、高野があわてて再生を中断する。

「キリコって何なの？」

店員が出ていってから、気にかかっていたことを柴崎は口にした。高野も知らないらしく、上河内を見た。

「昔、自殺用に青酸カリを通信販売する男がいた。覚えてないか？」

上河内がおもむろに口にした。

「ああ、思い出しました……」

柴崎が二十歳のころに社会を騒がせた、ドクター・キリコ事件。ネット上に安楽死を請け負うマンガキャラクターの名前を冠した掲示板を作り、そこから自殺希望者に青酸カリを送った事案があった。

「青酸カリは売るんじゃなくて、五年間保管させて返却させるという契約だった。万が一捕まったとき、言い逃れするための方便だな」

犯人は捕まる前に自殺したという記憶がある。青酸カリの値段は数万円だったはずだ。

「ネット上で自殺志願者の相談に乗っていたし、口コミでも広がった。不特定多数の人間に送りつけたから、犠牲者の数は未《いま》だにわかっていない。ふざけた野郎だよ。ところで高野ちゃん、ほかに何か気になることはあった？」

ピザを頬張っていた高野が口の中のものを飲み込んだ。

「練炭とコンロは、都内だとなかなか売ってくれないとか、ネットのオークションサイトでも最近は落とせないようなことを語り合ってました」

「練炭自殺がポピュラーになって以降、売る側も人間を見るようになったんだろう。そのカニさんとかいうやつの写真はどうだった？」

柴崎が訊《き》いた。

「はい、以前にも同じ店でオフ会があって、そのとき撮ったものみたいですね。ちっちゃなメガネをかけて、角ばった顔付きの男性だったですけど」

「人望がありそうなやつじゃないか」

上河内が言う。

「でもけっきょくは、自殺志願者ですからね。最後の局面では、隅谷みたいに道具を用意できるかどうかで決まるんだろうと思いますよ」と柴崎。

「しかし、キリコが今ごろ出てくるとはな」

胡散臭《うさんくさ》そうにつぶやく上河内の前で、高野がほっとしたようにワインを口に含む。

深刻な事情を抱える人々が集まる会に潜入していたにしては、さほど精神的ダメージは受けていないように見える。短期間でたくましくなったものだ。

柴崎はやり残していた事務仕事が気にかかっていた。年度切り替えの繁忙期はすぎたものの、後回しにした仕事が山積みなのだ。

6

翌日は朝からパソコンに張りついて、資機材の在庫管理台帳の点検に没頭した。昼前に一段落して、根木警務係長とともに内容に誤りがないかどうかを確認する。カウンターの受付窓口で、上河内が山浦と話し込んでいるのにもしばらく気がつかなかった。ちらっと視線を送ってきたので、柴崎は自席を離れた。

裏口に向かう上河内と並んで歩いた。スポーティな紺のコートにスリムパンツというラフな出《い》で立ちだ。ビニール袋を手に持っている。

「これからどこへ？」

「船橋。隅谷が働いていた会社へ」

「話はもう聞いたんじゃなかったですか？」

上河内の部下が事情聴取に出向いているはずである。

「自分の目で見ておきたくてな。どうする？」

値踏みするような顔で見られる。

隅谷という男の胡散臭さは関係者の事情聴取により徐々に明らかになってきた。

同行しますと伝えて席に戻り、根木係長に断ってから私服のジャケットに着替え、裏口から出た。上河内が運転席にいるアスリートが目の前に待機していた。

助手席に乗り込むと、勢いよく走り出した。

東に向かうと思っていたが、ひとつ寄りたいところがあると上河内は言って最初の交差点を南にとった。着いたのは、五反野の心中現場だった。近くの駐車場に車を停め、ひと言も説明はせず、ビニール袋片手に空き家の玄関に続く小道に入っていった。

玄関に張られたままの黄色い規制線をくぐり抜け、靴のまま上がる。すえた臭《にお》いの漂う台所で上河内はビニール袋からコップを取り出し、事件現場の八畳間に入った。

雨戸が立てられていて、四日前よりもずいぶんと薄暗かった。むっとする熱気は変わらず、ふたつの死体が横たわっていたところは腐りかけた畳があるだけだ。古新聞の上を歩いて、倉田が横たわっていたところで片膝《かたひざ》を立てる。周囲を見回しながら、次に取りだしたのはひと束の線香だった。ライターで火をつけて、それをコップの中に入れて畳に置く。

線香の煙が真横になびいて、倉田の頭の上あたりから窓際に漂いはじめた。

それを確かめると、上河内は身を屈《かが》めて風上にあたる違い棚近くを覗《のぞ》き込んだ。テレビの重さからか、棚の上板がやや左に傾いているようにも見える。そこに近づき、床の間と棚のあいだにある柱をしげしげと見ている。

柴崎もうしろから注視した。

床の間と棚のあいだにある柱の根元がわずかにずれている。柱に密着した土壁の一部がごく薄く剝《は》がれて、家の外側から差し込む光がかすかに見えた。風はそこから吹き込んでいるようだ。

振り返ると、女が横たわっていた場所から左側の格子窓《こうしまど》にかけてぼんやり煙っている。部屋のなかほどから右手にかけては、ほとんど漂っていない。

「線香の煙を硫化水素ガスに見立てているんですね？」

柴崎が尋ねると、上河内は突っ立ったままうなずいた。

「女が横たわっていたところにガスが滞留していったわけか」

上河内は細心の注意を払いながら横に移動すると、隅谷の横たわっていた場所にしゃがんだ。

「ここはかなり薄いな」

「ええ」

同時に絶命したわけではないかもしれない。

しかし、台所と隔てる襖《ふすま》は閉められていたので、多少時間はかかっても硫化水素ガスはこの八畳間にまちがいなく充満したはずだ。

上河内が隅谷のいたあたりから、さらに右側を指した。

「髪の毛が見つかったのはこの辺か」

そう言って畳に目をやり、じっと見つめる。

なぜこんな実験をする気になったのかと尋ねてみると、厳しい表情で、

「隅谷という野郎、気にくわんだろ？」

と訊き返された。

「ええ。それで、いまの実験をしたんですか？」

隅谷の人となりと線香の実験がどう結びつくのか、いまひとつ理解できなかった。

隅谷と倉田がこの場で窒息死した事実は変わらないのだ。

「隅谷が住んでいたアパートの家宅捜索令状を取らせてる」

「アパートですか……」

隅谷が死の直前に何を行ったと考えているのだろう。いくらこの部屋を調べても重

大な事実が摑めるとは思えないのだが。

腿《もも》のあたりをパンと叩《たた》くと線香を入れたコップを取り上げ、上河内は部屋から出ていった。玄関の外で線香を踏み消し、ビニール袋に収めると、あとを振り返ることもなく道路に出る小道を歩き出した。

7

江戸川の手前で都道から国道六号線に入った。松戸市内を走るあいだに、ハンドルを握る上河内から説明を受けた。

隅谷が勤めていたのは長田《ながた》商会というリサイクルセンターで、解体工事まで手がける中堅クラス。船橋市内に三カ所のリサイクル用のヤードを有し、隅谷はそのうちの一般廃棄物専門の中間処理を行うヤードに勤めていた。きょうは直属の上司が待ってくれているという。

八柱《やばしら》霊園を回り込んでさらに東へ向かい、千葉ニュータウンの手前で南に入った。民家やセメント工場などが点在するのどかな田園地帯を進む。大きな運送会社をすぎてしばらく行くと、右手に生コンの工場があり、その向かいから白いブロック塀が続く。途切れたところに、長田商会リサイクルセンターという看板が張り出されていた。千葉の郊外にはたくさんの自動車解体業者のヤードがあり、入り口から中を見通せない造りにしているところも多いが、そうした胡散臭さはなかった。工場の建屋まではアスファルト舗装されており、従業員のものらしい自家用車が見える。上河内はそこに車を入れた。

停まっていた二トントラックの運転手に用件を伝えると、彼は工場の建屋の左手にあるドアを指した。

教えられたドアから中に入った。十坪ほどの事務所になっていて、緑色の制服を着た中年女性がカウンターの向こうでパソコンと向き合っている。上河内が来意を告げると、女は奥に入っていって、角刈りで白髪頭の男を連れて戻ってきた。

男は無愛想に厚い唇を動かし、業務課長の栗田《くりた》ですと名刺を寄こした。

上河内が隅谷の名前を出すと部屋の隅にある応接セットに案内された。

壁には額に入った廃棄物処理に関する認定証や修了証がずらりと掲げられている。

「先日は工場長が対応させていただきましたが、きょうはまた何か……」

座るなり疑い深げな顔で栗田が口にした。

「お忙しいところ恐縮です。改めてお悔やみを申し上げます」

深々と上河内は頭を下げる。

柴崎もそれにならった。

「隅谷さんについては、課長さんがよくご存じとお伺いしたものですから」

上河内が言うと、栗田は首筋のあたりに手をやり、前のめりになって、

「隅谷君があんなふうになるとは思ってませんでしたよ」

とまだ信じられないというふうに言った。

「そうですね」

上河内が調子を合わせる。

「去年の三月に運転手の募集をしまして、そのとき、わたしが面接したんですよ。丸一年になります。あの、ほんとに硫黄で？」

「ええ」

「女性との心中だったんですか？」

「鋭意調査中です」

栗田は乗り出していた身を元に戻した。

「働きぶりはどうでしたか？」

改めて上河内は訊いた。

「まあ、ふつうと言えばふつうだったかな」

「悩みを抱えているような様子はありました？」

栗田は困った顔で首を傾《かし》げた。

「なかったと思うけどなあ。人当たりもいいしね。明るかったですよ」

それはこれまでの事情聴取でも聞いていた。調子はよかったが、その反面、平気でうそをつくような面があったとも。

「無断欠勤するようなことはなかったですか？」

「一度もなかったと思いますよ。確認しますか？」

「いやいや。家庭ゴミの回収をされていたと伺っていますが、決まったルートを？」

「そうですね。だいたい決まっていました。ふたりひと組で午前と午後、三ルートぐらい回って。個人の方の不用品回収に単独でよく出てましたよ」

「仲間と飲みに行くほうでしたか？」

「付き合いはよくなかったかな。隅谷君、ガラは小さいけど、けっこう向こうっ気が強かったんですよ。古株の連中にからかわれたりすると、ムキになって言い返したりするようなところがありました」

思い出したように栗田は言った。

「喧嘩《けんか》っ早い？」

「そこまでではないと思います」

しばらく仕事内容や回収ルートの話をしたが、特に怪しむべき点はなかった。

隅谷の親について尋ねたが、そちらはまったく知りませんという答えだった。

裏手にある処理場を見せてもらった。瓶や缶などが流れる長いラインがあり、五、六人の年配の作業員が分別作業に当たっている。処理場の外には、仕切りを設けられた区画があり、缶類と瓶類が別々に収まっていた。奥には小さく圧縮されたアルミ缶が積まれている。

表に出て、車に戻りながら話を続ける。

上河内がトラックの数を訊くと、

「二トントラック十三台で松戸から船橋、鎌ケ谷市といったところをカバーしてます」

と栗田は答えた。

「けっこう広いな。隅谷さん、ひとりで乗っているときも多かったんですよね？」

「そうですね。GPS付きのケータイで所在を確認できますから」

上河内が足を止めた。

「そのケータイ、残ってます？」

「どうだったかな……誰かが持って出てるかもしれないけど、ちょっと見てきます」

しばらくして、栗田が折り畳み式のガラケーを持ってきた。

「隅谷君が使っていたやつです。ちょうど電池がなくなっていたんで、充電していたようです」

「拝見」

上河内がさっとそれを取り上げた。

その場で通話とメールの履歴を眺めたが、本件につながるようなものはないようで、柴崎に寄こした。

「ちょっとお借りできますか？」

上河内が明るく声をかけると、栗田は「けっこうですよ」と応じた。

来たときと同じように上河内が運転席に座った。柴崎は助手席に着く。

ケータイの操作を試みながら、

「こんなもの持たされてたら、さぼれないな」

としばらく走ったところで口にしてみた。

「道ばたに止まって、お昼寝ってわけにゃいかんだろうよ」

上河内は荒々しくアクセルを踏み込む。

隅谷の使っていたガラケーの着信履歴をひたすらに見ていくうち、ふとその文字が目にとまった。ほかは電話番号だけなのに、それだけ名前がついている。

イダ――。

六月十二日午後三時二十二分の着信だ。

ふたりが亡《な》くなる四日前にあたる。

気になって上河内が持ってきた報告書類の中から、倉田未緒のスマホの着信履歴と引き合わせた。あった。イダだ。電話番号も同じ。六月十二日午後三時三十分の着信。イダの着信履歴をさかのぼってみると、同じ週の月曜日にも着信がある。おそらくその日に着信があったときに登録したのだろう。

念のため、自分のスマホを使ってその電話番号にかけてみた。イダでございます、という女の声で応答があった。尋ねてみると、竹の塚にある酒問屋だという。

通話を切った。

同じ足立区だ。竹の塚なら空き家からもさほど遠くない。

スマホで酒問屋のイダを検索してみた。同名で竹の塚の酒問屋がヒットした。創業五十年、全国から選び抜いた地酒や焼酎《しょうちゅう》、世界のワインなどの豊富な品揃《しなぞろ》えで、酒店様のニーズにお応《こた》えする、と謳《うた》っている。従業員は二十三名となっていた。

亡くなったふたりに、死の前の週、この会社の人間から電話がかかってきているのはたしかなようだ。かけてきた者とは誰なのか。

好奇心を抑えられない様子で見守っていた上河内に話すと、やや驚いた様子で、高野を急行させてくれと言った。

ここからだと、へたをすると二時間近くかかってしまうからだ。

言われた通り高野のスマホを鳴らして、わけを話すと、ただちに向かいますと力強い返答があり、早々に通話が切れた。

8

住宅街のひと区画がすっぽり抜けたかたちの駐車場の隅に、白いミニバンが停まっていた。運転席に高野。縦長のスペースの両側に道がついていて、大きな住宅を二軒建てても余るほどの敷地だ。

上河内が横に車をつけてエンジンを切り、ミニバンの助手席に乗り込んだ。柴崎は後部座席に身を入れる。すぐ前にコンパクトカーが停まっていて、その先の道路の向こうに全面タイル張りになった三階建ての社屋が見える。一階はピロティ方式の駐車場になっていて、軽ワゴン車が三台停まっていた。窓ガラス越しに事務所内部が見え、人の姿がある。駐車場の左右にビールケースが高く積まれ、特売日と染め抜かれた旗が立てられていた。

「よっ、トミー」

上河内がからかってみせる。

「はいはい。……あの軽ワゴン車、よく似ていませんか」

と高野が自信ありげに一枚のカラー写真を上河内に見せる。

「空き家の近くにいたワゴン車か？」

「はい」

ふたりが死ぬ前週の金曜日、空き家近くの牛丼屋の防犯カメラに捉《とら》えられた映像を印刷したものらしい。

上河内から写真を渡された。

写真では粗くて読みづらいが、ワゴン車の側面に小さな会社名らしい文字が入っている。目の前に停まっている三台のうち、一台がやや左を向いて停まっており、写真と同じ場所にイダと読める文字が見える。

「軽ワゴンで空き家を見張ってたのか？」

柴崎が訊いた。

「その可能性は高いですね」

「どの社員だろうな」

上河内が洩《も》らした。

「亡くなったふたりは酒好きでしたか？」

高野に訊かれた上河内は首を横に振った。

「確認した。倉田未緒は酒を飲んだことがない。隅谷も缶ビール一本で顔が真っ赤になったそうだ」

高野は居ずまいをただし、社屋を見つめる。

「じゃ仕事がらみじゃありませんよね」

「たぶんな」

「心中現場にもし第三者がいたとしたら、この店の従業員がそうなのかもしれません」

高野が言った。

「では、どうして警察に届け出ない？」と上河内が首をひねる。

「ただの心中じゃない、か」

柴崎はつぶやいた。

いったい、現場で何が起きたのか。

ふたりが亡くなった現場に落ちていた頭髪の件を思い出した。この会社の社員全員のＤＮＡを採取し、髪の毛と一致するものがあれば、当日、現場にいた第三者であると特定できる。しかし、ＤＮＡ採取はあくまで任意だ。

あっ。高野が声をのみ込んだ。

柴崎は前を見た。

青の制服を着た長髪の若い男が軽ワゴン車に乗るところだった。バックで道に出ると、左方向に走り去ってゆく。

「あいつかな……」

柴崎は思わず口にしていた。

従業員に違いないだろうが、亡くなったふたりに電話した人間であるかどうかはわからない。

「ぐずぐずしていてもしょうがないし、会社に顔を出して訊いてみませんか？」

そう提案してみる。

「どう訊くよ?」

上河内が憮然《ぶぜん》と返した。

質問のしようがないことに思い至る。

ここに心中現場にいた人はいませんか、と問いかけても、答える人間はいないだろう。倉田や隅谷と知り合いの方は手を上げてくれと言ったところで、素直に応じる人間などいるはずもない。

遠巻きに少しずつ会社の事情を知る人たちへ聞き込みをして、輪を狭めていくしか方法はないか。

一時間近く粘ったが、そのあと軽ワゴン車に乗る者は現れなかった。

午後七時を回っていた。日は落ちて、駐車場の車も半分ほどにまで減っている。あと一時間粘るか、と上河内が言ったとき、べつの男が出てきた。

大柄だ。髪はそこそこ長く、小さなメガネをかけている。制服のボタンが外れ、胸元がはだけてランニングシャツが見える。背中を丸めて軽ワゴン車に乗り込んだ。

慎重にバックさせて、やはり左方向に車を向ける。

高野が身を乗り出して、男を注視していた。

「いまのは……」

元の体勢に戻りシフトレバーをRに入れると、高野は後方を確認しながら駐車場を出た。

軽ワゴン車が走り去ったのと同じ方向にミニバンを走らせる。

五十メートルほどで道路と突き当たった。目の前をさきほどの軽ワゴン車が左折してゆく。

「もしかして？」

柴崎が尋ねると、高野は同じ方向にハンドルを切りながら言った。

「カニさんとそっくりです」

「カニ……おまえがオフ会で見た写真の男か」

「はい」

あらためて前方を走る軽ワゴン車に目をやった。

倉田と隅谷の集団自殺に加わろうとして、途中で脱落した男？

ふたりが硫化水素自殺を遂げる四日前の午後三時台、彼はそれぞれに立て続けに電話を入れている。どちらも長い通話ではない。せいぜい二分程度だ。いったい、何を話したのか？　自殺を思い止《とど》まるよう説得したわけではないだろう。それならば、自然と長引くからだ。単純な話だったはずだ。自分も加わりたいが、どうだろうかと打診するような。もしそうだったとしたら、倉田と隅谷には断る理由がない。

このまま高野は追尾する気のようだ。

軽ワゴン車は埼玉に続く安行街道に入り、草加《そうか》方面に向かってスピードを上げていく。

高野は目の前に獲物が現れた狐《きつね》のように、前を走る軽ワゴン車を睨みつけている。

「飛ばしやがるな」

上河内がつぶやいた。微笑している。根っからの刑事としてこの状況を楽しんでいるのだ。

後方など気にもとめない走りで、軽ワゴン車は、毛長川の橋を渡って最初の信号を右折し、谷塚《やつか》方面に向かった。

「このあたりに慣れてる」

「そう思います」

柴崎は自分の推理を告げた。上河内も高野も同様のことを考えていたという。

軽ワゴン車は道なりに北へ進路をとった。いくつか信号を直進し、県道と交わったところで右折した。東武伊勢崎線の高架手前を左に曲がり、高架に沿って走る。草加駅手前で左折し、草加神社前を抜け、最初の信号を通りすぎて左手の空き地に車を滑り込ませた。

その前を徐行しながら様子を窺《うかが》う。

男が軽ワゴン車から降りた。

高野は五十メートルほど先の路地に車を入れ、バックさせて道に戻ると、軽ワゴン車が停まっている斜め前の信用金庫の駐車場にミニバンを頭から入れた。

男が長めの段ボール箱を肩に担《かつ》いで、〝田代〟という日本料理屋に入っていくところだった。箱の形と大きさから、一升瓶六本入りのそれと思われた。あらかじめ積んであったようだ。銘柄は書かれていない。

二分ほどしてまた現れた。高野が用意していた一眼レフカメラの望遠レンズを向ける。シャッターを切る連写音が無音の車内に響く。

男は軽ワゴン車に戻り、来た道をとって返した。

今度は五十メートルほど距離を置いた。

上河内が興味深げにカメラのモニターを見ながら、

「百八十は軽くあるぞ」

と高野に声をかける。

「やつれてますが、間違いなく、あの男です」

確信を深めたように高野が言った。

柴崎もカメラを受け取り、モニターに写る男の顔を拡大させた。

肌は黒く濁ったように荒れている。生活の乱れを示すかのようだ。スクエアタイプのメガネフレームがお世辞にも四角い顔に合っていなかった。どこかしら、カニを連想させる顔立ちである。

「あの男が心中現場にいた第三者だったとしたら……」

柴崎の言葉を制するように上河内が、

「まずは特定しようや」

と答えた。

「ヤサを突き止めて、ゴミ袋を引っくりかえしましょう」

高野が慎重にハンドルを切りながら軽い調子で言った。

上河内がうなずいて、シートにもたれかかった。

ゴミには体液の付着したものがよく紛れ込んでいる。そこからDNAを採取して、心中現場に残っていた髪の毛のDNAと比べれば、自分たちが追っている第三者かどうかはたちどころに判明する。

会社の駐車場に軽ワゴン車を停めて事務所に入っていくのを見届けてから、柴崎と上河内は乗ってきた車に移った。

しばらく張り込んでみるという高野を残して、署に向かった。

署長以下、幹部に至急報告しなければならない。

9

翌週、火曜日。

自転車に乗った男が帰ってきたときには夜の八時を回っていた。青い店の制服のまだ。モルタルの壁に亀裂《きれつ》の入った古い二階建てのアパートの外階段の下に自転車を停めて、奥からふたつめの部屋に入った。

車から降りた上河内のあとを追いかけて、柴崎も男の部屋に向かった。

拳《こぶし》でドアを叩いたかと思うと、返事も待たずに上河内がドアノブをつかんで引く。

左手にある流しで顔を洗っていた男が驚いて、頭だけを動かしてこちらを見た。

上河内が警察手帳を見せ、名前を確認する。

「橋山則雄《はしやまのりお》さんだね？」

口を半開きにしたまま、橋山はがっしりした体を伸ばして立ち尽くしている。四角い顔が驚きで縮こまっている。きめの粗い肌が翳《かげ》りを帯びていた。メガネをかけた拍子に、腕にかけていたタオルが落ちる。

髪はぼさぼさで、後退した額が丸見えになっている。薄い眉《まゆ》が外側に垂れてどんよりした目つきだ。口を閉じたので、左右の頬がわずかにふくらんだ。

部屋は散らかっていた。壁に沿って置かれたふたつのカラーボックスにマンガ週刊誌や雑誌が詰めこまれ、入りきれないものが畳に積まれている。扇風機がその中にころがり、窓際《まどぎわ》のＣＤプレーヤーの上にもアイドルやＪ－ＰＯＰのＣＤが山と積まれていた。その上にはカップ麺《めん》がふたつ、無造作に置かれてある。

ちょっと、いいかな、と言いながら上河内が遠慮なく上がり込み、橋山の太い上腕部をつかんでその場にすわらせる。

「ごついな。さすが、柔道二段だけあるよ」

ほこりを振り払うように手を叩き、橋山の目の前に腰に手を当てて突っ立った。

情けない表情でメガネ越しにこちらに視線を投げかけてくるが、柴崎はそれを無視した。

「いつも配達、ご苦労様」

上河内が続ける。

橋山は何か言いたげだが、言葉に出来ない。

「毎日毎日、重い荷物を運ばされては体がもたんだろ？」

「いや……」

あぐらを組み、しきりと手を動かす。突然の警官の訪問に衝撃を隠せない。

「〝死の門〟を知ってるよな？」

丸っこい顔に亀裂が入ったように引きつった。

「そのオフ会が四月にあった。参加したな？」

橋山は息を吐き、

「そ……それは」

とぼそぼそとつぶやいた。

上河内は調子を合わせず、太い声で話し続けた。

「あんた、この三年間、ＦＸ取引にはまっていたそうだな。何百万か溶かしたらしいじゃないか。賭け事にもともと目がなくて、百万単位で借金をつくっていた。消費者金融を五社駆け回って一時しのいだらしいが、そんなのが続くわけがない。一昨年《おととし》の暮れ、奥さんから愛想を尽かされて離婚した。わび住まいになって、可愛《かわい》がっていた九歳のひとり息子とも会えなくなった。さぞかし辛《つら》かったろう」

何から何まで調べ上げられていることがわかったらしく、一度、目をぎゅっと閉じると、おそるおそる開けながら上河内を見上げる。

「総務の皆川《みながわ》さんから聞いた。それまでは新しい酒店の出店コンサルタントや業務相談、地方を回っての酒の買い付けなんかもやっていて、社長に信頼されていたが、離婚をきっかけに生活が荒れに荒れて、売り物の酒にまで溺《おぼ》れた。社長には何度か生活を改めろと言われたが、忠告を無視してとうとう配達に回された。若手に交じって肉体労働をするのは辛いだろう？」

橋山は上河内の視線を避け、小声で、

「そんな……ことないです」

と口にする。

「先週の月曜日、五反野の住宅街にある空き家で男女ふたりが硫化水素を吸い込んで亡くなった。知ってるね？」

メガネの奥の目が瞬《まばた》いた。息を短く継いでから正座に足を組みかえた。メガネのふちに手を当て、二度、大きくうなずく。

あっさり認めるとは予想していなかったので、やや驚いた。

上河内は膝を折り、一枚のカラー写真を畳に置くと、橋山の前に滑らせる。

空き家の八畳間で倉田未緒と隅谷晴喜が横たわっている写真だ。

橋山の顔に恐怖が広がった。

「空き家の北側、五十メートルほどのところにある駐車場で、イダ酒店の軽ワゴン車が停まっているのを目撃した住民がいる。事件が発生する三日前の十三日金曜日、午後二時だ。乗っていたのはあんただね？」

橋山の目が開く。

「空き家に人が出入りしていないかどうか、最終的に確認するためだったんだよな？」

大きな体をもてあますように、橋山は上体を揺すりだした。

上河内がポケットからビニール袋を取りだし、橋山の眼前に掲げた。

毛根が残っている髪の毛が六本入っている。

橋山が出したゴミ袋からティッシュペーパーに付着した痰《たん》が採取され、DNA鑑定に付された結果、空き家の現場で見つかった髪の毛のDNAと一致した。そう、ふたりが亡くなった現場にいたのはこの橋山にほかならなかったのだ。

それについて説明すると、橋山はがっくりとうなだれた。

「現場にいたのを認めるね？」

橋山が両手を膝に当て、ふたたびうなずいた。

「倉田未緒は最後まで、他人に迷惑のかかるのを嫌がっていた。空き家の持ち主をひどく気にしていた。だからあんたは会社の電話から、『あの家なら絶対大丈夫だ。どこを探したって、持ち主は見つからないから』とでも伝えたんじゃないか？　六月十二日木曜日の午後三時半に」

上河内の言葉に我に返ったように頭を上げた。反論はない。

その通話記録も残っているのだ。橋山は通話料を払いたくなかったので、ふだんから会社の電話で用を足していた。

「チャットをモニターしていて、ふたりがどんどん死に向かって行くのに恐れをなして、途中でやめようと思ったりもした」

橋山は口を半分ほど開き、そのときの情景を思い出すように天井に虚《うつ》ろな視線を向けている。

「しかし、最後にはふたりと共に死のうと決断した」

上河内は重たげに言った。

橋山は喉仏《のどぼとけ》をしきりと動かし、唾《つば》を飲み込んでいる。

「六月十二日午後三時二十分ごろ、日曜日に決行すると言い張っていた隅谷に、月曜日にしてくれとあんたは懇願したな。理由を話してくれないか」

促したものの、喉の奥にものが詰まっているかのように、息だけを洩らす。

ふと思い出したような口調で上河内が続ける。

「おれから言うか。日曜日は、あなたのひとり息子の大和《やまと》くんの誕生日だったからだな」

言われて橋山の顔が青ざめた。裸で通りに放《ほう》り出されたような、情けない表情になった。

「だから」橋山は声を振り絞った。「辛くて辛くて、死にたくて。ひとりじゃ嫌だから、仲間と一緒にと思ったけど、息子の誕生日を、父親の命日にはしたくないと思って……」

あっさり認めたかと思うと、呻《うめ》き声を上げて畳に突っ伏した。

上河内が柴崎のほうを向いた。簡単に落ちたぞというような意外そうな顔だ。

橋山が勤める酒問屋の事務員によれば、四年前、会社の倉庫を新築する話が持ち上がり、今回の事件に使われた空き家をふくめて、あたりの三軒に立ち退き交渉をした。しかし、最後まで空き家の持ち主とは連絡が取れず計画が頓挫《とんざ》した経緯がある。その交渉に当たっていたのが橋山だった。あの家が自殺のためにはもってこいだと知っていたのだ。

「橋山さん、話はここからだよ」

上河内が橋山の大きな背中に手を当てた。

「三人であの空き家に集まった。電車を使ってな」

あれから再び五反野駅に出向き、その時間帯の監視カメラの映像をチェックしたところ、目の前の男が改札を通り抜ける姿が記録されていた。

橋山は身を固くしたまま、上河内の言葉に耳を傾けている。

「最後に何を話したのかは、あなたしかわからないが、おそらく隅谷から薬品類や結束バンドを手渡されて、具体的な方法を聞かされた。薬品を混ぜるのはおれがやると隅谷は申し出たはずだが……どうだ？」

橋山は顔を上げてうなずいた。

目が真っ赤になり涙を溜《た》めていた。

「倉田未緒は自ら結束バンドを足に巻き、隅谷がその手にバンドをはめた。それを見守りながら、隅谷の横であなたも同じようにして、足に結束バンドをはめて横になり、隅谷に手を差しだしてバンドをはめてもらった。隅谷は自ら結束バンドを足にはめ、片手にバンドを丸めてつけてから、いよいよ薬品の混合に入った。まずホウロウ容器に入浴剤を入れて、トイレ洗浄剤を注ぐ。隅谷も倉田の脇に横たわった。倉田を男ふたりではさむかたちだ。しばらくして、倉田未緒の悲鳴が聞こえた。あなた自身の体調にまだ変化はなかった。横を見ると隅谷が異様なものを顔面につけて倉田の体の上にのしかかっていた……それでいいか？」

上河内が確認を求めると、橋山は虚《うつ》ろな目を瞬《また》かせてうなずいた。

ひとつ山を越えた。上河内は息を吐いてふたたび話し出す。

「防毒マスクとすぐわかったよな？　隅谷は苦しがる倉田の胸元に手を差し入れ、ワンピースを引きちぎるようにして脱がそうとした……」

その勢いで服のボタンが外れて飛んだのだ。

情景がよみがえったように、息を止めて橋山は聞き入っている。

「ふしぎと苦しみは覚えなかった。隅谷が倉田の体に覆《おお》い被《かぶ》さるのを見たあんたは反射的に動いた。柔道有段者だから関節は動かせる。気がついたとき、結束バンドを外して、隅谷に飛びかかっていた。あっけなく寝技に持ち込み、その太い腕で隅谷を落とした」

あっけにとられたような眼差《まなざ》しで橋山は上河内を見ている。

しかし、否定するような言動はなかった。

上河内と共につくった推論はおおむね当たっているようだ。隅谷の首に残っていたかすかなアザがそれを物語っている。致命傷には至らず、気を失う程度の力がかかっていた。そして、わずかなすき間から流れ込んだ風の悪戯《いたずら》で硫化水素ガスは倉田の近辺にだけ滞留したのだ。取っ組み合いのさなか、隅谷は苦し紛れに橋山の頭髪をつかみむしり取っていた。

上河内はもう一度橋山に向き合った。

その体からすっかり力が抜けていた。真剣なまなざしで、上河内の言葉を待っている。

すべてを認める覚悟ができているといった目をしていた。

「たまげたろうな。何が起きているのか、最初はわからなかったんじゃないか? 隅谷の目的がもともとそこにあったのに気づいたのは、やつが意識を失ったあとだった」

上河内は言うと橋山の返事を待った。

「あいつ、最初から、その魂胆だったんです……そうに決まってるんだ」

橋山は息を短く吐きながら、悔しそうにつぶやいた。

隅谷のアパートを家宅捜索した結果、防毒マスクが包装されていたパッケージが見つかった。あらかじめ購入してそのときのために用意していたのだ。持ち込んだデイパックにはそれを入れていたので、さらにふくらんだ。

隅谷は醜い目的を達してから、その場を離脱する腹だった。死ぬ気などさらさらなく、倉田未緒を獲物として捉《とら》えていただけだった。

残されたふたりは、そのまま死を迎えるだろう。

早々に心中と断定され、罪には問われないと信じ切っていたからこそできた犯行だったのだ。

「橋山さん、驚いたあんたはとっさに隅谷の顔から防毒マスクを奪って自分の顔につけた。とりあえず、その場を収拾するためにそうしたのはわかるよ。彼女に息があるかどうか確かめなきゃいけないしな。残念ながら、彼女はすでに息絶えていた」

「……間に合いませんでした」

悔しそうな顔で橋山はつぶやいた。

「ガスを外に逃がそうとしなかったのか？」

上河内の視線がその大きな体軀《たいく》に向けられた。

「雨戸が閉まってたし……」

一瞬、現実に戻ったような顔になった。

上河内が膝を打ち、身を乗り出した。

「でも、そのままじゃ隅谷は死んじまうよな」

やりきれないという感じで口にする。

「意識を失って寝転がってる隅谷の腕に結束バンドをはめたな？　倉田未緒の乱れた着衣を整えて、その横に隅谷を並べた」

橋山が素直にうなずく。

「それでよかったのか？」

放置すれば、意識を失った隅谷は確実に中毒死する。

橋山が深刻な表情で上河内を見る。

「……あんなことしたし、死んでもらうしかないよ」

しかし越えてはならない一線がある。いくら特殊な状況とはいえ、人ひとりの命を奪うようなことがあってはならない。

「とんだ邪魔が入って、死にたいという気持ちも何もかも吹き飛んだんだろう。どうだ？」

静かに諭すような口調で上河内が言う。

「どうなんだ？」

「倉田さんがかわいそうだし、隅谷はあんなひどいことしたんだし……」

最後は涙声になっていた。

自死するはずだった場面で予期せぬ犯罪行為を見せつけられ、それどころではなくなった。自らの死を忘れて、とっさに対処した。ふたりの亡骸《なきがら》を見て、ようやく気づいた。このままでは犯罪者になってしまうと。

持ち込んだ洗浄剤などの容器に付着した指紋を拭《ふ》き取り、念を入れて意識を失っている隅谷の手をつかんで握らせた。自分がその場にいたことを隠すため偽装工作をしたのだ。そして、防毒マスクを隅谷のデイパックに入れ、空き家から立ち去る。

署の会議室で組み立てた推理を淡々と上河内が話し、それにいちいち橋山はうなずいた。

「よし、わかった、橋山さん。あとはゆっくり署で話してもらうからな」

橋山は救いを求めるような目で上河内を見上げたかと思うと、嗚咽《おえつ》をもらしはじめた。

「……怖くて怖くて。毎晩夢にあいつが出てくるし……ありがとうございました」

なんと捕まえてくれたことに対する謝意を述べ、深々とお辞儀をするではないか。

ここ一週間が、よほどつらかったのだろう。とうとう本音が出た。

同情を若干含んだ表情で上河内がこちらに一瞥《いちべつ》をくれた。あとは任せたぞという目で、上河内が死体遺棄容疑の逮捕状が入った封筒を柴崎に押しつけてくる。受け取るしかなかった。

部屋を出ていく上河内の後ろ姿を目で追いながら、逮捕状を抜き取って、読み上げる。ポケットにある手錠を取り出しながら、顔を上げようとしない橋山に歩み寄る。縮こまった背中を軽く掌《てのひら》で叩いた。

「橋山さん、手を出してくれないか」

眼前に持っていった黒い手錠にぼんやり視線が当たった。観念したように太い両手がゆっくりと上がる。太い毛の密集する手首をつかみ、上から一気にかけた。金具の嚙み合う音がすると同時に、橋山の全身が張りつめた。それまで大きく見えた体が縮こまると、こちらを見上げる腫《は》れ上がった目には安堵《あんど》とも諦《あきら》めともつかない色が浮かんだ。

総力捜査

1

鉄骨三階建てのどっしりした造りのビル。西日を浴びて茶色い壁面が淡く光っている。一階が車庫のピロティ造りだ。手前の玄関は頑丈そうな鉄製ドアになっており、上側に投光器が取り付けられ、二台のボックス型カメラが通りを睨《にら》みつけている。

弥生《やよい》ビル。

広域指定暴力団二次団体、手島組《てじまぐみ》の組事務所がここに入居している。

黒い枠で囲まれた窓は小さく、内側からブラインドが降ろされている。

二階部分を支えるピロティの一本が黒々と焼け焦《こ》げている。弾痕《だんこん》らしきものも視認できた。

ビルの手前はかつて商店だったが、いまは錆《さ》びついたシャッターが降りている。その向こうは空き地をはさんで民家。うしろでは五階建てマンションがゾウのような背中を見せている。

ここは青井兵和通り商店街西側の住宅街だ。

後部座席の助川が口を開いた。

「ひどいな……」

「七発撃ち込まれてますよ」

並んで座る禿頭《とくとう》の男が言った。小柄で猪首《いくび》。組織犯罪対策三課暴力団排除第一係長の広瀬《ひろせ》達夫《たつお》警部、四十七歳。暴力団畑の長かった助川の後輩に当たる警視庁本部の人間だ。

「死人は出ていないだろうな」

「おそらく」

死者はともかく、怪我人《けがにん》が出たとしてもひそかに移送しただろう。

「チャカは見つかったのか？」

「池袋にある手島組の組事務所にもガサを入れましたが、だめです」

「動かしやがるからな……」

警察の摘発を逃れるため、拳銃《けんじゅう》は転々と移されるのが常だ。

事件があったのは、一昨日の六月二十五日水曜日の午後七時半ごろ。手島組の組員が一階に停めてあった車に乗り込んだタイミングだった。何者かがワゴン車で乗りつけ、弥生ビルに向かって火炎瓶を投げつけ、拳銃を撃った。

手島組組員は応戦しようとしたようだが、電光石火でワゴン車は逃走した。その間、三十秒足らず。帰宅中、運悪く通りかかった会社員の目撃談だ。

「池袋の組事務所では、公務執行妨害で下っ端《ぱ》をひとり引っ張りました。完黙です」

「あっちは引っ張れそうにないか？」

と助川は建物を指した。

「無理ですね。思ったより組員が少なくて。血のついたタオルが見つかりましたが、鼻血だと言い張ってますよ」

昨日、三課による現場検証と家宅捜索が行われたのだ。

やはり、怪我人が出ているものと思われた。

助川に肩を突かれた。

その視線を追いかける。五反野駅方向から、黒塗りのセダンが走り込んでくるのが見えた。ベンツの大型車だ。

玄関のドアが開き、ふたりの男が通りに飛び出してきた。丸刈りの若い男と中年男。それぞれ、ハーフパンツに黒のTシャツ、黒ズボンに迷彩シャツという出《い》で立ち。近づいてくる車の運転席にサングラスをかけた男が見える。後部座席にはふたりの人影。丸刈りと中年男は九十度まで深々と頭を下げている。セダンはビル前で切り返すと、すうっと車庫に収まった。

しばらくして、スーツを着た短髪の男が通りに現れた。オーバルのメガネをかけている。もうひとり、ふっくらした顔の男に続いて、オールバックの男が姿を見せた。どちらもスーツ姿だ。ふっくらした男がこちらを睨みつけてきた。ビルから五十メートルほどしか離れていない道端に停めているのが気になるのだ。

「何だ、あの野郎」

広瀬が口にした。

オールバックの男が胸を突き出すように歩き、玄関の中へ消えていった。

「……手島か」

目を細め助川がつぶやいた。

何度か写真を目にしている。手島達芳《たつよし》だ。組長その人を見る機会はそう多くない。

五人のいなくなった通りを見つめた。

「何しに来たんでしょう?」

「うちのガサの話でも聞きに来たんだろう」

なおも玄関に目を当てたまま助川が言った。

「連中、焦《あせ》ってますよ」

助川の横顔を見ながら広瀬が応じる。

報復のための話し合いをするのかもしれない。

手島組は神戸に本拠を置く広域指定暴力団成沢組《なるさわぐみ》の二次団体だ。本拠地は名古屋にある。今年古希を迎えた組長の手島達芳は、懐《ふところ》にいつも短刀を忍ばせていたことからヤッパの達と呼ばれ、若いときから武闘派で鳴らした。三十年前に発生した成沢組対高見組《たかみぐみ》の通称、成高抗争でめざましい功績を挙げて直参《じきさん》となった。

そして、いま現在、手島は成沢組執行部の若頭《わかがしら》補佐の要職にある。その手島が本名を使って弥生ビルに組事務所を設けたのはふた月前の四月二十五日。契約書には携帯電話販売業エースワンとあり、代表者は手島達芳になっていた。

「シノギの相談でもしに来たんじゃないか」

助川が冗談めかして言う。

手島組の収入源は特殊詐欺《さぎ》と覚せい剤取引だ。しかし、抗争が激化して、その稼ぎは減っている。

「ここまでやられたら、黙っちゃいられませんからね」

広瀬が口にした。

「やれるものならやってみやがれ、だ」

助川はやせ我慢をしている。マル暴出身だけに暴力団相手は慣れているし、暴力団対策では、警視庁は規模も人員も抜きんでている。

それまで唯一《ゆいいつ》無二の存在として君臨していた神戸の広域指定暴力団成沢組傘下《さんか》の団体が、姫路成沢組を名乗り分裂したのは二年前の夏。抗争は全国に飛び火した。警察庁長官の号令の下、警察は丹念に繁華街を回る暴排ローラー作戦をかけて一定の成果をあげた。にもかかわらず、去年の三月、竹の塚では両派による乱闘騒ぎを許した。おまけに先月、姫路では分裂して出て行った姫路成沢組の組員が射殺される事件が発生した。犯人はまだ検挙されていない。こうした情勢下、綾瀬署管内に組事務所が構えられ、新たな抗争の火種となったのだ。

助川に促されて車を出した。ゆっくり、ビルの前を通る。

ボックス型カメラが赤く点滅した。自分たちが乗った車を追従してきたのだ。

住宅街を北に通り抜け、青井五丁目住宅の駐車場に車を停めた。

したがってきた別のセダンが横に停まる。広瀬はそれに乗り換えると、一足先に署へ去っていった。

都営団地に隣接した青井住区センターでは、連合会長をはじめとして、青井二丁目の自治会役員がずらりと顔をそろえていた。弘道交番所長の広松昌造《ひろまつしようぞう》巡査部長の案内で十畳の日本間に顔を出し、用意された座布団《ざぶとん》に腰をおろした。丸い掛時計がかかっているだけの飾り気のない部屋だ。年配の男たちが長机を前にして座り、こちらを窺《うかが》っている。

すぐ横であぐらをかいた助川が挨拶《あいさつ》もそこそこに口を開く。

「たまたま、手島組長が来るのを見ましてね」

「え、組長が来たの？」

驚きの声を上げたのは自治会長の稲葉守男《いなばもりお》だ。暴力団事務所ビルがある地区で米屋を営んでいる。麻のシャツを着て、半白髪の髪を丁寧にとかし込んでいた。

「まさか、このまま籠城《ろうじよう》する気じゃないよね？」

となりにいる、鶴《つる》のように痩《や》せた老人が言った。自治会副会長の和田光久《わだみつひさ》だ。都職員ＯＢで自治会会長も経験している。今年七十五歳になったはずだ。

「そのつもりはないでしょう」

助川が答えた。

「事務所を襲った相手はわかったんですか？」

稲葉に訊《き》かれる。

「姫路成沢系だと思いますが、まだわかりません」

逃走時、ライトを消していたので、防犯カメラで捉《とら》え切れていないのだ。

「火炎瓶や拳銃とか……みんな、恐ろしくて出歩けないってビクビクしてるし」

困りきった表情で稲葉が続け、会計担当の吉岡悦郎《よしおかえつお》がそれを受けた。髪をぴっちりワックスで固めている。金属加工の町工場の跡取りの四十二歳。

「そうですよ。玄関前に毘沙門天《びしゃもんてん》を祀《まつ》ったりしてるし、あのビルの前は気味悪くて通れないですよ」

稲葉が何度もうなずく。

「そうだね、すっかり人通りがなくなっちゃった」

「ひとつ確認させて頂けますか？　最初はふつうの会社と思っていらっしゃったんですよね？」

柴崎が尋ねた。

「最初はそう思ったんですよ。夕張メロンの入った桐《きり》の箱を近所に配って、よろしくお願いしますなんて挨拶して回っていたし」

稲葉が答えた。ふつうの企業なら、高級メロンを配ったりはしないだろう。

「千本《せんぼん》さんは何て言ってるの？」

吉岡が問いかける。

「中泉《なかいずみ》にまかせっきりだよ。こんなことになるなんて、夢にも思わなかったんじゃないの」

千本温彦《あつひこ》は弥生ビルのオーナーで、地元でも指折りの資産家である。中泉は青井兵和通り商店街にある中泉不動産を指しているようだ。

「下村《しもむら》さん、ビルの中には何人くらいいるの？」

和田が吉岡のとなりにいる男に尋ねた。

下ぶくれした顔だ。グレーのポロシャツを着ている。かなり禿《は》げ上がっていて、髪全体を短くしている。初見の顔だ。五十代なかばだろう。

「部屋住みみたいなのがふたりいるね。ときどき出てきちゃ、スーパーやコンビニをうろうろしてますよ」

不機嫌そうに下村和成《かずなり》は答えた。

さきほど見たふたりのことのようだ。

下村は今年から監査担当になったと広松に耳打ちされた。一級建築士で自宅で仕事をしているという。

「住民にからんできたりもしますか？」

助川が訊いた。

「住民を脅したり、手を出したり、つうのはないよ。暴排条例を気にしてるんだろうね。でも、商店の連中、じっと見つめられるだけで、そりゃ恐ろしいって言うんだよ」

と下村が応《こた》えた。

「それにしても、副署長さん、あの中はどうなってるんですか？」

稲葉に訊かれて、助川はそちらを向いた。

「暴力団事務所として使用しているとみていいと思います。六本木に以前組事務所があったんですが、そちらがなくなりましてね」

稲葉が顔を引きつらせた。

「それがこっちに引っ越してきたってわけ？」

「そう捉《とら》えています」

「学校や公園が近くにあるんですよ。警察として黙って見てていいんですか？」

下村が口角泡を飛ばして、ヒステリックな口調でまくしたてた。

公《おおやけ》の施設近辺には、暴力団事務所は開設してはならないという規定がある。

「下村さん、付近には小中高と学校が三つありますが、どれも二百メートル以上離れておりまして、条例には引っかかりません」

制服姿の広松が声に出した。

下村が口をぱくぱくさせる。

「残念ですが、いまのところ法的に暴力団事務所を立ち退かせる術《すべ》はありません」

追いかけるように助川が言った。

「撃ち合いになったり、ダンプカーが突っ込んだり、そんな事件が起きたら、どうするんですか？」

代わって稲葉が食い下がってきた。

「抗争を食い止めるため最大限の努力をしています」

助川がなだめる。

「子どもらの通学路だし、すぐ先の商店街は毎月の朝市で賑《にぎ》わっていますし……」

口にした副会長の和田を稲葉が見る。

「そうだよね。子どもらだってあそこは恐《こわ》いからって、遠まわりしてるし、商店街の売上げだってがた落ちだよ」

と稲葉がつけ足した。

「こんな事態になった以上、とにかく、出てってもらうしかないですよ」

と和田が引き取った。

異を唱える者はない。

「その場合、こちらはこちらで腹をくくる必要があります」

助川の言葉に稲葉が目をぱちくりさせ、ほかの関係者の顔を窺《うかが》った。

「腹をくくるって、どういうことですか？」

吉岡が尋ねた。

「住民全体で出ていけという意思を明確にしなければなりません」

「具体的には？」

全員が助川の顔を注視した。

机に両手をのせ、肩を怒らせるように助川が口を開いた。

「訴訟まで持っていくことを考えると、推進母体が必要になります」

「何とか協議会とか？」

稲葉の問いかけに助川がうなずいた。

「例えば、地域安全推進協議会。名称は何でもいいんです」

「それでどうやって運動をしていくんですか？」

「まずは署名活動です。そのあと決起集会を開く段取りになります」

「とにかく、住人が一丸となって暴力団は出ていけっていう運動を起こさないといけないんですね？」

会長の稲葉が言いながら和田を見た。

「ほかに手はないんでしょう？　団体を結成して、当面は警察の指導を仰ぐしかないじゃないですかね」

和田が助川を窺う。

「おまかせください」

助川が力強く言って頭を下げたものの、場の空気は緩まなかった。

「今晩、班長会議があるから、さっそく提案するよ」

稲葉が踏ん切りをつけるように言った。

「鉄は熱いうちに打てだよ。そういうことなら、月末の土日あたりまでに協議会の結成に漕《こ》ぎ着けないと」と吉岡。

「おい、明日じゃないか」

和田がびっくりして口にする。

「七月まで待てないよ。早ければ早いほどいい、ね、和田さん」

ぞんざいに下村が言う。

「それもそうだね、早いほうがいいか」

「住民の方が暴力団側に利益供与を行うと罰せられることもありますから。くれぐれもご注意ください」

広松が口をはさんだので、自治会長たちの勢いが止まった。

広松は最寄りの弘道交番に十年以上籍を置いている。地域の実情には誰よりも詳しい。

「だって、部屋住みの連中がときどき、出てきますよ。連中に食い物売ったりしてもダメなの？」

下村が尋ねた。

「日常生活を営む上での商行為は何ら差し支えありません。ただし、包丁を売ったりしちゃいかんですよ」

ユーモアを含んだ助川の言い回しだったが、下村は真に受けたように黙り込んだ。

その後は、反対組織立ち上げに向けての話題で持ちきりになった。

「横断幕やタスキの準備もしないとさ」

「目立つ色にしないとな。オレンジとか黄色とか」

「佐藤のとこでやらせるか。三日あればできるぜ」

思った以上に住民たちの危機意識は高まっていたようだった。区議をはじめとする地元有力者の名前が飛び交い、学校関係への根回しなども話題に上った。助川はしてやったりの表情で会話に耳を傾けている。

三十分後、助川に促され、一足先に住区センターを出る。見送りについてきた広松に、暴力団事務所の入っているビルのオーナーについて尋ねてみた。すると広松は腕組みして、唇をかみしめた。

「千本さん、このあたりの大地主ですからね。マンションも持ってるし、商店街にも店子《たなこ》がいますよ」

「あのビルはいつ建てられたんですか？」

「もとは貸家で、十年ぐらい前にビルにしたんですよ。青井兵和通り商店街からちょっと離れてるでしょ。アパレルとか飲食店が入っていたような記憶があるけど、半年もたなくてね。ここ一年ぐらいずっと空いてたんじゃないかな」

「それでよく調べもせずに暴力団を入居させたわけか」

「玄関のドアも勝手に鉄板に変えられちゃったしね。まあ、抗争がなければ、千本さんにとっちゃ、痛くも痒《かゆ》くもなかったんだろうけど。……じゃ、これで」

軽く敬礼し、広松は戻っていった。

2

「地元の決意はかたいのですね？」

姿勢を低くして署長の坂元が前に座る助川に訊いた。

「一歩も引くつもりはないと言っています」

「反対組織を立ち上げて、訴訟まで持っていく気ですか？」

坂元が緊張をみなぎらせる。

「そのような展開になるでしょう」

三課の広瀬をはじめとして、署長室のソファに座る幹部らもみな緊張した面持ちだ。グレーのジャケットに紺のチノパンを穿《は》いた上河内もいる。

広瀬が顎《あご》を引き、一同を見つめる。

「……長期戦になるかもしれません」

全員が口をつぐむ。話が進まない。

坂元にしても、さすがに見通しがつかない様子が窺える。

「そうならないように手を打たないと」

柴崎が口にすると、刑事課長の浅井が顔を向けた。

「代理は何か腹づもりでもあるのか？」

「……いえ、夏休みも近いですし」

答えになっていないが、とりあえずの予防線を張ったまでだ。

「ビルのオーナーに考えはないのですか？」

「交渉している様子はないようです」

「諦《あきら》めているわけか。いずれにしても、住民運動を盛り上げるしかないようですね。最終的に訴訟となったら原告団が要ります。広瀬さん、どのあたりまでお考え？」

坂元の正面に座る広瀬はスーツの袖《そで》を引き、口を開いた。

「デモ行進など、示威活動をする局面も必要になるかと思います」

「指導するのはわれわれですよ。他の街の事例を教えて下さい」

坂元はやや感情的になっている。暴力団に対抗する地元警察組織のトップとして、これまでにないプレッシャーがかかっているようだ。

「七年前、台東区でも同様の事案が持ち上りました。その際は事務所から半径五百メートル以内の住人が二百名ほど連名で地裁に事務所使用禁止の仮処分の申し立てをしている」

「二百名……。とにかく推進母体を早急に立ち上げてもらいましょう」

坂元が断固とした口調で言い、助川を見た。

「事態がここまでに至った以上、後戻りはできません。自治会は七月早々に決起集会まで持っていきたいと考えています」

「綾瀬署で、しっかりサポートしましょう」

「近隣署の応援を仰ぐ件はいかがでしょうか？」

広瀬が言うと坂元は厳しい目線を返した。

「来週の月曜日、四署長会議があります。その席でお願いしようと思っています」

広瀬が安堵《あんど》の表情を見せた。

足立区内を管轄する千住、竹の塚、西新井、そして綾瀬の四署の署長が集まり、会議が持たれるのだ。場所は持ち回りで、今回は竹の塚署で行われる。

「……区の方は何か？」

広瀬が口にした。

「協力を要請しています。最も恐れるべきは、地元住民が抗争事件の巻き添えを食らう事態です。できるかぎり短期間で排除する方向でお願いします」

一段踏み込んだ坂元の発言に幹部たちの顔色が変わった。

「短期間と申しますと……」

おずおずと生活安全課長の八木が口にする。

「夏休みが終わるまでにカタをつけましょう」

そう言うと坂元が助川に視線を向けた。

助川は弱ったような顔で、後頭部を撫《な》でると課長たちの顔を順に見ていった。答える者がいないので坂元に視線を戻してつぶやいた。

「……あとふた月ですか」

それは無理ではないか。

最低でも一年、場合によっては数年がかりの息の長い戦いが必要になるかもしれない。

ふたたび広瀬が口を開いた。

「やつらが移ってきてから、丸ふた月です。住民は早いうちから暴力団事務所だと気づいていたようですが、何か話は出ていますか？」

浅井が思い出したような顔でうなずいた。

「以前にも被害が出ていたことがわかりました」

「被害？　どんな？」

広瀬が身を乗り出した。

「……今月の初め、弥生ビル近くの民家で小火《ぼや》騒ぎがあって、そもそもそれが手島組の仕業ではないかと被害者側は思っています」

「小火？　放火ですか？」

「被害者は手島組に火をつけられたと主張しています」

「目撃したんですか？」

「いえ。そのお宅は弥生ビルのオーナーの娘婿《むすめむこ》の家なんですよ。オーナーサイドが不動産屋を通じて、退去してもらえないかと頼んだらしいんですが、その翌日やられた」

「そのお宅の方はほんとに手島組にやられたと言ってるの？」

坂元も初耳らしく、話に入ってきた。

「それしかないと言っているようです」

「もし手島組による何らかの不法行為があったとしたら、追放運動を起こすまでもありません。事務所立ち退きの根拠になりますよ。暴排条例に違反するような事実があれば、それだけでも事務所を追い出せるじゃありませんか」

広瀬が声を涸《か》らしながら言った。

「はっきりさせろよ」と助川。

「承知しました」

浅井が上河内の顔を見て言った。

「火炎瓶投擲《とうてき》と銃撃事件については、引き続き三課は捜査を続行するのですね？」

坂元が広瀬に訊いた。

三課の係員が常駐できるように、署内に部屋を用意してあるのだ。

「もちろんそのつもりです。対抗組織の目星はついていますから」

姫路成沢組に移った者の犯行だと言いたいのだろう。

「わかりました」

坂元は忌々《いまいま》しさを表情で示しつつ腰に手をあてがった。

「手島組は池袋にも事務所があるのに、どうして、いまさらうちの管内に来たのでしょう？」

「六本木の事務所はバブルの頃、神戸の成沢組が関東進出の先兵として手島を送り込んだ場所なんですよ。直参に成り立てほやほやで、気の荒い組員を山ほど抱えていましたから。ただ、ビル自体が相当古いみたいなんです。それに、対立している姫路成沢組の二次団体の事務所が近くにありましてね」

助川が言った。

六本木以外に、池袋にも五年ほど前に事務所をもうけたのだ。

「管内の若い連中のあいだで妙な噂が流れています」

思わせぶりに言った八木に視線が集まる。

「真偽のほどはわからないんですが、うちの管内出身の元暴走族が手島組に出入りしているという話が聞こえてきまして」

「どこの族だ？　旧車會《きゅうしゃかい》か？」

助川が訊いた。

集団暴走行為を再開するようになった元暴走族の一団を指す。

「いえ、現役の梅島連合からのようなんですが、G資料にもそういった人物の記載はないし、はっきりしません」

G資料——暴力団員のデータベースである。

梅島連合は八年前に解散したが、最近、復活しつつある暴走族だ。

「手引きか。あり得ますね」

坂元の言葉に疑念を覚えた。

管内の暴走族出身者が手島組に入ったとしても、地元に事務所を引っ張ってきたりするだろうか。

「どっちにしろ、これぱっかりは都心回帰でお願いしたいですね」

坂元が本音に近い言葉を洩《も》らした。

業務ビルが立ち並ぶ中にあれば、暴力団事務所であってもその存在は薄まる、と言いたいのだろう。

「来てしまった以上、立ち退かせるために、あらゆる手段を尽くすのが警察の使命です」

「おっしゃる通りです。何らかの被害や諍《いさか》いなどがすでに起きているのか、逐一調べ上げて報告してください」

坂元の言葉に、浅井がかしこまって頭を下げた。

「了解しました。ただちにとりかかります」

「八木課長は引き続き、暴走族の線を追って下さい」

「了解しました」

「柴崎、自治会対応はおまえの本務だぞ。覚悟はできてるな?」

柴崎も背筋を伸ばした。

「は、そのつもりでおります」

暴力団事務所排除の主体はあくまでも自治会だ。警察の一存で事態を動かせるものではない。息の長い支援と指導。行政的手腕が問われる。

「住民から受けた相談を洗い直せ」

ふたたび助川に命じられて、承知しましたと答えた。

「地域課の巡回をこれまでの倍に増やしてください」

坂元の言葉につられて、助川が望月の方を向いた。

「二十四時間態勢をとれ。事務所にべったり張りつけ」

きっとした表情で望月はうなずいた。

「はっ、了解しました」

警察の存在を見せつけるのは暴力行為の抑止になるし、住民の安心にもつながる。

「高森さん、子どもたちの通学路の安全確保に向けて、厳重な交通取り締まりを心がけてください」

指示された交通課長は低頭しながら、

「了解しました。付近一帯に万全の警戒態勢を敷きます」

手をこまねいてみているわけにはいかない。全署員が一丸となって手島組と対峙《たいじ》しなくてはならない局面だ。

「広瀬さん」と坂元は焦燥感を露《あら》わにした表情で言った。「これから本部の三課に行きましょう」

「うちにですか？」

広瀬にもその意図がつかめないようだ。

「どんな方法でもいいから、一日も早く撤退するよう協力してもらいたいんです。組の情報収集もしてこないと。さ、早く」

坂元はさっさとソファを離れ、身支度をはじめた。

残された幹部は戸惑いながら互いに声を掛け合い、それぞれ署長室をあとにした。

3

「夏休みいっぱいで片づけろなんて言われてもなあ。小学生の宿題じゃあるまいし」

助手席で両腕を伸ばし呆《あき》れたような口調で上河内が言う。

「即応できる態勢を作れという意味合いだけの言葉でしょう」

柴崎は坂元の肩を持つように言った。

事態ははじまったばかりで先は見通せない。

「うちの署長、大丈夫かよ」

思わせぶりに上河内が口にする。

「月曜の会議ですか？」

「ああ。例の女史に抑え込まれなきゃいいけどさ」

「松江署長ですね」この春誕生した三人の女性署長の中で、最も個性の強い人間だろう。

商店街近くのコインパーキングに車を停める。午後六時。辻《つじ》ごとに制服警官が立ち、警戒に当たっている。住民たちはそれを避けるように伏し目がちに歩いている。暴力団事務所のある通りは、重い空気が垂れ込めていた。人影がぱったり途絶えている。弥生ビル二階には明かりが灯《とも》っている。

商店街入り口の信号にも、交通課の警官が警戒についていた。敬礼して労をねぎらう。

そのとき、弥生ビルの向こうから黒塗りの高級セダンが連なってやって来た。一台がビル一階の車庫へわがもの顔で駐車した。もう一台は事務所前に横付けする。両方から組員らしい人間が飛び降りるように出てきて、慌《あわ》ただしく入っていった。

「……こちら吉田、ただいま、事務所前に新たな車両が到着。応援頼む」

警官が肩の無線機ですかさず通報する。

たちまち、応答が入った。

〈了解、ただちに応援に入る……〉

上河内に、われわれも行きますかと目で尋ねたが、首を横に振った。視認できる範囲で、三名の警官がいる。応援も来るから大丈夫と判断したのだろう。

そちらを離れて、路地を右手にとる。三分ほど歩いた。左手に駐車場付きの三階建てアパートが建っていた。道路をはさんだ向かい側にゆったりとられた敷地に、洋風の二階屋が建っている。洒落《しゃれ》た造りだ。アコーディオン式門扉《もんぴ》の車庫に国産の高級セダンが停まっている。車庫の柱には防犯カメラが取り付けられていた。

玄関脇《わき》の呼び鈴を鳴らすと、女性の声で返事があった。来意を告げると、石畳の向こうにある玄関が開き、髪を短く刈り上げた男が顔を覗《のぞ》かせた。

軽く首を曲げて挨拶してくる。荒川区役所勤務の池谷裕史《いけたにひろし》だ。丸顔で人がよさそうなタイプに見える。三十代半ばだろう。

扉を開けて玄関に入った。分厚いスリッパが用意されており、廊下の先にあるリビングに通される。広い。手前に四人がけのテーブルがあり、高い天井からシャンデリア風のペンダントライトが吊《つ》り下げられていた。壁にそって長いソファが続いている。ガラス戸の向こうに、よく手入れされた庭が見渡せた。ソファに座るなり、池谷は期待感のこもった顔で、

「何か、わかりましたか？」

と訊いてきた。

「いや、申し訳ないんだけど、まだ手がかりさえ見つかっていなくてね」

上河内が答えた。

「何だあ、困りますよ。火をつけられたんですよ。早く摑まえて下さいよ」

ぞんざいな口調だ。しかし無理もない。

「もう一度、現場を見せて頂けますか？」

柴崎の提案に池谷はしぶしぶ腰を浮かした。

表に出て、車庫に案内される。

シルバーの国産高級セダンの横に物置があるだけで、すっかり片づいている。

「ここに家内の自転車がシートをかけて置いてあったんです。それが燃やされちゃって。怖くて、あれから何も置かないようにしてるんですよ。防犯ライトとカメラもつけたし」

物置の前のスペースを指して池谷が言う。

「シートが半分ほど燃えたとありますが、気づいたのはお隣でしたよね?」

上河内が生け垣をはさんだ隣家を指した。

捜査報告書によれば、隣家の主婦が池谷家に駆けつけて知らせたはずだ。

「ちょうどお隣の居間から見えたので、ほんとに助かりましたよ。でなきゃ、わが家は全焼ですよ、全焼」

六月三日、午後三時ころの話だ。火は池谷の妻が消し止め、そのあと、110番通報を行った。刑事課が捜査したものの、シートに油分などは付着していなかった。タバコの吸い殻がひとつ残っており、通行人が捨てたものから引火した可能性もあった。吸い殻からDNAは検出されず、それ以上踏み込んだ捜査が行われなかった経緯がある。

「手島組の仕業だと思ってらっしゃるんですね?」

上河内がやんわり訊いた。

「そうに決まってますよ。警察には何度も言いましたよ。どうして信じてくれないのかな」

「そうではないとは言ってませんから」

「うちの女房の実家の話、聞いてますよね？」

「弥生ビルのオーナーさんでしょ。千本さんて言いましたっけ」

「よせばいいのに、余計なことするから、こっちに火なんてつけられるんですよ」

憤慨した調子で言う。

ふと思いついたように上河内が池谷の方を向いた。

「ご主人は区役所の何課にお勤めですか？」

「生活衛生課ですけど」

「どんなお仕事をやってらっしゃるんですか？」

「生活全般にわたって。環境とか犬の登録とかですけど」

「そちらで何かトラブルになったようなことはなかったですか？」

やや言葉につまったものの、思い直したように池谷は続ける。

「トラブルっていえば、トラブルばかり扱っていますけどね。公害なんかも担当するから」

「こちらのご出身？」

「立石です」

「子どもさんは？」

「それがなかなかできなくて、困ってまして」

と池谷ははにかんだ。

上河内は家を振り返った。

「こちらはいつ建てられましたか？」

「結婚してすぐ……お義父《とう》さんから、土地もらっちゃったしね」

「奥さんはご長女でしたっけ？」

追及をゆるめる様子はない。

「次女ですよ。うちのことはいいじゃないですか」

「すみません。ほかに嫌がらせを受けたりされました？」

心当たりはないようだった。

「奇声を浴びせられたり、ゴミを投げ込まれたりとか」

「……お義父さんから、不動産屋の窓ガラスが割られたという話は聞きましたけど」

ふと思い出したように、池谷はつぶやいた。

上河内は一歩池谷に近づいた。

「どこの不動産屋ですか？」

「中泉不動産ですよ」

弥生ビルを手島組に取り次いだ地元の不動産屋だ。

「そちらも手島組の組員がやったというわけ？」

池谷は首を傾《かし》げた。

「目撃者はいるの？」

「そこまでは知りませんよ」

上河内はあごに手をやり、なおも問いかける。

「お宅、暴走族ともめ事、起こしたことはありますか？」

「暴走族？　とんでもない」

誰の仕業にしても放火は悪質極まりない。手島組の仕業としたら、組長逮捕まで持っていける重大犯罪だ。しかし、手島組によるものとは現段階ではとても確定できそうにない。

池谷宅を辞して、地主の千本の家まで歩いた。

「あんなにぽんぽん訊いたら、相手も混乱しますよ」

柴崎は言った。

「それもひとつの手だからさ」

「池谷さんの車、かなり高いんでしょ？」

柴崎は訊いた。

「レクサスのＬＳだ。一千万、行くぜ」

「そんなに？」

「あの家だって、土地代合わせりゃ億になるな」

「逆《ぎゃく》タマなわけだ」

目的地に着いた。大谷石の高い塀が延々と続き、その内に深い軒の日本家屋が垣間《かいま》見《み》える。千本温彦の自宅だ。火をつけようにも、忍び込めそうにない。塀が途切れたところに武家屋敷さながらの立派な門があった。それはいまぴたりと閉じられていた。これみよがしに警備会社のワッペンが貼《は》られている。

「暴力団もここは手がつけられなかったのかもしれませんね」

「かもね」

しかし、娘婿の家などよく探しあてたものだ。

そちらを離れ、五分ほどかけて弥生ビルに戻った。車が増えていた。通りに六台ほど縦列駐車している。密談をしているのか。もめ事でもあったのだろうか。パトカーがぴったり張りついている。十人ほどの警官が五名ずつ横並びに腕を組み合って、警戒に当たっていた。物陰から、何人か野次馬がこっそり盗み見している。ブラインドで覆《おお》われた二階の窓から明かりが透けて見えた。三階は暗い。

引き返して、青井兵和通り商店街に入った。洋品店、居酒屋、肉屋、青果店。一揃《そろ》いの店が軒を並べている。どこもみな、手持ちぶさたそうだ。角ごとに制服警官が立ち、目を光らせている。ふだんなら、買い物客で賑わっているのに、通りを歩く人はまばらだ。中泉不動産はすでに閉まっていた。鮮魚店から民家をはさんで隣りにあるコンビニの前で上河内が足を止める。

「ここだな」

扉を開け中に入った上河内に続く。

ふたつのレジの前は客が行列を作っていた。制服姿の若い女性と背の低い初老の男性が対応している。ここだけは繁盛《はんじよう》しているようだ。口ひげを生やした男性店員がパンコーナーで棚の整理をしていた。

客がひくのを待って上河内が初老の男に身分を明かし来意を告げる。

「手島組の組員が買い物に来て、脅し文句を吐いていったと伺いましたが」

男は店のオーナーで三宅《みやけ》と名乗った。六十すぎぐらいだろう。

三宅は両手をカウンターに置き、上河内を見た。

「わざわざ、ありがとうございます。あの、どこでお知りになりましたか？」

「近所で噂を耳にしたものですからね。三宅さんはその現場に居合わせたことがありますか?」

刑事課はすでにかなりの情報をつかんでいるようだった。

「いえ、茂原《しげはら》さんが手島組の男から脅されたんです」

三宅がとなりで接客している女性店員を指さした。

アルバイトを五名雇っていて、ふだんはふたりずつのシフトを組んで回しているという。

防犯カメラの映像を見せてくれるように頼むと、カウンター奥のバックルームに通された。接客中の茂原も呼んだが、なかなか入って来れなかった。

三宅がパソコンのキーボードで該当する日時を打ち込むとモニターにその映像が現れた。六月五日午前十時五分。丸刈りで細身の男が茂原のいるレジの前に立っている。部屋住みの男だ。G資料によれば、西本寿克《にしもとしかつ》二十五歳。西本は何か話しているはずだが、それは聞こえない。遅れて入ってきた茂原が画面を見て口を開いた。八重歯の目立つ顔だ。

「……この人に、好みのおにぎりがない、裏から出してこいと言われました。でも、在庫がなかったんです。ありませんって答えたら、じゃ取り寄せて後で配達しろって凄《すご》まれたんです」

ちょうど画面に西本が身を乗り出し、カウンターを拳《こぶし》で叩《たた》くのが映った。

「脅されたのはこのときだけですか？」

茂原の顔が曇った。

「……来るときは必ず荒っぽい言葉をかけられるし。このときも、殺すぞとか凄まれて」

「いつごろからやって来るようになりました？」

「五月の連休ぐらいからだと思いますけど」

「脅し文句吐くのはこいつだけ？」

「はい」

「茂原さんのシフトはどうなってますか？」

「週五日で、ときどき夜勤も入ります」

「いま店にいる男性の方は？」

「店長ですか？　ほぼ毎日いますけど」

棚の整理をしていた男は若いが店長のようだ。

「脅しについて、お店の方以外に誰かに話しましたか？」

「家族とか友だちとかに話しました」

そこから警察は情報をつかんだようだ。

「三宅さん、あなたは脅されたことはありましたか？」

三宅は腕を組み、首を傾げる。

「ないですね。人を見て声をかけてるんじゃないかな」

「店長はどうですか？」

上河内が訊《き》いた。

「あ、ちょっと待っててください、ヒロちゃん――」

三宅が表に出ていった。

「あの、店長も、小突かれたりしてました」

三宅がいなくなるのを見計らったように茂原が口にした。

「西本に？」

茂原は首を横に振る。

「いえ、丸顔の男に」

「そいつも手島組の男？」

「わかりません。ひとりで来ていたし」

「茂原さんはいつからこの店に？」

「わたしですか。一年ちょっと前ですけど」

「店長はこの店、長いんですか？」

「はい、地元の人で二十過ぎたときから、ずっといます。二年前に前の店長が病気でやめて、そのまま店長になったみたいですよ。オーナー、あまり出てこないし、仕事は店長に任せっきりですから」

三宅とともに店長がやって来た。入れ替わりに茂原が出てゆく。ひょろっとした体格だ。量の多い髪を額の真ん中で分けている。目が大きく眉《まゆ》が吊り上がっていた。胸元に大久保と書かれた名札をつけていた。

同様の質問をした。西本の応対をしたことはあるが、脅し文句を吐かれたようなことはないと素直そうに答えた。

「あなた、常勤でしょ？」

上河内が訊《き》いた。

「はい」

笑みを浮かべ明るい声で答える。

「夜間も入るの？」

「はい、人手が足りないので、まあ、毎日」

「三宅さんや茂原さんより長く店にいるよね。手島組の組員と接する機会も多い。ほんとに文句は言われなかった？」

「ないですよ」

笑みが消えた。

「変な男に小突かれたようなことがあったみたいだけど」

大久保の目が縮こまった。

「……ない、ないですよ」

「ほんとのことを言ってくれないかな」

たまらず柴崎が声をかけた。

大久保は答えない。

表で茂原が応援を呼ぶ声がしたので大久保は出ていった。

「彼、この店に長いんでしょ？」

柴崎は三宅に訊いた。

「四、五年になりますかね。このすぐ裏に家族と住んでますよ。こんなちっちゃな頃から知ってますからね」

三宅は腰のあたりで手を水平に示した。

「あなたが店に出るのは一日何時間ぐらい？」

上河内が尋ねると、三宅は少し考えてから、

「長くて半日ぐらいかな」

と答えた。

店の仕入れもシフト表作りもすべて大久保にまかせているのだろう。おそらくクレーム対応も。いずれにしても、この程度の脅しでは立件には漕ぎ着けられそうになかった。礼を言って店をあとにした。

「この商店街でなかなか頑張ってますよね。オーナーが地元の人間だからかな」

柴崎は口にした。

つくばエクスプレスの青井駅がすぐ近くにあるにせよ、それなりに充実した商店街の中でコンビニが利益を出すにはノウハウが要るはずだ。

「さて、もう少し聞き込みを続けるとしますか」

上河内が楽しそうに言った。

今晩はこれで引き上げることになると予想していたが、上河内はこれからが本番と思っているらしかった。先は長い。のっけからこのペースでは思いやられる。

弥生ビルに戻った。ちょうど、事務所から組員らが出てくるところだった。野次馬が増えている。

警戒していた警官のひとりと小競《こぜ》り合いになった。

「どけっ」

組員の声が響いた。

「何だと――」

散っていた警官が一斉に集まる。

組員の中から、オーバルメガネをかけた男が前に出てきた。

昨日G資料で見た男だ。手島組若頭で大内寛司《おおうちかんじ》といったはずだ。

先ほどの組員が「邪魔だ、ポリ公」凄みのきいた声を放った。

いかつい体格の警官が男と組み合うように押し込んだ。

組員たちがわっと集まった。

怒号が飛び交い、ふたつの集団が入り乱れた。組員のひとりが地面に倒された。

野次馬がこちらに逃げてきた。

上河内が飛び出した。遅れて柴崎も続く。野次馬たちとすれ違う。

大内が怒鳴った。

「やめろ！　聞こえねえか……やめろ」

組員たちの動きが緩慢になった。

横たわっていたひとりが、起き上がる。

喚《わめ》くような声がした。大内と組み合った警官が仲間を押しとどめた。ふたつの集団がゆっくり切り離される。

手前で足を止め、上河内とともに様子を窺《うかが》った。

騒ぎは一段落したようだった。

上河内に肩を叩かれる。

「……大丈夫だ、戻るぞ」

「了解」

「はい、ショーはおしまい、おしまい」

その場に残っていた野次馬に上河内が声をかけた。

柴崎は何度か振り向きながら、その場から引き揚げた。

4

翌日。

朝一番で署長室に顔をそろえた幹部たちは、広瀬を前に緊張の色が隠せなかった。

「火炎瓶を投げ込んだ車両の特定ができそうです。予想したとおり、姫路成沢組側の勢力と思われます」

広瀬が組の名前を出すと、やはりという顔で坂元がうなずいた。

「本日中にも、幹部のひとりを逮捕して叩きます」

「罪名は?」

「クレジットカードの不正登録」

暴力団組員が暴力団である身分を隠してカードを取得した場合、条例違反になるのだ。

「しっかり頼むぞ」

助川が口にする。

「それはいいとして、手島組はどうですか?」

刑事課長の浅井が訊く。

「先週、池袋の中華料理屋の駐車場で乱闘騒ぎがあったでしょう?」

広瀬が注目を集めるために、ちょっと間をとってから言った。

「手島組の組事務所の近くで起きたやつですよね」

地面に血痕がべったり残っていたのだ。

「手島組の若手組員が刃物で腹を刺されて、重傷を負いました。現場から逃走する姫路成沢組の組員が防犯カメラに映ってます。姫路で起きた姫路成沢組の組員射殺事件の捜査もふくめて、きのううちの課員が名古屋入りしています」

「姫路の殺しは手島組の仕業だったんですか？」

広瀬が太い首でうなずいた。

「うちはそう見ています」

「では、弥生ビルに火炎瓶を放り込んだのはその報復？」

坂元が深刻げな顔で訊くと、口を引き結んでうなずいた。

広瀬が詳細な手島組組員の情報を広げて一同に見せた。厚さは一センチ以上もある。

「これを見て傾向と対策を練れと言われています」

と広瀬が坂元を一瞥《いちべつ》して口にした。

組長の写真や経歴、逮捕歴をはじめとして事細かに記載があった。

データベースにインプットされていない情報も多い。

青井の事務所についての記載はなかった。

部屋住みのふたりはそれぞれ、中年の組員が水野《みずの》久典《ひさのり》、若いほうが西本寿克。水野は覚せい剤所持で二度の逮捕歴があり、西本は傷害容疑での逮捕歴がある。ほかにも若頭をはじめとして、三十八名の組員の情報が記載されていた。若頭の大内寛司は昨日、手島組長とともに弥生ビルに入っていった男だ。傷害と恐喝容疑で三度の逮捕歴があり、八年間刑務所に収監されていた。ここ数年は組長の手島達芳のボディガード役を勤めている。あのとき、もうひとりの組員もビルに入っていったが、その人間の情報はない。

「傾向と対策ねえ」

浅井が洩らした。

「まずは、全組員の情報を頭に叩き込んでください」

広瀬が言い、八木に問う。

「管内出身の暴走族の組員は見つかりましたか?」

八木はあらたまった口調で、

「暴走族ではないんですが、気になるのがひとりいました。青井在住の平松《ひらまつ》拓海《たくみ》二十五歳、無職のシャブ中です」

「ああ、そんなやつがいたな。二、三年前、シャブ欲しさに腕時計を万引きしたやつだろ?」

助川が身を乗り出して言った。

「若い頃から札付きのやつでしてね。いまはおとなしくしていますが、前科二犯ですよ。先週、うちが抱えている事件がらみで少年係の中道《なかみち》が会ったとき、地元の売人の話が出たそうです。どうも、手島組から流れてきているようでして」

「シャブが? 売人は?」

広瀬が目を吊《つ》り上げる。

「若い男のようです。人定《じんてい》できていませんが、梅島駅近辺に出没しているらしく」

「確度の高い情報なんですね?」

坂元が訊くと、八木は二度うなずいた。

「平松が言うんだったら、まず間違いないだろうと思います」

「わかりました。突き上げて下さい」

坂元が力強く言った。

覚せい剤の売人を割り出し、その上を辿《たど》るのだ。

「はい」

八木は言い、頭を垂れた。

自信なさげだ。梅島駅となると綾瀬署ではなく西新井署の管轄《かんかつ》になるからだろう。

続いて上河内が昨日行った聞き込みについて話すと、助川が口を開いた。

「連中のことだ。放火ぐらい、やりかねん」

「ええ」

「火をつけられてから、防犯カメラを取り付けたんですね？」

「そうです」

「コンビニにはよく言い聞かせたんだろうな？」

「オーナーには今度嫌がらせされたら、ただちに通報してくれと言っておきました」

「ほかに手島組から被害を受けているとおぼしき住民はいましたか？」

坂元が訊いた。

「この件だけです」

「わかりました」坂元が受けた。「では、広瀬さんからお願いします」

「はい。本日の午後から、うちの暴力団排除第二係が十名態勢でこちらに入ります」

広瀬の言葉に幹部たちがどよめいた。

「火炎瓶投擲と銃撃事件について、本腰を入れて捜査する所存です」

「カチコミかけた車はわかったのか？」

助川が訊いた。

「付近の聞き込みとNシステムでそれらしい車が複数見つかりました。現在、一件ずつ確認作業をしています」

「どれくらいかかる？」

「一週間あれば何とか」

「POも送り込んでくれます」

坂元が口を添えた。

「何名ですか？」

浅井が訊く。

「とりあえず一名。自治会長につきます」

PO――。Protection Officer。

暴力団から危害を受ける恐れがあり、保護を要する民間人の警護を行う警察官だ。

本部の組対三課に所属している。

「自治会には知らせましたか？」

「今晩、自治会役員と会合を開きますから、その席で伝えます。これからの予定もなるべく早く決めてもらうように促すつもりです」

「そうですね、早いほうがいい。その結果を持って、四署長会議にぶつけましょう」

助川が提案する。

「……そうですね、押し通すしかないですね」

覚悟を決めたように坂元が応じる。

おずおずと地域課長の望月が切り出した。

「方面本部からは何かありますか？」

「まだなにも。でも、一度方面本部に出向いて調整してもらわなければならないですね」

坂元がちらっと柴崎を見た。

この自分に行けと言いたげだ。

方面本部長の中田の顔がよぎる。

対面すれば、こちらから頭を下げざるを得ない。正直、それだけは御免被《こうむ》りたかった。

「柴崎、週明けにも顔出してこい」

助川に言われて、しぶしぶ首を縦にふった。

ここは従うしかなさそうだ。

いつかこうなると思っていたが、まさか単身で行かされるとは思わなかった。上河内に同行してもらうことも頭をよぎったが、部下でも連れて行くしかないと腹をくった。

5

帰宅は午後九時を回った。とりあえずビールを開けた。タコの酢の物の甘さがちょうどいい。テレビでは今年の梅雨は長びくと気象予報士が告げている。

「きょうも組事務所に行ったの？」

流しに立つ雪乃に訊かれた。

「行ったさ」

「中に入った？」

「入るもんか」

それだけは願い下げだ。

「ただでさえ暑いのに、組事務所の見張りなんてやってられないわね」

「ああ、テレビでやってたか？」

「周辺住民のインタビューをちょっと。事務所前でパトカーが警戒に当たってるのも観《み》たわ」

「そうか」

すでにマスコミの取材が始まっている。連日、署にも攻勢がかかり、助川が記者を一手に引き受けているのだ。

冷奴《ひややっこ》にネギをふりかけたものに、醬油《しょうゆ》を垂らす。大きく切って頰張った。

「暴力団も生き残りに必死なのね」

「どうしてそう思う？」

「暴力団員はもう二万人くらいだって、週刊誌で読んだし。あちこちで締め出されて、とうとう青井に行き着いた感じ？」

「手島組は別格だぜ」

なにしろ武闘派で鳴らしているのだ。

「どこだって変わりないわよ」

「成沢組系は最近分裂を繰り返してるから、予想がつかないんだ」

雪乃が心配げな顔で振り返った。

「どうして分裂なんてしたの？」

「カネだよ、カネ。上納金が多い少ないでもめてるんだ」

「だからって、どうして青井くんだりにまで落ち延びてくるのよ」

「青井くんだりはないだろ」

「浅草ならわかるけど、もともと暴力団なんてあまりいなかった土地柄じゃない。どうしてなのかな」

一理ある。手島組は二次団体からの上納金のほかに、覚せい剤取引や特殊詐欺《さぎ》という資金源を有している。みかじめ料を自営業者から吸い上げる手口も報告されている。その元となる繁華街が青井にはない。

「何か魂胆があってに違いないけどさ」

「ひょっとして明日も出勤？」

「うん」

休みは当分返上だ。

「早くカタがつかないと体がもたないわね」

ぼそっと言いながら、冬瓜《とうがん》の鶏《とり》そぼろかけを盛った皿を差し出した。

「そうだな。長引いちゃ困る」

「方面本部の応援も仰ぐの？」

胃のあたりがぎゅっと縮込《ちぢみこ》んだ。

ここで中田の話を始めたら、消化不良を起こしかねない。

「そっちより、まずは四署長会議で応援を仰ぐのが先決だな」

そう言ってビールの残りを飲み干す。

ふと、上河内の洩《も》らした言葉が脳裏をよぎった。

女史に抑え込まれなきゃ、いいが。

続いて現れたテロップに腰が浮いた。

池袋で発砲事件。

アナウンサーの声が続く。

「……ただいま入ったニュースです。池袋のスナックに、何者かが拳銃《けんじゅう》を撃ち込んだ模様です。勤務していた従業員が撃たれて重傷を負った、との情報が入っています。指定暴力団成沢組二次団体手島組の組員が出入りしていたスナックだということです。繰り返します」

血が頭から下がってゆく。

姫路成沢組の報復。

真っ先にその言葉が浮かんだ。まさかと思った。

……いや、あり得る。

歯止めがなくなれば、奴らは何でもする。

血が血を呼ぶ。やられたらやり返す。

しかし、この期《ご》に及んで。

いや、いまだからこそか。

抗争はどこまで発展するのか。弥生ビルの事務所はどうなる？

強制的に閉鎖？　できるわけない。

しかし、このまま行けば、さらなる争いが起きるのは必定だ。押しとどめる術《すべ》はないのか。警察としてどう対処すればいいのか。坂元は？　上河内は？　この自分は？

握りしめていたグラスを、ゆっくり手元から離す。

手を伸ばしスマホを取った。

刑事課長の浅井の番号を表示してタップする。

つながらなかった。

6

コの字型に並べられた長机から、宇田俊晴《うだとしはる》、竹の塚署長が立ち上がった。丁寧にとかした半白髪の頭を深々と下げる。前任は警備部理事官。五十八歳。

「本日はお忙しいところご参集頂きまして、誠にありがとうございます」

議事に入る前に、新任の松江朝子西新井署長が紹介された。

「この場で改めて申すまでもなく、警視庁における女性活躍の先達《せんだつ》としてかねてからご活躍されておられ、晴れてわれわれ四署の仲間になられました。これまで通り、存分に腕を振るって頂ければと思う次第です。では、松江署長の方からひと言、お願い致します」

対面に座る松江が、おもむろに起立した。厚化粧をした平たい顔が堅く強張《こわば》っている。シワひとつない制服の下、ため込んだ皮下脂肪がかすかに揺れる。白髪染めしたショートヘアを深く垂れた。

「このたび、西新井署長の大任を仰《おお》せつかりました松江でございます。身に余る大役ではございますが、皆様の足を引っ張ることのないよう、職務に励んで参りますのでご鞭撻《べんたつ》のほど、よろしくお願いいたします」

ふたたび頭を下げ席に着くのを柴崎は坂元の肩越しに見守った。四人の署長のうしろには、それぞれ副署長と警務担当者が控えている。

「わかりました。こちらこそよろしくお願いいたします」

宇田も負けじと着席したまま両肘《りょうひじ》を張り、深々と対面に向かってお辞儀する。儀式が済んだのち、議事次第に目を当てた。

「綾瀬署管内で発生中の暴力団事務所の件につきましてはのちほどということで、まず新年度に入って以降の取り組みについて、千住署の細川署長からお願いしましょうか」

宇田の斜め右の席にいる細川友一《ゆういち》署長が立って、松江への祝辞を簡単に述べたあと着席した。広い額に白髪を横に流している。五十四歳。前任は第三方面本部副本部長だ。

「うちの管内は学生が多いものですから、ひとり暮らしをはじめる者向けに、防犯対策の積極広報を推進しております。具体的には夜間の一人歩きを避ける、明るく人通りの多い道を歩く、それから帰宅経路にはコンビニ等の二十四時間営業の店があるかどうかを日頃から確認する等々です」

「うちもやってますよ。こっちはタタキ（強盗）が多いでしょ。個別の事案対応や巡回連絡時には、必ず二重鍵《にじゅうかぎ》とドアスコープはつけるようにって、口酸《くちす》っぱく伝えるよう署員に命じてますから」

宇田の弁がこなれてきた。

「坂元署長はいかがです？」

と振られ、坂元はやや胸を張った。ひと呼吸おき、考えをまとめるように小さくうなずいてから口を開いた。

「はい、外出時、子どもさんには必ず防犯ブザーを持たせる旨《むね》の広報を徹底させています。近年は北綾瀬付近にも集合住宅が増加しておりまして、女性のひとり住まいでは、ドアを開ける際、十分注意を払うようにと啓発活動を行っています」

まずは無難な答えに安堵《あんど》する。

「しかし、まいったね、刑法犯の増加には」

神妙な顔で細川がつぶやいた。

会話が途絶える。議長役の宇田が腕を組む。

坂元が手元の犯罪統計に目を落とす。

今年の三月末現在で、足立区の刑法犯認知件数が都内最多に返り咲いたのだ。ちょうど十年前、四年連続して足立区は都内最多の刑法犯認知件数を記録した。これに懲《こ》りた四署は区と連携して、犯罪対策を強力に進めた結果、ワースト3からどうにか脱却した経緯がある。

「新宿なんて二割方減らしたんだろ。江戸川も同じく。去年のワースト一位の世田谷だって、そこそこ減らしてるしさ。うちだけ上がってるんじゃ、目立っちまってしょうがないよ」

資料をめくる宇田が口にする。

「このままじゃ、年間最多だな」

細川がため息をつく。

「そうですね。区長さんと会うたび、どうするんですかって言われていますし」

同調したような坂元の物言いに、松江が冷ややかな目を向けている。坂元はそれに気づかなかった。

「どうだろうね。せっかく、千五百台も防犯カメラを設置したんだから、こいつをもっと有効に活用する手があると思うんだけど」

宇田が提案する。

「カメラの設置場所をもういっぺん検証する必要があると思いますよ」と細川が応《こた》えた。「そうすりゃ、死角だって減るだろうし」

「人が近づくと光る……あれ何てったっけ？」

宇田の投げかけに応えたのは、黙っていた松江だった。

「センサーライトです」

「ああ、それそれ。方面本部をせっついて、どんどん入れてもらおうよ」

「ハード面の整備も要りますが、犯罪情報の的確かつ速やかな提供も重要かと存じます」

と坂元がつけ足した。

「そうだな。げんに自転車盗なんかは防犯カメラが威力を発揮して、減ってるんだけど、とにかく侵入盗が倍になっちゃってるだろ。あれは痛いよ」

「ノビと空き巣だけで、六十件ありますからね。参っちゃいますよ」

細川が頭を掻《か》く。

家で人が就寝しているときに侵入するのがノビ。留守で人がいないときを狙《ねら》うのが空き巣である。

「街の風景が悪くなってるよね。不動産屋の捨て看板も多いし、チラシのポスティングもウロウロしてるから」と宇田。

「数年来続けている『ビューティフル・ウィンドウズ運動』を徹底するしかないですね」坂元が言った。「落書きのないところには犯罪は起きないですから」

割れた窓の放置が犯罪を招く。

荒れた風景を放置するうちに、モラルが低下してゆく。その結果として、犯罪の多発を招く。割れ窓理論。アメリカの犯罪学者が提唱したものだ。

「まあ、年間最悪は避けようよ」

宇田が引き取ると、目の前の資料を閉じた。

「さて、坂元署長、手島組の動きはどうですか？　ゆうべの池袋もその関係でしょう？」

いよいよ本論に入った。坂元が身を強ばらせる。寝たりていないのか、目の下にうっすらクマが出ている。

「発砲はぜんぶで五発。二十四歳のアルバイト女性の顔面から下顎《かがく》に銃弾が貫通、重傷ですが命に別状はありません。現在、組対四課と三課が捜査中です」

捜査主体は四課だろう。個別の重大事案はそちらが担当なのだ。

「撃ったのは姫路？」

「はい、直後、バイクにふたり乗りして逃走していくのが防カメに映っていました。ほかにも多数、映像が残っている可能性がありますので現在収集中です」

「姫路の本部にはすぐうちのガサが入るよね？」

「証拠が出次第、着手するとのことです」

「現場の証拠なんて待ってられねえから、すぐ別件立てて、入るべきだよね」

と細川が感想を洩らした。

同意することもなく、坂元が淡々と解説を続ける。

「弥生ビル手島組事務所への銃撃と火炎瓶投擲《とうてき》事案について、われわれ綾瀬署と三課と合同で捜査に入っています」

ひととおりの説明をすませた。

「元をたどれば、やっぱり、姫路成沢組組員の殺しでしょ。あれは、手島の仕業なんだよね？」

細川が尋ねた。

坂元はうなずいた。

「その見方が強いです」

「弥生ビルの組事務所の退去は当然求めるんでしょ？　どのようなスケジュールを組んでる？」

宇田が訊いてくる。

「危機管理室を通して区長に話をしてあります。組事務所排除の推進団体が設立された段階で、区民ホールでの決起集会を予定しています。そのほか、活動用品全般の提供、訴訟費用の負担まで、区が全面的に支援してくれる見込みです」

ひと息に言った。宇田と細川が何度もうなずいている。

松江は無表情のままだ。

「最終的には訴訟になるでしょうが、そこまではまだ時間がかかります。うちとしては住民の安全を第一に考え、三課と連携して徹底的な取り締まりをするなかで、組の動きを封じ込めていく作戦を考えています。それでも……」坂元は改めて座を見渡した。「なかなか手が足りないのが現状です。皆さまの応援を仰がなければ立ちゆかないのが目に見えておりまして」

「綾瀬署だけが頑張ってできる話じゃないでしょ」

黙っていた松江が口を開いた。

不意を突かれた坂元の横顔がそちらを向く。

「あくまで自治会が主体となって行うべきなんじゃない？　暴追センターにだって、きちんと筋を通しておかないといけないし」

厚化粧の下から恐《こわ》いものがヌッと出てきた。

「あ、はい、それは」坂元は焦《あせ》って返答した。「自治会につきましては、昨晩、役員と会いまして、この土曜日に地元自治会連合会が臨時総会を開き、日曜日にはデモ行進を行うということで話がまとまりました」

「へえ、そこまで……総会で何をやるの？」

「はい、台東区で暴力団事務所の立ち退きを成功させた方をゲストに招聘《しょうへい》して講演していただきます。ここで組事務所排除の宣言を行い、具体的な行動の細目を決める手はずになっています」

「とりあえず了解。もう一つ、うちのOBたちの積極的活用は？」

松江の質問が続く。

「暴追センターの利用につきましては、適宜、相談をしつつ場合によっては訴訟までお願いする運びになると思いますが……」

暴力団追放運動推進都民センター。

警視庁と連携して、暴力団排除のための事業を行う公益財団法人だ。多くの元マル暴刑事がここに天下りしている。

松江が首を傾《かし》げながら、坂元を睨《にら》んだ。

「ですから、センターの代表理事とは会ったの？」

「いえ、まだ」

返事に加えて、手を振る。

松江がフンと鼻で笑った。

「いまごろ署名活動ねえ」

「いえ、早くから取りかかっていて、すでにかなりの署名が集まっているようです。週なかばにはそれを持参して、警察、区役所、区議会に正式な暴力団事務所排除の要請依頼をする段取りになっています」

「区は何をしているの？」

「ですから、それを受けて、土曜日には組事務所排除の決起集会を区民ホールで行い……」

「答えになってないわね。綾瀬署は一機関にすぎないでしょ。大所高所からの運動は、区がイニシアティブをとって進めていくべきものなのに、出しゃばって。じきに、とんでもないことになるわよ」

黄色い目がじろっと坂元の顔を舐《な》めた。

坂元は言葉が継げなかった。

宇田が咳払《せきばら》いして、

「ここはひとつ四署まとまって、手島組排除に向けて力を合わせていくということでお願いしたいのですが」

と低姿勢に出た。

「甘いんじゃないかしら」

松江のつぶやきに、坂元が体を向けた。

「……あの」

もうそれ以上発言しないでくれと柴崎は念じた。

「困っているのは住民じゃなくて、あなたご自身でしょ」

ふたたび浴びせられた松江の言葉に坂元は言葉を失った。

「こんなときに限って、キャリアのお嬢さんが署長だなんて、運が悪いわね。坂元さん、忠告しておきますけど、長期戦になるわよ。その覚悟はできているのかしら」

やや間をおいて坂元は口を開いた。

「……できるかぎりの対処を行い、速やかな組事務所退去に結びつけます」

ようやく、そう苦しげにひねり出した。

「ビューティフル・ウィンドウとか、意味あるのかしら」

突き放したように松江が言う。

坂元の薄い肩がゆらりとした。

「もっとてきぱきできる人に替わってもらった方がいいかもね。憲之《のりゆき》さんに頼んでおこうかしら」

滝山憲之。

現警視副総監。

その名前を持ちだした松江から宇田と細川が目をそらす。全身が神経になったように、坂元は小さな肩を震わせていた。

7

七月五日土曜日。

足立区役所二階の区民ホールはオレンジ色に染まっていた。定員五百の席は住民で埋め尽くされ、全員が「暴力団は出ていけ」と染め抜かれたたすきを掛けている。十メートルおきにピンク色の幟《のぼり》が立ち、熱気が渦巻いていた。カメラを抱えたテレビクルーが周りをせわしなく動き回っている。アナウンサーによる住民へのインタビューがそこここで行われていた。出入口ごとに制服警官が警戒にあたっている。

壇上中央に連合自治会長の矢野有三《やのゆうぞう》と青井二丁目自治会長の稲葉が座っている。隣接する弘道、加平などの自治会長がそれを囲む。その右横に井上公男《きみお》足立区長、坂元真紀署長、そして木原勝一《しょういち》足立区議会議長の三人が揃《そろ》っていた。さらに、そのうしろには、地元選出の都議と足立区の三警察署の署長が並んでいる。舞台袖《そで》では、集会の裏方役に回っている部下の中矢がせわしなく動いていた。

慣れないPチャンイヤホン（受令機）を耳に深く押し込む。所轄系警察無線の交信が続いている。

〈区役所駐車場に不審車両なし〉

〈こちら、警戒本部、了解〉

暴力団員が紛れ込んでいないか、監視しているのだ。

ホールから出て、表玄関に回る。受付では、警務係の山浦佳織がてきぱきと住民を誘導している。階段の中段に立ち、あたりを窺《うかが》っている岩城と目が合った。グレーのシャツが壁に溶け込んでいる。軽くうなずき、異常なしとサインを送ってきた。よろしく頼みますと右手を挙げる。

ひとわたり点検してから、ホールに戻った。

午前十時の開始時間になるとともに、矢野連合自治会長が演台に立って開会を宣言した。続いて区長の挨拶《あいさつ》と暴力団排除に向けた支援についての話があった。

監査担当の下村の司会で現状報告が始まると、暗くなった会場の大型プロジェクターに弥生ビルが映し出される。

「このように、頻繁に組員が出入りしています」

人数や時間などが事細かく報告される。

続いて、池袋の中華料理屋駐車場で発生した事件直後の現場の映像が流れた。地面にべったり血痕がついている。実に生々しい。

手島組の抗争事件について、似たような写真や映像が次々に現れた。

会場がしいんとなった。

咳払いが何カ所かで起きる。

明かりがついて、安堵のため息が洩れた。

住民たちから上がった組事務所関係への苦情が相次いで報告され、暴力団事務所の排除に成功した先行事例が紹介される。

そのあと坂元が登壇し、所轄署として積極的に支えていく旨を述べると盛大な拍手が上がった。それから四十分ほどかけて、具体的な排除運動の紹介やスケジュールが示された。住民たちから次から次へ意見が出てくる。組員に対して物を売らないようにしてはどうか、との提案に地元商店街の住民の多くが賛同した。なるべくはやく事務所近くに、団結小屋を作るべきだという提案は、全会一致で支持された。

柴崎は肝を冷やした。性急すぎる排除運動は過度に暴力団側を刺激する。悪い結果につながらないか。柴崎のものと似た意見も出たが、団結小屋に土地を提供するという声が上がり、かき消された。明日にも設置することが決定し、正午前に大会は終わった。

帰途につく住民たちがホールから出てくる。アンケート用紙を回収する脇《わき》で彼らの顔色を窺《うかが》った。不安を隠せない者がほとんどだ。具体的な戦術やこれからのスケジュールを貼《は》り出したホワイトボードの前で足を止めている。

片隅で松江西新井署長が区長や自治会長たちと話し込んでいる。自らも痛みを感じているといわんばかりの表情を浮かべており、署長会議のときとは別人のようだ。

青井二丁目自治会長の稲葉のうしろに、ビジネススーツ姿の女性がいた。鋭い視線をあたりに放っている。耳にPチャンイヤホンを差し込み、さりげなく両腕を前で組んでいる。三課から送り込まれたPOの杉田《すぎた》琴絵《ことえ》巡査部長だ。

柔道四段で、男相手に組んでも決して怯《ひる》まないタイプらしい。

——女性でさえ対暴力団の最前線にいてくれる。

自治会関係者たちの勇を鼓舞する存在だ。

ホールから姿を見せた坂元とともに、その輪に加わった。稲葉から涼しげな麻のサマースーツを着た小太りの初老の男性を紹介された。弥生ビルの持ち主の千本温彦だ。長めに伸ばした銀髪、ヒゲの薄いつるんとした顔立ちだ。

「署長さん、このたびは相済まないことになりまして、申し訳ありません」

両手を膝《ひざ》にあてがい深々と坂元に頭《こうべ》を垂れた。

坂元はあわてて、

「いえ、そんな。こちらこそご挨拶が遅れまして申し訳ありません。どうぞ頭をお上げください」

と横から支えるように腕を伸ばす。

「こんな悪夢のようなことになるなんて、夢にも思いませんでした」

「千本さんからも、手島組に退去要請を働きかけて頂いたと伺っています」

千本のわきで、額の広い四角張った顔の男がしきりと頭を下げている。

「遅きに失してしまいました。できるなら、あのビルを取り壊したいくらいです」

重たげに千本が口にする。

「わたしたちも精一杯、協力させていただきます。どうぞ、引き続きよろしくお願いいたします」

坂元も頭を下げる。

「中泉さんには何度も相談をしてるんですけど、そう簡単には、追い出せないようなんです」

弁解がましく口にした千本が横にいる男に体を向ける。白の開襟《かいきん》シャツにスラックス。彼が弥生ビルに暴力団事務所を入居させてしまった不動産屋のようだ。

「誠に申し訳ありません。ヤクザだと見抜けなかったんです。本当です」

こちらも平身低頭だ。

「いえいえ、こちらこそ。集会でも話がありましたが、おふたりともに実務面で多大なご労苦をおかけするようになると思います。どうか、よろしくお願いします」

ふたりそろって、また頭を下げた。

首尾よく暴力団事務所の排除に成功しても、同種の団体の入居を許さないために、身元のはっきりした借り主を即座に入居させなければならない。それができなければ、ビルごと区が買い取るなり、何らかの対応をする必要に迫られるかもしれないのだ。

いずれにしても、今後両名と顔を合わせる機会は必然的に多くなろう。

「中泉さんの事務所の窓ガラスが割られたと伺っています」

坂元が問いかけた。

斜めうしろで聞き耳を立てるように松江が覗《のぞ》き込んでいる。

「あ、はい、先月の六日でした。夜中に石を投げ込まれて。警備会社から連絡が入りました。警察に届けようとは思っていたのですが、雑事に追われておりまして」

「大変でしたね」

「防犯カメラにスクーターみたいなものが走っていくのが映っていましたが、どいつの仕業かはわかりませんでした」

「残念でしたね」

「借りる手続きに来たのは手島組の幹部でしたか？」

横から柴崎が声をかけると、中泉は滅相もないというふうに首を横に振った。

「エースワンの課長の方が、店に来ました。たしか堀井直也《ほりいなおや》さんという方でした」

堀井直也。

暴力団側と結びついている携帯電話販売会社の課長の名前だ。

四月下旬、ふいに現れて弥生ビルに入居したい旨を堀井本人が申し出たという。物件を案内すると、二階は事務所、三階は倉庫として使いたいという話になり、月三十八万円の賃貸料をその場で承諾した。会社概要書や堀井自身の免許証を持参していたため、契約はすんなり結ばれた。二カ月分の敷金は現金でもらったと中泉は話した。

「念のためお伺いしますけど、現在、手島組から脅されているようなことはありませんか？」

「あ、それは……ないです。ありません」

歯切れが悪い。

千本にも同様のことを尋ねたが、直接脅されるようなことはないという。

「もし何かありましたら、いつでもご連絡下さい」

坂元が声をかけると、ふたりは調子を合わせるように引き下がった。

「あの人たちは住民からも非難されたりしていて、大変なんです」

同情の言葉を口にした稲葉の脇から、松江が声をかけてくる。

「住民の方々の暴力団排除への熱意にはほんとうに頭が下がります」

と前屈《まえかが》みになり、高齢者を介護するように、華奢《きやしや》な稲葉の背中に手を添えた。

「稲葉さん、西新井署の松江署長さんです」

坂元に紹介されると、

「あ、いえいえ、こちらこそお世話になります」

と腰を折った。

「それでね稲葉さん、総会でもちょっと出ましたけど、学校関係でも嫌がらせを受けている方がいるというのは、本当ですか？」

はっとした面持ちで稲葉が松江を見た。

「はい、聞いています。中学校の元教頭先生のお宅です」

「どういう嫌がらせを？」

「電話か何かだったと思いますけど」

「その方はきょう、お見えになりました？」

「うーんと、どうかな。来てなかったみたいだけど……」

「お名前は？」

松江が坂元の目を睨み、そのまま柴崎に視線を送りつけてきた。

あわてて、稲葉の話の概要を柴崎はメモにとった。

「調べてみて下さい」

坂元からその場で指示される。

「心得ました」

区長から声がかかったので、坂元は松江とともにそちらに向かった。

そこに少年第三係の中道昭雄《あきお》係長が現れた。

綾瀬署在勤の長い、管内の少年犯罪の生き字引的な警部補だ。Ｐチャンイヤホンを外し、去っていく松江の背中を見ながら、

「やけに愛想がいいね」

と心配そうな顔で声をかけてきた。

「ええ……。警戒ご苦労様、不審な者はいなかったですか?」

「やんちゃするようなのは、ひとりもいなかったですよ」

「警察が来るとわかってるから、なりを潜めてるんじゃないですか」

「そうかもしれません。それにしても、盛り上がりましたね」

「はい」

たったいまとったメモを見せる。

「ああ、紀平《きひら》さん、青井中学校の元教頭ですよ。やめたのは二年前だったと思うけど」

と中道は言った。

「どんな人です?」

「如才ない」

すぐそう答えた。

「教育熱心じゃなかったってこと?」

「出世にばかり目がいってたというか」

中道は坊主頭《ぼうずあたま》に手をやり顔をしかめた。

「三年前だったかな。いじめのため自殺を図った中二男子がいたんですけど、本人や両親から聞いた話だと友だちだけじゃなくて、担任の女性教師も加担していたらしくてね。紀平さんにぶつけたんだけどシラを切られ続けたよ」

「それで、どうなったんですか？」

「その子が転校しておしまい。校長も担任もおとがめなし。どこにでもいる校長の腰《こし》巾着《ぎんちゃく》かな」

「よくわかりました。ところで平松の件は進んでますか？」

中道は渋面を作った。

「いちおう、梅島駅で聞き込みをしましたよ。平松も突《つつ》いてるんだけど、あいつ平気でうそつくからね。売人がほんとにいるのかどうか怪しいもんです」

覚せい剤中毒者は簡単に売人の情報など明かさないだろう。

「でも本人の口から、手島組の話が出たんでしょう？」

「それがおれだけじゃないとか、訳のわからないことを言ってるんですよ」

「ほかにもシャブ中がいる、と？」

「そうじゃなくて、マル暴の事務所に出入りする知り合いがいるとか、そんな話です」

「よくわからないんですが、きょうの集会でも出たじゃないですか。弥生ビルのある二班の班長宅の郵便受けにカミソリが放《ほう》り込まれたっていうやつ」

「あったけど、どうかしました?」

「やつの家も二班にあるんですよ」

「平松の出た地元の中学の出身の連中が薬物をやっているとか、そんな話が広まっててね。カミソリの件もそいつらがやったんじゃないかって」

要領を得ない話だ。

ホワイトボードの前で岩城が何かを見ているのが目にとまった。

歩み寄り話しかけた。

一枚の写真がホワイトボードの溝に立てかけられている。

壁に貼られた紙を撮影したものだ。

〝6人組　死〟

赤のマジックで四文字が横に並んでいる。殴り書きだ。

「この話題は出ましたか?」

岩城に訊かれた。

「いえ」

手島組による嫌がらせについて、わかっている限りすべて報告された。このような写真に関する件はなかったはずだ。

「この写真、誰が置いていったんですか？」

岩城は首をかしげた。

「さて。ずっと、ここにいたわけじゃないですから」

岩城とともにあたりを窺う。住民たちはほとんどいなくなっていた。

上河内と高野がこちらの様子を気にしてやって来たので、写真を手に取って見せた。

「妙な写真だな」

上河内がしげしげと眺める。

「わたしから訊いてみましょう」

岩城は写真を取り上げ、まだ残っている自治会長たちに尋ねはじめた。横にいる高野に、これから一軒、訪ねる家があるが同行するかと尋ねると高野は、もちろん参ります、と言った。

8

その家は四ツ家稲荷《いなり》神社の西側にある住宅街の一角にあった。車一台ようやく通れるくらいの路地の奥。三十坪ほどの二階屋の表札に紀平と記されている。家の前に車を停めたまま、玄関の呼び鈴を鳴らした。ドアが開くと、五十代ぐらいの髪の短い女が顔を覗かせた。警察手帳を見せると、奥からスリッパで駆けつけるような音がして、目のぱっちりしたオレンジのトップスを着た若い女が現れた。

「あ、いま、わたし決起集会に出ましたけど」

母親らしい女と入れ替わる。物怖《ものお》じする様子がない。娘のようだ。

「こちらのお宅が手島組の人間から嫌がらせを受けているというお話を聞いたものですから、お伺いいたしました」

心配げな顔の母親とは違い、娘の表情は明るい。

「はい、集会がはじまる前、自治会の人にわたしから伝えましたけど」

あっけらかんとしている。

「具体的にどのような嫌がらせがあったのか、話していただけませんでしょうか?」

娘は母親と顔を見合わせてから、

「無言電話とか、白紙のファクスが送られてくるとか。ね、お母さん」

「……汚物みたいなのもあったわ」

「えー、うんち？ 何それ？」

「あなたがいないとき、玄関前に置いてあったの。すぐ片付けたけど」

「不愉快ですね。いつごろの話ですか？」

高野が訊《き》いた。

「二週間くらい前だったかしら」

「手島組の脅しという確証はありますか？」

柴崎が尋ねた。

「だって、事務所が来てからですもん。ちょっと、お父さん呼んできますね」

娘はカッターシャツを着た初老の男を連れて戻ってきた。紀平信正《のぶまさ》ですと男はおどした口調で言った。小柄で目つきが鋭い。

「あの……教職についていらっしゃったとお伺いしましたけど」

横から高野が口にする。

「はい、最後は青井中学校に」

「教頭先生だったんですね?」

「はあ。二年前に退職しました」

「きょうの決起集会は出席されましたか?」

「いえ、用事がありまして、いま帰ってきたとこなんです」

紀平は落ち着きなく視線を動かす。

どうして警察が来たのかわからない様子だ。

「無言電話はたぶん、お宅だけではないと思うんですよ」

と柴崎は先を促してみた。

「……わたしは出たことないんですけどね」

迷惑げに洩《も》らす。

「固定電話にですか?」

「たいてい、妻か娘が出るものですから」

「いつ頃からですか?」

娘に訊いてみる。

「先月くらいからかな」

「どれくらいの頻度ですか?」

「だいたい毎日。時間帯はいつも違っていました」

「暴力団関係者からかかってきたという根拠はありますか？」

「うちでは、そうじゃないかなというような話をしてます」

母親が代わって答えた。

「推測だけですか？」

紀平信正は弱った顔で頭を掻いた。

娘の勤務先を訊くと、北千住のメガネ量販店だと言った。母親は専業主婦だ。信正は現在、あだち産業センターで嘱託として働いているという。

平松拓海の名前を出してみたが、信正は知りませんとそっけなく言った。

名刺を渡して家を辞した。

高野の運転で署に戻る。

路地を出て北に転じ、暴力団事務所のある通りに入った。

「いちいち苦情を調べていたらきりがないですね」

高野は注意深くハンドルを握っている。

「汚物はどうかな」

悪質だ。度を超している。

「そうですね。でも、無言電話ぐらいなら、よくある話だし」

いや、暴力団がよく使う手だ。悪質な手紙を送りつけるし、怪しげなメールを発信したりもする。しかも、執拗《しつよう》に。これまで、どれほど多くの相談が寄せられたことか。

「早く結着してくれないと本当に困ります」

たまりかねたように高野が続けた。

「そっちに割かれて盗犯捜査が追いつかないか？」

「はい。もうちょっとで手が届きそうなんですけど、詰め切れなくて」

「何の件？」

「あ、いたち」

「ああ、例のか」

去年の秋口から、119番に悪質な通報をしてくる男がいる。通報は中央本町や青井地区、そして、綾瀬地区一帯の、たいてい近くに防犯カメラのない公衆電話からだった。いくつか目撃証言はあるが、いずれも夜間で正面から目撃した者はいない。すばしっこく逃げる細い背中が報告されているのみで、いたちと呼ばれるようになった。

――あのさあ、液体まかれてケガ人が出てるぜ
――あのさあ、ひとり住まいの戸田さん、ほっとくと死ぬかもな

ねっとりした声で救急車を呼ぶことが多いが、火事の通報もあった。人気《ひとけ》のないところで倉庫が燃えていたケースもあり、通報者自らが火をつけたと判断するしかない事案だった。

「最近もやってるのか？」

高野は首を横に振った。

「……それが、三月はじめぐらいからぴたっとなくなって」

「ならいいじゃないか」

「通報した公衆電話をもう一度すべて当たりました。一カ所でだけスクーターで乗りつけた男がいるという目撃情報が得られたんですよ」

「スクーターは割り出せたのか？」

「いえ、付近に防犯カメラはないし目撃者が車種に詳しくなくて、はっきりしないんですが」

「もうちょっとその気になれば特定できるんじゃないか」

「そうなんですよ。聞き込み先を増やせば、絶対にわかるはずなんですけど」

今回の騒動が下火になれば、捜査を再開できるだろう。

青井兵和通り商店街の先にパトカーが停まっていた。その横をすり抜けて進む。弥生ビルが近づいてくる。きょうも一階の車庫には黒塗りの高級セダンが二台停まっていた。嵐《あらし》の前の静けさとしか感じられなかった。

9

七月六日日曜日。

午前九時に、青井兵和通り商店街東口にデモ隊が集結した。ハンドマイクを担《かつ》いだ自治会長の稲葉の発声で商店街を西に向かって進み出す。途中で少しずつ参加者が増えてゆく。商店街西口に達したときには、二百人ほどにまでなっていた。稲葉の斜めうしろで杉田が目を光らせている。隊列の前後と中ほどにも制服警官が張りつき、最後尾に坂元をはじめとして、足立区四警察署の署長が顔をそろえていた。パトカーがのろのろとあとを追いかける。デモ隊はさらに西へ進む。

柴崎も住民の最後尾について歩いた。前には自らすすんで参加した山浦佳織の姿もあった。岩城もあたりを警戒しながら歩いている。耳に差し込んだPチャンイヤホンから、警戒に当たる無線交信が絶え間なく続く。

稲葉がハンドマイクで叫ぶ。

――暴力団は出ていけ！
――出ていけ！
呼応するシュプレヒコールが重なる。
男女半々だ。高齢者もいれば、子ども連れの親子もいる。
弥生ビルに差しかかった。
乱れる隊列を警官が立て直す。
一階のピロティに車両はない。
ビルの前で隊列が止まった。
ハンドマイクのスローガンが響く。
――暴力団は出ていけ！
――出ていけ！
デモ隊の合唱が激しさを増す。
――暴力団は出ていけ！
――出ていけ！
――暴力団は許さないぞ！
――許さないぞ！

ビルからは反応がない。

ハンドマイクのボリュームが上がる。

威勢のいいかけ声が響き渡った。

玄関の鉄扉《てつぴ》が開き、がっしりした男が顔を覗かせた。

はじめて見る顔だ。サングラスをかけ、純白のスーツに黒いワイシャツ。首回りに太い金の鎖が覗いている。

隊列の最前列まで、のしのし歩いてきた。

「……せえんだよ」

低い声を放った。

ひるまず進もうとすると、雷のような声が響き渡った。

「大勢でギャーギャー吠《ほ》えまくりやがって。すっこんでろ」

じっと稲葉の顔を睨《にら》みつけて、動かなくなった。

まわりの住民たちが息をのんだ。

ひとり、ふたりと後ずさりして隊列が乱れる。取り残された稲葉もその場から退散した。五十メートルほど離れたところでひとかたまりになり睨み合いになった。

男はこれみよがしに唾《つば》を吐くと、肩を怒らせるように事務所に入っていった。

それを見届けて稲葉が音頭《おんど》をとり、隊列を組み直した。

少しずつまとまってくる。

隊列はふたたび前進した。その最後列をパトカーが守る。

弥生ビル前にさしかかった。

——出ていけ
——出ていけ
その場でシュプレヒコールを上げる。しかし、最初の頃の威勢の良さは消えていた。

今度は威嚇《いかく》はなかった。

十時すぎにデモ隊は元の場所に戻った。数は出たときの半分ほどに減っていた。

散り散りに解散したのを見届けると、松江は迎えに来た車に乗り込んで、帰署した。

走り去る車を見て安堵《あんど》の表情を浮かべる坂元を助川がパトカーに押し込む。こちらもその場をあとにした。

柴崎は上河内とともに暴力団事務所の斜め前に停めたワンボックスカーに乗り込んだ。二十四時間態勢で張り込んでいる車だ。

「きょうは組長は来ていません」

と刑事課の石橋巡査部長が言った。

暴力団追放運動の要《かなめ》になる暴力団対策係の所属だ。

昨日出入りした組員についての報告を受けた。

若頭補佐の金山ともうひとりの組員が午後二時半にやって来て、四時前にふたりとも帰っていっただけだった。近くの民家の車がパンクさせられた事案が発生したが、その時間帯は部屋住みのふたりも外出していなかったという。

「パンクの手口は？」

上河内が言った。

「ナイフで手際《てぎわ》よくやられました」

「同じ町内の住民？」

「現場は、事務所から東へ百メートルほどのところにある歯科医院です。家の駐車場に停めてあった車がやられました。防犯カメラがないので犯人の特定はできません」

「手島組の仕業か？」

石橋は何をいまさらというような顔で上河内を見た。

「そう考えています。このところ地元のヤンキーもおとなしくしているし」

「部屋住みの男以外の組員が出没しているのか？」

「この町に紛れ込んでいる可能性は高いと思います」

Ｇ資料の情報は警戒に当たる警官全員に行き渡っているが、すべての組員の動向を把握するのは困難だ。

十一時を過ぎて弥生ビルの玄関扉が開いた。

丸刈りの西本が顔を覗かせた。あどけなさが残る顔付きだ。さりげなく左右を見て通りに出る。商店街の方に歩きだした。

ワンボックスカーを降り、上河内とともにそのうしろについた。

ズボンのポケットに手を突っ込み、西本は足早に歩く。角に立つ制服警官の前を何事もなかったかのように通りすぎる。

五年前、傷害で逮捕されたときの供述によれば、西本の両親は離婚して父親とふたり暮らしだった。その父との折り合いが悪く十八歳のとき、浅草にある指定暴力団を訪ねて組に入りたいと申し出た。未成年を理由に断られ、成人してのち、もう一度門を叩くと二次団体の手島組を紹介されたという。事務所では日がな一日、表の監視カメラの映像を見つめているはずだ。

商店街に入った。猫背気味に歩いてゆく。向こうから歩いてきた住民が、はっと気づいて道を開けた。

総菜店に歩み寄る。何事か声をかけた。短く罵《ののし》っているように見えた。何も買わないで歩きだした。

離れていくのを見計らって、柴崎は総菜店の女性店主に確かめた。暴力団員には物品を売ってはいけないと決まったので、断わったという。そう語る店主の顔は青ざめていた。

西本は歩みを止めなかった。先にある弁当専門店の中から、店主が飛び出してきて、シャッターを閉める。肉屋でも買い物を拒否され、腹いせに空を蹴《け》るような動作を見せた。それでも、先に進む。食料が底をつきそうになっているのかもしれない。三宅のコンビニに入った。

先に行ったところで待機する。

五分ほどして、西本が出てきた。両手にごっそり中身の詰まったレジ袋を下げている。そういえば、オーナーの三宅は決起集会に顔を見せていなかった。近所づきあいより、儲《もう》けを優先しているのだろうか。

中を窺うとレジに大久保の姿があった。オーナーも女性店員もいなかった。

コンビニは手島組の組員にとって、最後の砦《とりで》らしかった。

10

月曜日。

第六方面本部は浅草の吉原大門《よしわらおおもん》にある。四階建ての無粋なビルだ。管轄《かんかつ》する警察署の警務、交通、刑事、生安、警備、それぞれの部門の指導監督に当たるのが本務である。それ以外に、この建物には捜査二課の分室なども入居している。

二階の方面本部長室に案内された。広いだけで殺風景な部屋だ。ソファに座るように促される。方面本部長の中田は自席で執務にあたっていた。二分ほどして、ようやく席を離れた。対峙《たいじ》するのは二年ぶり。本部の企画課以来だ。

しばらく、睨《にら》み合った。これまでに過ごした二年間が浮かんだ。

柴崎は綾瀬署、中田は都警察情報通信部通信庶務課長へとそれぞれ左遷《させん》された。しかし、この春一足先に中田は元の出世街道へ戻る足がかりとして、ここ第六方面本部長の椅子《いす》に着いたのだ。企画課長時代、すでに総務部参事官という職位にあったのだから、横滑りとも言える異動だが、猟官運動にはそうとう励んだはずだ。

シワひとつない制服の左胸、黄金色に輝く警視正の階級章は以前のままだ。

やや肉がついたかもしれない。

「で、きょうは？」

さりげなく切り出された。

柴崎は一度頭を下げた。

「お聞き及びと存じますが、綾瀬署管内で起きております暴力団事務所排除運動について ご報告に伺いました」

そこで区切って様子を窺う。

「テレビで見てるよ。大変そうだな」

あっさりしたものだったので拍子抜けした。

「いささか」

中田は足を組んだ。

「うまく行きそうかね？」

「まだはじまったばかりです。予測が立ちません」

「相手が相手だけにな」中田はしきりとうなずく。「池袋のスナックで撃たれた女の子はかなりひどいそうじゃないか」

「……はい、思ったより重傷でした」

「青井の火炎瓶とカチコミ、組員を射殺された姫路成沢組の報復だろうな」

「現状、その可能性が高いというだけですが……」

中田は破顔し、ソファにあてがった腕を上げて、軽く柴崎を指さした。

「もったいぶるなよ。三課が応援に入ってるんだろ？」

条件反射のように頭が下がる。

「はい。しかしとても追いつかないのが現状です」

「とにかく、早く出ていってもらわないと困るな」

そう言うと、またソファにもたれかかった。

「簡単にはいかないと思います」

「ほう」

目だけを大きく見開いた。

「何年か前、この近くでも似た事案が発生しました。そのときは事務所が移転するまでに一年半ほどかかっています」

「台東区竜泉《りゅうせん》だったか」

「はい」

「あのときはどうだった？」

神経質そうに、ソファの肘掛《ひじか》けを指でつつく。

知っているくせにと思った。

「住民が原告になり、地裁に事務所使用禁止の仮処分を申し立てました。区からも訴訟費用として三百万円ほど補助金が出ています」

「フーン、気前がいいな。今回は？」

「同様の額が予算措置される予定です。裁判は先になりますが、地元はすぐにでも排除したいと意気込んでいます」

いかにも心配な表情を作って、中田は身を乗り出してきた。

「おいおい、しっかり足場を固めてからでないと梯子《はしご》を外されんか？」

「どなたにですか？」

中田はおやという顔付きになった。目つきが険しくなり、視線がぶつかった。

「成沢組を取り巻く情勢に関わってくるだろうからな」

話をはぐらかすのは相変わらず上手だ。

「それもあって、こうして伺いました」

中田は予防線を張るように足を組み直した。

「うちは暴力団専門じゃないよ」

少しずつ腹を見せはじめた相手に、手島組をめぐる動きについて改めて説明する。

「分裂は偽装という説もあるぞ」

中田が言った。

「いろいろな見方があると思います。組対は組対で、姫路成沢組組員の射殺犯捜査に追われております。うちの喫緊の課題は、対手島組の人手が足りないということに尽きます。周辺警備をはじめとして、聞き込みなど、多くの手がかかります」

中田はふっと息を抜き、席を離れ、窓際に寄る。

「ときに、奥さんは元気かね？」

ふいに家庭について訊かれ、戸惑った。

「……お蔭《かげ》さまで」

「それはいい」

背を見せたまま言う。

「あの、応援についてですが――」

言いかけたとき、中田がさらにかぶせてきた。

「綾瀬署はどうかね？」

「はっ？」

「刑法犯の認知件数がずば抜けて多くなっているじゃないか」

「それは……」

「足立区の危機管理課の職員は、危機的状況と見ているぞ」

いつ、そんな情報を仕入れたのか。

「四署合同で協議を継続中です。防犯カメラの設置場所の変更やセンサーライトの整備について合意したところです」

とっくに中田の元には報告が上がっていよう。それでも言わないではいられなかった。

「そんなことは聞いてない。居心地はどうかと言ってるんだ」

語気が荒くなった。

「署長以下、日々職務に精励しております」

そんな言葉しか返せない。

中田が正面を向いた。唇に笑みが浮かんでいる。

「本部の十一階から見る眺めとはずいぶん違うだろ」

左遷されたことを皮肉るような口ぶりだ。

「どの組織のどの部署にいても最善を尽くすのが警察官としての義務だと考えており

ます」

　中田は頬をふくらませ、ふっと息を吐いた。

「君は変わってないな」

　こんな無駄話で終わらせるつもりは毛頭なかった。

「手島組事務所の早々の排除が何より求められています。それにむけて、地元住民はなお一層、排除運動を盛り上げ、圧力をかけ続けなくてはなりません。ただ、これにより緊張が高まるのは明らかで、手島組からの反撃も予想されます。これにそなえ、われわれは地元の警備をはじめとして……」

　しゃべり出すと止まらなくなった。

「そんな話じゃない。わからんのか」

　ふたたび言を止められた。中田の目がじろっと動いた。乾いた視線が這《は》ってくる。

「そんな地べたに近いところに張りついてないで、おれと一緒にさっさと桜田門へ戻る気はないかと訊いてるんだ」

　本部へ戻る？

　目の前にいるこの男と共に？

　黙って見つめていると、中田はふたたび声を発した。

「八月になれば、向こうの空きポストもわかってくる。君にざっと流してやってもいい」

ようやく呑《の》み込めてきた。

気の向いたポストを選べば、異動候補リストの最右翼候補として載せてやると言いたいのだ。

その代償としての、絶対的服従。

我慢ならなかった。なぜこのような展開になってしまったのか。

怒りがこみ上げてきた。

それを抑えて、もう一度暴力団事務所排除に関わる支援を請うた。

中田は涼しげな目で聞き流すと、何ごともなかったように自席に戻った。冷めた茶を口に含むと、未決箱から稟議《りんぎ》書類をとりだして目を通しはじめる。

このまま何の成果もなく、おめおめと帰るのか。助川に合わせる顔がない。

そのときドアをノックする音がしたので、振り向いた。

部下の中矢がドアを細めに開けて覗《のぞ》き込んでいる。

改めて中田に向き直り、軽く礼をした。

「貴重なお時間を割いていただき、ありがとうございました。本日はこれで失礼させていただきます。応援の件はよろしくお願いします」

「考えておくよ。……柴崎、近いうち、飯でも食おうや。こちらから連絡する」

「はい」

会いたくもないが、とりあえずはそう答えておいた。残念ながら、この男との縁はそう簡単には断ち切れぬようだ。

小さく首を振りながら、本部長室を出る。

「どうした？」

「あ、すみません、副署長から急ぎの連絡があったものですから」

「副署長から？　何と？」

方面本部長と会っているのはわかっているはずだ。

「すぐ戻ってこいということでした」

「何かあったのか？」

「手島組から面会の要請があったそうです」

耳を疑った。

「面会？」

「これからすぐ乗り込むそうです。代理もご一緒にということでした」

「おれも？」

とにかく、ここは従ってくれという顔だ。それ以上聞き返せない。

なぜこの自分が行かなくてはならない？

「……よし、すぐ戻ろう」

とりあえず、帰署するほかはない。

11

助川は後部座席に深々と収まっていた。目をつむっている。助手席から声をかけてみたものの、一言も発しない。その横にいる広瀬も黙っている。ハンドルを握る刑事課暴力団対策係長の横井《よこい》隆行《たかゆき》警部補も会話に応じなかった。

住民たちによる排除運動が一気に高まった。それを目の当《ま》たりにした手島組は、警察に連絡してきたという。どうせよと言いたいのだ？

弥生ビルの目と鼻の先にコンテナ型の団結小屋が設置されていた。暴力団事務所排除と染め抜かれたピンク色の幟《のぼり》が二カ所ではためいている。いまそこには人っ子ひとりいなかった。事務所訪問に先立ち、マスコミ関係者を含め所払いを指示したのだ。

わきに停まるワンボックスカーの前を通りすぎる。運転席にいる石橋と目が合った。弥生ビルが近づいてくる。まだ信じられなかった。暴力団事務所にこの自分が入る？警務課の人間がなぜ、そんな場所に引っ張り出されなくてはならない？ いまここで、もう一度確認したほうがよいのではないか。しかし、助川はシャッターをおろしたように無言でいる。ビル前を通りすぎた。先にある空き地に車が停まった。

助川が車から降りた。留まっていると、睨みつけられた。

仕方なく、外に出る。

人であって人ではない。そんな連中と対面する。膝詰《ひざづ》めで話し合う。このままでは、そうなる。いいのか、それで。

通りの端を歩いた。弥生ビルに達する。一階に高級セダンが停まっている。玄関の鉄板ドア前に立った。無言の圧力に押される。音がした。身が縮こまる。内側から開いた。丸刈りの顔が覗く。西本だ。目が充血している。ぼそっと何かつぶやいたが、内耳が圧迫されているかのように聞き取れなかった。

素早く助川が身を滑り込ませる。一歩遅れて、柴崎も続いた。

もやっとした空気がからまる。線香を焚《た》いたような臭《にお》い。

急な階段だった。息が上がった。開けられたドアから通される。

エアコンの冷気が頰を撫《な》でる。

黒々としたソファセットが視界いっぱいに飛び込んできた。ひとり掛けの椅子にスーツ姿の男がおさまっていた。オーバルのメガネの奥で黒い瞳《ひとみ》がこちらを見ている。息が止まった。

怒鳴りつけられそうで、目をそらした。

いや、ここで怯《ひる》んではならない。

そう思って、無理にもそちらを向く。

えらの張った顔。うっすらと囲みヒゲを生やしている。何度もG資料で確認し、小《こ》競《ぜ》り合いをするのもこの目で見た。若頭の大内寛司。その男が息のかかるほど近くにいる。心臓の鼓動が耳元で聞こえる。

左手前。ふっくらした顔の短髪の男が険しい目線を飛ばしてきた。

内心を悟られたように、震えが走った。

光沢のあるグレーのスーツと空色のネクタイ。眉《まゆ》を細く整えている。

これまで何度か出入りするのを見ている。G資料にあったか？

止めていた息を吐いた。肺に空気を取り込む。震えがやや収まった。

視界が狭くなっているように感じた。首を小さく振る。

左奥に事務机が置かれ、壁に当番表が貼られている。それ以外に提灯《ちょうちん》も飾り物も一切なかった。声をかけられたが、どこから発せられたのかわからなかった。

勝手に足が前に出る。ふと横を見ると大型モニターが監視カメラの映像を映し出していた。

部屋住みの水野が、オーバルメガネの前の席に案内する。耳元で「若頭《かしら》の大内です」と囁《ささや》かれる。

「綾瀬署副署長の助川です」

そう言うなり、助川はふだんのようにすとんと腰を下ろした。

「こちらは住民代表の方」

と軽い調子で柴崎を紹介する。

面食らった。自分が住民の代表？

その設定ならそうと、なぜ前もって言ってくれない？

うろたえてはならなかった。

黙って相手を見てうなずいた。

見透かされているとわかった。心臓の動悸《どうき》が速くなる。

短く息をつき、腰を下ろす。

助川が前にいる男を指さすのを見つめる。

男は、

「堀井です」

と助川を見たまま答えた。

こいつが、携帯電話販売会社の課長なのだ。

男の正体がわかって、やや体が安定した。

肉付きがいい。肩から背中のあたりが盛り上がっている。両肘《りょうひじ》を膝にのせ、軽く指を合わせている。手首に黒数珠《くろじゅず》と高級時計が見えた。細い目で見つめてくる。敵意を感じ、思わず身を引いた。また、見抜かれたかもしれない。

いや、いい。このままでいい。そう言い聞かせる。

二十代半ばか。水野よりずいぶん若いが、幹部のような貫禄《かんろく》だ。

「堀井何さん？」

助川がふたたび言うと、堀井はちらっと大内を窺った。

大内がうなずいたので、

「堀井直也と申します」

と堀井は口にした。

「彼がここを紹介してくれたんですよ。六本木の方が手狭になってきて、ちょうどいい物件があるってんで、なら、様子見で使ってみようということになりましてね、なあ」

大内がなれなれしく堀井の肩に手を回し、頰を軽くはたいた。

「おたくが？」

助川に訊《き》かれた堀井は、おやという顔で大内を見た。

いきなり話を振られて驚いているようだ。手島組のナンバー2に対して、萎縮《いしゆく》している様子はない。

「いえ、まあ……」

言うなり、口をつぐんで視線を外した。

「組長さんは留守なの？」

助川がふだんどおりの口調で大内に尋ねた。

その落ち着きが柴崎に伝わってきた。いくらか、呼吸が楽になる。

大内が堀井を放し、

「本日はあいにく所用がございまして、留守にしております」

と仰々しくお辞儀をする。

「ああ、そう」

　助川もそれ以上追わない。

「くれぐれも、助川副署長さんによろしくと申しておりました」

　ねっとりした口調だ。

「きょうは会えると思ったんだけど、残念だったなあ」

「いや、まあ、それは次の機会に。まずは冷たい物でも」

大内が目配せすると、西本が大内の前におしぼりと麦茶の入ったグラスを置いた。そのままの姿勢で下がる。そのあと、助川と柴崎の前にも客用のグラスが差し出された。

大内がおしぼりでゆっくり手をぬぐうのを見守る。左手小指の第一関節から先がない。その手で麦茶を一口すすった。

エアコンの空調音が響く。

「組長、腎臓《じんぞう》が悪いんだって？」

一口すすってから、軽い調子で助川が口にした。

大内が探るような目で、

「よく、ご存じで」

と訊いてくる。

「いろいろ入ってくるからね」

「ほおー、さすが」一転して派手に両手を叩く。「うちの組長《オヤジ》を気にかけていただいて、たいそう喜びますよ、な」

相づちを求められた堀井は、苦笑した。

「よく冷えてるね」

助川はグラスを持ったまま、大内の方を向いた。

「きょうはどんな相談なの？」

全身を耳にした。

大内が手を擦《こす》り合わせる。

相手の表情がようやく読み取れるようになった。

「聞ける話とそうじゃない話があるからね」

さらりと助川が付け足す。

「まあ、われわれも様々な事情を抱えていましてね」トーンを落とした声で大内は続ける。「そのあたりを直《じか》にお話しできないかなと思いまして、無理を申し上げて、ご足労いただいたんですよ」

沈黙が流れる。目のやり場に困った。手のひらに汗が滲《にじ》み出ていた。

助川が大きく息をつく。

「カシラ、ざっくばらんにいこうじゃないの。ここの撤退時期についての話し合いなら乗るよ」

「そっちですか」へらへらと笑う。「いったん入った以上、そう簡単に移れない事情もあるわけですから」

ほかの組が注視している。武闘派でならした手島組組長ともあろう者が、簡単に事務所を畳んでしまえば甘く見られる。そうとでも言いたげだ。

「こんな情勢だろ。お互い突っ張ったっていいことなんかないよ」

助川が懐柔にかかった。

「ですから、申し上げたでしょ。あり得ないって」

「池袋のスナック、何ていったっけ？　ジュエル？　さぞかし酒がうまいんだろうな」

助川の口から思いもしない言葉が出た。

耳を塞《ふさ》ぎたかった。そんな話題を、ここで切り出すなんて。

案の定、大内の顔が険しくなった。

「何の話をされてるんだか」

「シラ切らなくていいだろ」

「シラなんか、切っちゃいませんよ」声が大きくなる。「だいたい、こっちの話に耳を貸してくれる気があるんですか？」

「なけりゃ、来ないぜ」

「あるんなら、茶々入れないでくださいよ」

大内は背広の前をきつく下に引っ張った。

「いいじゃないか。事実を言ったまでだから」

「ったく、参っちゃうなあ」大内は大げさに頭を掻く。「実はね、うちの若い連中、住民の皆様方からかなりやられていましてね。買い物ぐらいは目をつぶってもらえないかって、こう申すものですから。ここはひとつ、お互いに冷静になれないものかと思ってるんですよ」

本音ともつかないものを洩《も》らした。

助川が時間をかけてその言葉を吟味する。

ひどく長く感じた。尻《しり》が熱くなってくる。

「それだけ？」

助川が訊き返すと、大内は両手を広げた。

「ほかにどんな話を持ち出すと思われたんです？」

「……持ち帰って伝えるけど、向こうの判断になるよ」

「そこをひとつ、お願いできませんかね」

大内がねばる。

部屋住みの連中の買い物を認めろ、という用件だけで面会を要求したのだろうか。

「いま言ったとおりだよ」

助川も引く様子がなかった。

「住民の方々に手出しするようなことは一切ありませんから。そうお伝え下さいよ」

「わかった、わかった」

「ほんとですか？　あてにならねえなあ」

片手でソファをとんとん叩く。

「ただし、近所の若い連中に声をかけるのをやめるのが条件だな」

大内が身を乗り出した。

「何ですか、それ？」

「青井在住の若い連中にリクルートをかけてるだろう？　どうなんだ」

平松拓海の件だ。それも持ち出すのか？　へたをすれば覚せい剤がらみの話になるではないか。

大内は口の端を曲げた。

「いったい、どこからそんな話を仕入れたんですか」

「ネタは上がってる。わかるだろ？」

大内は大げさに肩をすくませて見せた。

「ご近所を組に誘うって？」

「火炎瓶を投げ込まれた夜、怪我《けが》人が出たろ？」

助川が立て続けに攻めだした。

大内の頰がぽっとピンク色に染まった。

「火炎瓶だと？　ふざけるな、このボケ」

鋭く言い放った。

「夜中に三人がかりで担ぎ出されたみたいだな」

三課の聞き込みで新たな情報が入ったようだ。

「何だと、この野郎」

大内が興奮した様子で首を伸ばした。

そこにまた助川が言葉をかぶせる。

「そいつ、生きてるか？」

耳を塞ぎたくなった。

やぶ蛇どころか、ぶちこわしだ。

大内は突然前屈《まえかが》みになったかと思うと、助川の背広の襟をつかんだ。

「副署長さまだか何だか知らねえが、ありもしねえことをほざくのもたいがいにしろっ」

突き放すと助川は椅子に倒れ込むように座り込んだ。

あわてて横から支える。

「やめてください」

そう口出しするのが精一杯だった。

助川のこめかみのあたりがぶるぶる震えていた。

大内は大内で唇を噛《か》みしめ、助川の視線を受け止めている。

「おまえ、誰を相手にしてるのかわかってるのか？」

押し殺した声で助川が呼びかける。

大内がソファを離れ、そのうしろに棒立ちになった。部屋住みのふたりを睨みつけ、見送れと顎《あご》で合図した。

助川が席を立つ。

「大内、威勢がいいだけで渡世を張れると思ったら大間違いだぞ」

「おうおう、あたり一帯、火の海にしてやろうじゃねえか」

「なんだとこの野郎」

一歩前に出かかったのを、かろうじて横から押しとどめた。

「きょうはこれくらいに」

耳元に呼びかけで、腕をつかむ。

引きずるようにドアに向かった。

西本が開けたドアから階段の踊り場に出た。

助川の腕をとったまま、一段ずつ降りる。

西本が追いかけてきたが、助川が目で制止すると、途中で動かなくなった。

鉄扉を開けて通りに出る。

どっと汗が出てきた。

上がった息が収まらなかった。ようやく終わったのだと思った。

しかし……どうしてこんな目に遭わなくてはならないのか。

苦い怒りのようなものが胃から滲《にじ》み出る。

そもそも、何のための会見だったのか。

平然とした顔で車に戻る助川のあとに続いた。

口で呼吸しながら、それについて尋ねる。

すると助川に意外そうな顔付きで、「おまえも実態を知りたかったろう?」と訊き返された。

「いえ、それは」

「どう思った?」

「連中……追いつめられていますね」

内心の動揺を抑えつつ答えた。

「どうしてそう思うんだ?」

まだ語気が荒い。

「だって、向こうから呼んだじゃありませんか」

そんなことかという顔で助川は歩き出した。

改めて後方を振り返った。しかし、なぜ、こんなところに移ってきたのか。

住民による反対運動が起きるのを予想できなかったのか。それとも、別の事情でもあるのか。いまさらながら、思わずにはいられなかった。

車に戻り、ようやく人心地がついた。

中矢の運転で署に向かう。

途中、助川は広瀬に会見の模様を伝えた。一時の興奮は冷めている。聞くともなしに耳にした。まだ、どことなく力が入らない。堀井の名前を出すと、あれはただのダンべですからと広瀬は言った。暴力団の経済活動に協力するシンパ――いわゆる〝周辺者〟のことを言っているらしい。調べがついていないのでG資料にも載らなかったようだ。しかし、そんなことはどうでもいい。

「どのラインでつながってるの？」

助川が尋ねた。

「やつは池袋を根城にしている携帯電話販売業ですよ」

実際に携帯電話関係の営業をしているため、中泉不動産は見抜けなかったのかもしれない。

路地を抜け、環七に通じる本通りに入った。見なれた街並のおかげで、乱れていた心拍が安定してきた。

「特殊詐欺《さぎ》ですか？」

「お見込立て通りと思いますよ。本人確認なしでSIMカードを渡しているという噂《うわさ》が流れています」

犯罪で使える携帯をすぐに用意できるということだ。

「〝道具屋〟か。いまもやってるんですか?」

「専用の事務所は持ってないようですが、たぶん」

振り込め詐欺などの特殊詐欺には、足のつかない携帯電話が必須《ひっす》である。堀井は、そうした需要に応《こた》える闇《やみ》の道具屋の可能性がある。

「そいつがいまの場所を取り次いだということは」

助川に訊かれて広瀬はうなずいた。

「不動産の仲介もやってると思いますよ」

「なるほど……」

振り込め詐欺の拠点になる場所の提供もしている?

本当にそうなら悪質極まりない男だ。

「平松拓海はどうですか? 覚せい剤関係で手島組とつながっているみたいですけど」

柴崎から訊いた。

広瀬は首を横に振った。

「調べましたよ。その名前はまったく出てこないね」

意外な気がした。

さすがの三課も、小物までは追いきれないのか。

「署長には報告しておく。柴崎、自治会には適当に伝えておけ」

助川に言われた。

西加平の交差点で中矢が右にハンドルを切った。

「心得ました」

答えたものの、収穫と呼べるものはほとんどなかった。何をどう伝えるべきか、すぐには思いつかなかった。

この先、どんなことがあっても暴力団事務所には入らない。

それだけを心に誓った。

12

夕刻。

雨が降り出していた。六坪ほどの団結小屋の中は蒸し風呂《ぶろ》のような暑さだ。左右にある窓に簾《すだれ》がかけられ、古い扇風機が生ぬるい空気を攪拌《かくはん》している。板の間の隅に、暴力団追放の幟《のぼり》がまとめて立てかけられている以外、何も置かれていない。

パイプ椅子《いす》に座り車座になっている四人の自治会関係者が見守る中で、柴崎は立ったまま組事務所を訪問した際のやりとりを伝えた。ＰＯの杉田が少し離れて席についている。手島組の本音に近い部分はオブラートにくるんだ。自治会長の稲葉が扇子であおぐのを止《や》めて訊き返した。

「買い物ぐらいさせろって言ったの？」

「ええ。食料は地元で買いたいと言っています」

稲葉は自治会関係者の顔にさっと目をやった。

「弱ったたな。商店街は売らないって決めたんだし」

「いや、商店街の皆さん、全員こぞってという感じではなかったと思うんですが」

上河内が努めて明るい調子で言った。

稲葉はうーんとため息をつく。

「食い物まで売らないってなると、これからの交渉にも影響が出るんじゃないかな」

稲葉が言うと、下村が即座に反応した。

「区と議会が、暴力団排除を決めてくれたんですよ。われわれ自治会が頑張らなきゃ、向こうも出る気になりませんよ」

「こっちだって本気だよ。一日でも早く出ていってもらいたいのに変わりはないからさ」

「ここまできたんです。兵糧《ひょうろう》攻めが手っ取り早いですよ。それくらいやらなきゃ」

下村の目が尖《とが》っている。徹底的に闘う腹だ。

「籠城《ろうじょう》するんなら、エアコンぐらい入れてほしいな」

扇子であおぎながら、稲葉が口にする。

「そうですね。どうでしょう?」

会計の吉岡が額に手を当てる。

「……そっちまでは、予算回らないですね。警察は?」

訊かれた上河内が、目を丸くして首を横に振った。

「無理無理」

「寄付なり何なり頼めばいいじゃん」

喧嘩《けんか》腰《ごし》に下村が言った。

「ほかに何か言ってましたか?」

稲葉が話をそらそうと柴崎に尋ねる。

「いえ、これといった話はありませんでした」

「え、そうなの？ もちろん、あちらに立ち退かないと逮捕するぞぐらいのことは言ってくれたんですよね？」

下村が切り返す。

「そう簡単にはいかないですよ」

「どうしてですか？」

「ですから下村さん、いまのところ根拠法令がないんですよ」

上河内が説得にかかる。

「暴排条例があるじゃないですか。何で使わないんですか？」

「前にも説明しましたよね。近隣に公共の施設がないんです」

「じゃ、引っ張り込んだ中泉不動産に責任取ってもらわないと」

納得しかねる様子だ。

「無理ですよ。あそこだって、出ていってもらえないかと打診したんです。そのとたん、窓ガラスを割られたりしてますから」

「下村さん、内輪もめしていても仕方ないよ。向こうの若頭は具体的にどう言ってたんですか？」

副会長の和田が割り込んだ。

「それについては……」

「出ていく気はないんですね？」

「残念ながら、いまのところは」

「まったく、埒《らち》があかねぇな。ほかには誰か来てたんですか？」

ふたたび下村に訊かれる。

「堀井という仲介者ですね」

「ときどき来てるやつ？　フロント企業じゃないの？」

稲葉に訊かれた。

「そうみたいですね」

稲葉は怪訝そうな顔で窓に目をやった。

「……あいつ、どこかで見たような顔してるんだよなぁ」

「それはいいとして、ほかに誰か嫌がらせされたような話はないですかね？」

上河内が改めて稲葉に尋ねた。

「新しい話はないなあ」

「何でもいいんです。突破口になるようなことがあれば、うちも動けます。車を傷つけられたりパンクさせられたり……電話による脅しや不快な貼り紙でも構いません」

「住民っていうより、当事者たちがやられてるからね」

稲葉が沈んだ口調で言う。

「当事者というのは？」

柴崎が訊いた。

「中泉さんとか千本さんなんかが直接の被害者でしょ」

「千本さんが被害を受けたんですか？」

稲葉が意外そうな顔で振り返った。

「だって娘婿《むすめむこ》の家に火をつけられたじゃないですか」

「池谷さん自身は当事者じゃないでしょう？」

柴崎は口にした。

「千本さんの身代わりにやられたんだよ」

和田が思わせぶりに言った。

「想像でものを言っても仕方ありませんよ。じゃあ、紀平さんのお宅はどうですか？

紀平さんは今回の件と関係がないじゃないですか」

柴崎の問いかけに答える者はいなかった。

「そうだ。宮代《みやしろ》さんのお宅に花火が打ち込まれたらしくてね」

稲葉が思い出したように口にした。

「花火って？」

上河内が訊いた。

「子どもがよくやるロケットみたいなやつ。家の庭に飛んできて爆《は》ぜたらしくてさ」

「いつですか？」

「五月の連休だったみたいだけど。集会が終わったあと、宮代さんが住んでる二班の班長から教えられてさ」

宮代さんというのはどなたですかと柴崎は訊いた。

「この先に、おじいちゃんと息子さんご夫婦の三人で住んでます」

住所を聞き取る。

「ぼちぼち閉めませんか」

稲葉が言ったので、自治会関係者は小屋から出ていった。

最後まで残っていた稲葉が表に出た。杉田に傘を差し掛けてもらい、施錠《せじょう》する。挨挨拶を交わし、その場で別れた。耳にPチャンイヤホンを差し込む。上河内とともに、傘をさしてコインパーキングに足を向ける。

「宮代さんのお宅とやらに行ってみますか？」

柴崎から提案した。

「柴やん、刑事魂だねえ。よし。いっちょ、話を聞いてみるか」

住所を訊かれたので、メモを見て答えた。

青井兵和通り商店街入り口の交差点に差しかかる。ふと右手から歩いてきたスーツ姿の男に目が止まった。サングラスをかけているが、ふっくらした顔付きに見覚えがある。堀井だ。事務所を抜け出ていたらしい。

折り畳み式の傘をさし、商店街に入っていった。

上河内も気づいたらしく、ついて行くように、顎で促された。

「よろしく。おれは宮代さんと会ってくる」

と言って上河内は離れていった。

距離を置いて追尾した。制服警官は堀井に気づいていない。

商店街の先には、つくばエクスプレスの青井駅がある。帰宅するのかもしれない。

13

堀井は商店街に入っていった。

片方の手をポケットに入れ、左右の店を確かめるように真ん中を歩く。ゆったりした歩調だ。相変わらず人通りは少なかった。堀井を暴力団関係者と認識している住民はいない。青果店の前で立ち止まり、店先に並んだ野菜をひととおり眺めてからまた歩きだした。

店一軒一軒の構えに目を凝らしたかと思えば、鮮魚店の中で魚をさばいている店主の横顔をじっと見つめたりしている。警戒に立つ制服警官は気にしていない。

肉屋の軒先に並んだ総菜をひとつずつ眺めては、すぐ横で揚げ物をしている鉢巻きをした店員の動きを目で追いかける。相手にされなくなった部屋住みの連中の代わりに、食べ物を調達するつもりだろうか。

雨がやんだので、傘を閉じた。

見守っているうちに、ふいにそこを離れた。民家を二軒はさんで、和菓子屋の前で立ち止まる。首を伸ばし陳列棚に並んだ売れ残りの最中《もなか》に視線を投げかけた。

ここでも買うことはなかった。斜め向かいにある洋品店の軒先に並んだ子ども用のパジャマをすっと指で切るような仕草を示す。商店街の旗の立つ角に佇《たたず》み、路地の奥の風景に目を凝らすようにしている。

マッサージ店や生花店の並ぶ一画でも歩みを止めたり、接骨院の中を覗き込んだりしている。小さな中華料理屋の窓に貼《は》られたメニューを上から下まで読んだ。

敵情視察でも仰《おお》せつかったのだろうか。

しばらく歩くと、三宅のコンビニに入った。

やはり、買い出しのようだ。

通りすぎ、斜め前にある店舗兼アパートの一階入り口の陰から、コンビニの中を見やる。四、五人の客がいた。レジには女性店員の茂原がいるだけだった。堀井は奥の冷蔵ケースの前を往《い》き来《き》している。

客たちは精算を終えて、ひとりずつ出てきた。最後にいた女性が出てくると堀井がレジの前に立った。手には何も持っておらず、茂原に何事かを話しかけている。

茂原は戸惑った様子でうなずきながら、バックルームに入った。入れ替わりに大久保が出てきた。堀井がかけていたサングラスを外す。

大久保はぎくっとした顔で立ち止まり、目をそらした。

堀井はその大久保にも何か言っているようだった。

大久保はちらちら堀井の顔を窺《うかが》ったかと思うとやおらレジのうしろにあるタバコケースからワンカートンを取り出した。そのまま、堀井に渡す。何事もなかったように、堀井はレジを離れ店から出てきた。

堀井は支払いを行ったのか？

大久保が固まったようにその背中に見入っている。

堂々とした態度でカートンを脇《わき》にはさみ、来た道をとって返す。

帰路も同じように商店街を一軒ずつ見ていく。制服警官が気づいたらしく、歩み寄ろうとした。柴崎はあわてて彼の元に近づいて、動くなと手で合図した。

先ほどの角まで来たところで、ふと堀井の足が止まった。

小さな畳屋の中に顔を向けている。と思った瞬間、足早に歩きだした。

畳屋の中から六十すぎくらいの女性が駆け出てきた。

「……ナオちゃん」

女性の口から声が洩れた。

その横を首をかしげながら柴崎は通りすぎた。

堀井の歩くスピードが倍になっていた。もう、どの店にも視線を飛ばさない。商店街の西出口から出ていく。交差点のある角を右に曲がる。来たときとは反対方向だ。

そのとき、Ｐチャンイヤホンのセルコールが鼓膜に刺さった。

〈警視庁から各局、綾瀬署管内で傷害事件入電中〉

堀井は立ち止まって、角から左を覗き込んでいる。

〈現在詳細入電中なるも、綾瀬署管内は青井二丁目にて、男が通行人に切りつけている模様〉

背中に寒気が走った。この近くだ。

堀井の姿が遠のいてゆく。

〈警視庁から各移動。青井二丁目九十二番地にて、二十代の男が自治会役員に切りつけ逃走している模様。マル害はシモムラカズナリ、繰り返す……〉

柴崎は駆け出していた。

交差点を南に走った。左手にスーパーが近づいてくる。下村の自宅兼事務所は、あのスーパーの向かいの路地の先にあるはずだ。

しかし、どうして下村が狙《ねら》われたのか。

〈逃走方向不明につき、現場付近広範囲な検索実施願いたい〉

路地が目に入ってきた。民家とアパートが連続している。通りの向こうから来た制服警官がその路地に走り込んだ。あわてて、彼に従った。突き当たりの袋小路《ふくろこうじ》に四、五人が固まっている。コンクリートの地べたに、男が体を横向きにして倒れ込んでいた。上河内が男の腰のあたりにタオルをあてがっている。受傷直後らしい。

「発見っ――場所はスーパー青井前の路地の奥」

制服警官がピーフォンで報告している。

横たわった下村の青ざめた横顔が見えた。体をくの字に曲げ腹を抱えて目をつむっている。短く吐く息が荒い。上河内と視線が合う。冷静さを失っていない。

「救急車を呼んだ。命に別状はない」

「知らせはどこから?」

「付近の住民の通報」

下村の足元で膝を折る。

「ホシは?」

「ちゃんと見ていない」

上河内もイヤホンに指をあて、耳をそばだてた。

〈マル被はカーキ色のシャツに同系色のズボン、ミリタリーっぽい服装のようですので、現場付近、綿密な検索を実施願いたい〉

聞きながら、柴崎に目を剝《む》いた。

「あっちだ、行ってくれ」

上河内の指した方角に、駐車場がある。その先に狭い通路のようなものが見えた。

「了解っ」

そちらに向かって走り込んだ。民家と工場のスレート壁にはさまれた幅一メートルほどの道だ。走り抜ける。路地に出た。左右ぎっしりと民家が建て込んでいる。のんびり自転車に乗った女が左手からやってきた。スーパーのある通りからだ。女を止めて訊いてみた。そんな人間は見かけなかったという。

右方向に駆け出した。すぐまた右手に別の路地があった。建売住宅の専用道だ。突き当たりに家がある。袋小路だ。行きすぎる。左手にも同じような袋小路があった。短い。迷わず通りすぎる。

〈綾瀬3、エリア警戒員、現着《げんちゃく》しました。なお現場から、青井高校方向と申しておりますす。そちらの方向は行き止まりだそうですので、まだこの付近にいるかと思います、どうぞ」

〈警視庁、引き続き現場付近広範囲な検索実施願いたい〉

前方の視界が開けてきた。右手にある建売住宅の一画をすぎると人家が途切れた。

左右に駐車場が広がっていた。三分の一ほど車が停まっている。乗り降りする者はいない。駐車場の先にはアパートと民家がぎっしり建っている。左手奥だ。ブロック塀が南側に延びている。塀の向こう側だ。高いエンジン音が聞こえる。左方向へ移動するヘルメットらしいものが見えた。

左右に砂利の駐車場が続く路地を八十メートルほど走った。突き当たりも砂利の駐車場だ。迷わず左手にとる。左右に高いブロック塀の続く路地だ。人影は見えない。百メートルほど一気に走り抜けた。路地を出る。正面を民家が塞ぐ形で建っていて、左右に変則的な三叉路《さんさろ》が延びていた。右斜め方向は五十メートルほど先で曲がり、その先は見えない。左手も似たようなものだ。

息が上がる。どこにも人の姿はなかった。左に曲がってみた。すぐ右に狭い路地がある。ここも建売住宅の袋小路だ。そこをすぎて、またブロック塀と民家のあいだの道を走った。路地を出たところの正面は、またしても、民家だった。そちらを起点に左右に道が続き、さらに左手に別の道がある。自分がどこにいるのか、わからなくなっていた。方向感覚を失った。人っ子ひとり見えない。サイレンの音が聞こえてくる。左手後方からだった。さっき動いていたのがホシだったのか。それとも、どこかでやり過ごしてしまったのか。

呆然《ぼうぜん》と立ち尽くす。

〈マル被については未《いま》だ現場付近、潜伏している可能性が大ですので、現場付近、綿密な検索を実施願いたい。マル被はカーキ色の服装のようですので、このような男については、徹底した職質を実施、検挙に努められたい〉

〈綾瀬5、了解……〉

際限なく交信が続いてゆく。

スマホで署の通信指令係に電話を入れ、現場付近の二輪車を検問するように伝えた。

14

襲撃現場に宵闇が漂いだしている。人だかりがしていた。下村はすでに搬送されていた。制服警官が現場を取り囲み、鑑識活動がはじまっていた。上河内にホシを取り逃がしたと伝えると、緊急配備が敷かれたと教えられる。

「バイクで逃げやがったのか？」

無念そうな顔付きの上河内に訊かれた。

「おそらく。ミニスクーターみたいなものだと思います」

エンジン音と車体の高さからそう思われた。

路地はパトカーと警察車両で埋め尽くされている。野次馬が排除され、現場は警察関係者であふれた。そこに杉田を伴って自治会長の稲葉がやって来た。

さすがに動揺を隠せない様子だ。

杉田が困惑気味に、

「お伝えしたところ、どうしても見に行くといってきかなかったものですから」

と稲葉の耳に届かないように囁《ささや》いた。

稲葉の家とは距離がある。しかし、下村が刺されたと聞いて、いても立ってもいられなかったのだろう。

浅井をはじめとして、五、六名の刑事課の係員が臨場した。黒のポロシャツ姿の岩城もいる。応援要員の指揮をとるよう上河内が指名しているのだ。坂元と助川も顔を見せた。制服姿だ。

「ケツをやられたんだって?」

助川が勢いこんで訊いた。

「真後ろから忍び寄ってきたとのことです。名前を呼ばれて、振り向こうとしたとき、刺されたと言っています」

上河内が答える。

「名前を呼ばれたのか」

助川が神妙な顔で坂元を見た。

「本人確認をしたとなると……いよいよ手島組の仕業ですね」

坂元は拳《こぶし》を強く握りしめた。

「卑劣な……」

「とうとう、やりやがって」

助川が歯ぎしりしながら言う。

「自治会のほかの役員はどうですか?」

岩城が訊いてくる。

「まだ、そっちは確認しとらん」

上河内が答える。

「じゃ、すぐ警護しないと」

言われた坂元がうなずき、

「浅井課長、副会長と会計の吉岡さん宅に警官を張りつけてください。これ以上、手出しさせません」

と断固とした調子で言った。

浅井が早速、スマホで命令を伝えはじめた。

「刺したナイフが残っています」

上河内の言葉に助川が驚きの声を上げた。

「残っているだと？」

上河内がビニール袋を差し出した。

血痕《けっこん》の付着した小ぶりなアーミーナイフが収まっている。

「どこにあったんだ？」

「すぐ横に」

「深く刺されたの？」

「いえ、傷は浅い模様です。下村さんがすぐ振り向いたので、犯人があわてて手から離したようです」

「持ち去らなかったんですか？」

坂元が訊いた。

上河内も困惑した表情を隠せない。

「ええ」

はたして、ヤクザがそのようなヘマをするだろうか？

「下村さんは犯人の顔を見ていませんか？」

「残念ながら後ろ姿だけです」

岩城から犯人の行方について訊かれ、柴崎は追跡したときの状況を説明した。

聞きとりながら、その岩城が持参した住宅地図のコピーにマーカーで手早く線を引く。

「よし、逃走ルートの聞き込みだ。みんな、集まってくれ」

彼の声がけに、機捜の刑事や地域課の警官が集まった。七名ほどだ。地図を見せながら、てきぱきと岩城が割り振りをする。

その場から全員が駆け出していった。柴崎もそのあとについた。先ほど辿《たど》った道を詳しく説明しなければならない。

15

聞き込みを終えて帰署したのは夜の十時すぎだった。足腰にべったり疲労が張りついている。表玄関にはマスコミ関係者がいたので裏口から入った。そのまま刑事課に上がる。刑事課の係員や地域課の警官であふれていた。刑事課長席に陣取る浅井が報告を聞いている。坂元と助川も近くに座っていた。沈んでいる。結果は出ていないようだった。すぐ脇にいる高野は、ひと言も聞き洩らさないといった顔付きだった。

下村の容体について上河内に訊いた。

「大丈夫、八針縫っただけで帰宅した」

「スクーターは検問に引っかかりましたか?」

「いや。緊急配備《キンパイ》は午前零時で解除。ホシが素手で逃げていくのを目撃した住民がいる。ナイフに指紋が残っていた。蹄状紋《ていじょうもん》だ」

「そうですか」

容疑者が見つかれば、即、見分けがつく。

「顔は?」

上河内は報告をする警官を見やった。

「まだ見たという報告はないな」

人通りの少ない一帯だ。日暮れ時にさしかかってもいた。

容貌《ようぼう》の判別は難しいだろう。

指紋を判別機にかけたかどうか訊《き》いてみた。すると、上河内は無念そうに首を横に振った。ヒットしなかったのだ。

「下村さんは待ち伏せされていたんですね」

改めて訊いた。

「そうだろうな」

「でもどうして、自治会長ではなくて下村さんがやられたんでしょう?」

「いちばん熱心だったからな」

「ホシはそれを知っていた?」

「決起集会でも司会をやってたくらいだろ」

「ひょっとして、ホシは決起集会に来ていた?」

「暴力団組員が混じっていた可能性はある。すきがあったかもしれん」

五百人近い住民のなかに紛れ込んでいたのだろうか。

「〝6人組〟、覚えてませんか?」

改めて柴崎は口にした。

「決起集会のときの写真だな」

「ええ。置いていった住民は名乗り出ていない」

上河内はふと気づいたように、

「ホシが置いていったと言うのか？」

と訊いてきた。

「六人といっても自治会役員は四人なんですけどね」

上河内に目を覗き込まれた。

「堀井はどうだった？」

尾行したときに見た行動やコンビニ内での奇妙な行動を話した。

「大久保がタダでタバコを渡してたって？」

「ええ、金は払っていなかった」

上河内は訝《いぶか》しげな顔で顎に手を当てた。

「たしか？」

「この目で見ましたよ。宮代さんのお宅には行ったんですよね？」

「行く途中で一報が入った。行っていない……六人というと？」

「現時点でわかっている嫌がらせを受けている人間の数と一致します。千本の娘婿の池谷、中泉不動産、元教頭の紀平、監査役の下村、二班の宮代」

「もうひとりは？」

「コンビニのオーナーの三宅、または大久保。手島組から嫌がらせを受けている住民はほかにもいるかもしれませんけど、いまのところ六人です」

「なるほど、六人か」

下村を除いた五人の中には、今回の暴力団排除運動に直接関わっていない人間もいる。紀平や宮代。コンビニの店長もそうだ。かといって、無差別に嫌がらせが行われているようにも見えない。

「宮代さん宅に行ってみれば、何かわかるかもしれませんね」

「明日行ってみようや、柴やん」

口を引き結び、よろしくという顔でうなずく。

部屋の隅で機動隊投入について、坂元が助川と話し合うのが聞こえた。

「……これ以上、犠牲者を出してはなりません」

坂元が苦々しげな声で言っている。

「もちろん、守り抜きます。住民には金輪際、指一本触らせない」

助川も腹立たしさが隠せない様子だ。

「子どもたちの登下校ルートも変えさせましょう」

「心得ました。機動隊は明日にでも投入できます」

「うちは逃走犯確保に向けて、全力で捜査しましょう。明日の朝一で現場付近の聞き込みと防犯カメラの映像の収集を改めて行って下さい」

「ええ。きっと何か出ますよ」

果たして、どうだろうか。

高野が自席で捜査報告書をめくっているのが目についた。

机のそばまで行って、上から覗き込んだ。いたちの報告書のようだ。

柴崎に気づいて高野は顔を上げたが、また目を伏せた。

「何を見てる?」

「スクーターが気になるんです。いたちも使ってるし」

「きょうの逃走犯もスクーターだったからか?」

「はい」

拍子抜けした。スクーターという共通点があるにしても、関係しているとは思えない。高野は書類をめくる手を止めなかった。

「集まった防カメの映像はご覧になりましたか?」

「いや」

「逃げたスクーターのエンジン音が入ってる映像があって。けっこうな爆音を立てていたものですから」

「それがどうかしたか？」

「いたちが使っているのと似てるなと思って」

「音か……」

なるほど、それは気にすべき要素かもしれない。

「もう一度、聞き込みをしたほうがいいんじゃないかなって。代理も一緒にお願いできますか？」

報告書を見たまま、訊いてくる。

「悪いがつきあえない。その筋で調べるにしても、ちゃんと上に了承をもらえよ」

明日以降、機動隊の世話で手一杯になる。

柴崎の言葉が耳に入らなかったかのように、高野は報告書に見入っていた。

16

翌日。

坂元の朝の訓授は短かった。慌《あわ》ただしく署長室に戻った坂元は、助川を残して二階の刑事課に上がってゆく。副署長席の助川は、朝から何度となくかかってくるマスコミの電話の応対に追われ通しだ。それでも通常業務の遂行は待ったなしなので、柴崎は自席で稟議《りんぎ》書類をめくり、デスクワークに精を出した。

午前十一時ちょうど、警務係長の根木に声をかけられた。カウンターに上河内がもたれかかっている。元自治会長宅への聞き込みに行くことになっていたのだった。

根木に昼すぎには戻りますと言い置いて、上河内とともに署を出た。

団結小屋の前は、機動隊バスが車道を半分ほど使って横付けされていた。八十メートル先にある弥生ビル近辺では、楯《たて》を構えた機動隊員が並んで、睨みをきかせている。不安げに見守る自治会長の稲葉に声をかけてから、上河内とともにバスとは反対方向へ歩きだした。

昨日と一転して、からっと晴れた炎天だ。額から汗がしたたり落ちる。

三百メートルほど西に行き、路地を右に曲がった。住宅街の真ん中にある豆腐屋で道を教えてもらった。

しばらく先に小さな駐車場があり、その先に宮代宅はあるらしかった。

駐車場はすぐ見つかった。低いフェンスの向こう側に、築四十年くらいの和風の民家が建っている。瓦《かわら》がいかにも重たげだ。狭い路地から回り込んで、庇《ひさし》のついた玄関前に立つ。宮代の表札を確かめた。呼び鈴を鳴らすと、引き戸が開いた。五十すぎぐらいの女が顔を覗かせた。髪の毛がやや薄い。ストーン柄の地味な半袖《はんそで》シャツを着ている。息子の嫁のようだった。

身分を明かし、来意を告げる。宮代の家内でヨシエと申しますとお辞儀をしながら、主人は仕事で留守にしておりますとつけ足した。

花火が打ち込まれた件について尋ねる。

待っていたかのようにヨシエは目を輝かせた。

「はい、五月十三日と二十日にそこへ……」

表に出て、コンクリート塀の際《きわ》にある水道の蛇口あたりを指した。

「夕方の七時くらいでした。最初のときは、このへんでバーンって音がして、見に出たら、花火が転がっていて。二度目はこっちです」

日の当たる玄関前を横切り、黄色いハイビスカスの鉢植えを示した。

「二件とも、同じ時間帯でしたか？」

上河内が訊いた。

「そうです」

「そのときの花火、まだ残っていますか？」

滅相もないという顔をした。気味が悪いので捨てましたとヨシエは答える。

「花火のことを班長さんに話したのは奥さんですか？」

「はい、二度目にやられたとき、すぐ話しました」

「警察には言わなかったんですね？」

柴崎は口を出した。

「班長さんに、だけです」

「花火はどの方向から飛んできたか、わかりますかね？」

左手は民家が建ち、右手にフェンスをはさんでさきほどの駐車場がある。

ヨシエは駐車場の向こう側を指した。四十メートルほど先だ。

「あのあたりから打ったんじゃないかって思うんですよ」

飛び込んできた角度から見て、妥当な推測だろう。

「子どもさんは、ご一緒に住んでいらっしゃらないんですか？」

「ふたりいますけど、大阪ともうひとりは千葉にいます。いまは主人と義父とわたしの三人だけです」

「花火が打ち込まれたとき、みなさんはご在宅でしたか？」

「いえ、主人は帰宅前でしたから、わたしとお義父《と》さんのふたりだけでした」

「お義父さんは何と仰《おつしや》ってます？」

ヨシエの表情が翳《かげ》った。

「どうかされましたか？」

柴崎が訊いた。

「……最初のときに、頼んだんですよ。でも、ほっとけなんて言われちゃって」

「頼むって何を？」

「自治会長さんに知らせて下さいって」

「お義父さんから自治会長に？」

「はい、自分もやっていたし、あそこには知り合いも多いから」

「こちらのお義父さんも自治会長をなさっていたんですか？」

「はい、もうやめて十年ぐらい経《た》ちますけど」

「今おいくつですか？」

自治会長職は任期が決まっていないが、それなりに長い期間、務めるのが習わしだ。

先々代の会長になるのだろうか。

「八十六です」

「お義父さんから、お話を伺えませんかね？」

上河内が言うと、ヨシエは呼んで参りますからと言って奥に入っていった。

二分ほど待たされた。ヨシエはひとりで現れた。申し訳なさそうな顔で、

「お会いしたくないと言ってます」

どうすればいいのか、という顔だ。

「お体の具合でも、悪いんですか？」

「……そんなことないんですけど」

困惑を隠せない。

「では、けっこうです。改めて、お邪魔します」

上河内は父親と夫の名前を聞いてから、あっさりと言った。

礼を述べて家をあとにする。

駐車場の前まで戻った。花火を打ったと思われるあたりから、宮代家を眺める。

玄関を斜めに見る位置になる。左右は隣家と接していた。

「ピンポイントで狙《ねら》ったんですね」

柴崎は言った。

「そうだな」

「しかし、どうしてあの家を狙ったのかな」

「元自治会長だからかな」

「十年前の話ですよ」

上河内は困惑した顔で、あごをさする。

団結小屋に戻る道すがら、高野の話になった。いたちの捜索を許可したと上河内は言った。

「この忙しいときに、どうですかね」

「反対したんだけど、どうしてもってきかなかった。高野は頑固だな」

「まったく。何か腹づもりでもあるんですかね？」

「そのような口ぶりだったよ。おれはこれから署に戻る。柴やんはどうする？　また団結小屋か？」

「機動隊員だらけで、いても仕方ないですよ」

「じゃあ、高野の手伝いでもしてやんなよ」

「署に戻って本務の続き、やりたいんだけどな」

「そう言うなって」

前回機動隊を受け入れたのは一月だった。部下ともども要領はつかんでいる。根木にまかせておけばいいだろう。

「わかりました。高野を助けてきましょう」

17

四家交差点は三本の道路が交差し、六方向へ分れる変則的な六叉路だ。南方向へ向かって鋭角に延びる二本の道路のあいだにコンビニがある。その前で手を振る高野を見つけた。宮代宅から歩いて五分ほどの場所だった。

Vネックのプルオーバーに白のサマーパンツ。オープントゥの茶色いパンプスは真夏の聞き込み仕様だ。それでも、頬は暑さで火照《ほて》っていた。ハンカチで額の汗を拭《ふ》きながら、弾んだ声を上げる。

「ほんと、助かります。ひとりじゃ、とても回りきれないんです」

縮尺版の住宅地図を開いて見せられた。

ピンクのマーカーが散っている。公衆電話の位置だ。

「それ、高いんだから、コピーして使えよ」

「次からそうしますね」

さらりと流される。

「どれくらい回った？」

「聞き込みの件数ですか？　それとも、公衆電話の数？」

高野が店の前にある公衆電話を振り返る。

「いたちが使う公衆電話は限られてるんだろ？」

「そうでもないですよ。十二、三カ所ありますから」

「この近くに集中しているのか？」

「はい。中央本町と弘道、それから青井、西綾瀬と足立四丁目にもひとつずつありま
す。そっちはまだ行っていません。このコンビニはもう三度目です」

「防カメは見た？」

「もう一度見ました。残念ながら死角になっています。たばこ屋のおばちゃんにも訊
いたし、そこの郵便局の防カメも見せてもらいました」

西側の通りの向こうにある店を指す。

「ほかは？」

「弘道交番の防カメはさんざん見たし、交差点の周囲の民家、集合住宅、すべてチェ
ックしました」

「でも、いたちは見つけられなかった？」

高野は無念そうにうなずく。

「スクーターもです」

聞き込みをすませた公衆電話の場所を教えられた。

弘道と青井地区にある三カ所だ。このふたつの地区にあるすべての公衆電話だ。

ひところに比べて、ぐっと数が減っている。

日光街道と東武伊勢崎線の交差するあたりから、足立区役所のあいだに三つの公衆電話がある。地図上のその点を指さした。

「ここは？」

「前回、くまなくやりました。組事務所のある地区から離れてるし、今回はいいかなと思って」

「しかしどうして、いたちを追いかけ回す気になった？」

「スクーターですよ、お話ししたと思いますけど」

「音だけだろ？」

高野は五反野駅近くの公衆電話を突《つ》いた。

「ホシがここを使ったとき、防カメにちらっとスクーターが映っていて」

「それだけかよ」

汗が首筋からしたたってきた。

高野に諦《あきら》める様子はない。

地図を睨んでみた。

日光街道から梅島駅方向に入ったところにも公衆電話がある。梅島東公園の西だ。指さすと、ここは管内ではないからまだ聞き込みはしていません、と高野は言った。

「どうせなら新規開拓といかないか」

高野はしばらく考えたすえ、そうしましょうと言った。

コンビニでスポーツドリンクを二本求め、高野とともに店外で半分ほど飲んだ。駐車場に停めてあったセダンでそちらに向かった。

日光街道にぶつかったところで北に向かい、足立消防署に車を置かせてもらった。南に向かい、西に続く路地に入る。梅島東公園をすぎてしばらく行くと、シャッターの下りた古い元店舗があった。その角にスタンド型の公衆電話がある。カバーはなく、風雨にさらされ、退色している。

「いたちはここから二回電話しています。最初は今年の二月六日午前九時半。二度目は三月二日の午後二時に」

高野がはきはきと言った。

まわりは民家ばかりで、防犯カメラは見当たらない。

柴崎は角を曲がった路地を受け持った。高野は住宅街を道なりに歩きだす。角から二軒の家で聞き込みをする。公衆電話はほとんど使われていないらしかった。スクーターについても同様に停まっているのを見たことがないと言われた。向こう側の路地に出るまでの三軒でも尋ねた。口々に、あの公衆電話を誰かが使っているのは見たことがないという。

路地の途中から、頑丈な塀で囲われた幼稚園が見えた。通用口でベルを鳴らして用件を告げ、中に入れてもらった。ピンクのエプロンを掛けた若い女性教諭に園長室に通された。半袖の白いポロシャツを着た五十すぎぐらいの女性園長に用件を切り出す。

「そんな音……聞いたことありませんけど」

期待できない返事だった。

「先生方はいかがでしょうね？」

食い下がると、園長は渋々教室に出向いてくれた。

しばらくすると、別の女性教諭を連れて戻ってきた。やや年配だ。

「長井《ながい》先生が、そこの公園でスクーターを見たと言ってるんですけど……」

と言いながら女性教諭を紹介した。

「はい。ちょっと汚いのがありました」

長井は柴崎をまっすぐ見て言った。

「どこの公園ですか？」

長井は手ぶりで日光街道の方を示す。

「梅島東公園です」

いま通ってきた公園だ。公衆電話から西に五十メートルほど。

「それは、いつごろのことでしたか？」

「今月のはじめぐらいだったと思います」

「冬の二月か三月ではないですか？」

「いえ、六月のはじめです……三日か四日か……」

「何時ごろ見ましたか？」

「午後の二時すぎくらいだったと思います」

「どのあたりでしたか？」

「ちょっと中に入ったブランコの向こう側に停めてあって」

「どうして気がついたんですか？」

「子どもたちの見送りに出たときです。汚れていて、ナンバーも曲がってたりしたので、盗難車かなって思って、警察に連絡しました」

「110番通報したんですね？」

「西新井署に直接かけました。防犯パトロールでいつも来てくれるし」

壁に電話番号の書かれたポスターが貼《は》られてある。

「どうして、盗難車だと思ったんですか？」

「以前もあそこに自転車が置き捨てられてあって、あとから盗難車だってわかったようなことがあって」

園長に確認を求めるような視線を送る。

「最近、怖いことがいろいろとありますでしょ。長井先生はすごく細かなことも気がつくんですよ」

園長が口を添える。

「そうだったんですか。で、警察官はすぐ来たんですか？」

「来て下さったと思います……」

「警察が来たのはたしかなんですね？」

「……のはずですけど。わたしが仕事帰りに見たときは、スクーターはなくなっていました」

「その後、西新井署から連絡はありましたか？」

「ありません」

長井はまた園長の顔を窺《うかが》う。

彼女も首を横に振った。

そのときの事情は知らないようだ。

礼を述べて幼稚園を出た。高野に電話を入れる。

「スクーターは目立つから、公園に置いて公衆電話まで行ったのかもしれません」

高野は即座に言った。

スクーターで乗りつけてかければ、たしかに人目につきやすい。二月と三月にかけたイタズラ電話の際もそうしたのかもしれない。しかし、今月は警察に連絡したとのことで、実際に現場に来ているのかどうかを確認しなければならない。

公衆電話前で歩調を軽くした高野と合流して、公園に戻った。

きちんと手入れがされていて、かなり見通しがきく。中ほどにあるブランコのところまで行った。公園の東側にも出入り口があり、車止めの間隔は広い。スクーターなら簡単にすり抜けられる。ブランコの北側にモチノキが並んで植えられていて、鬱蒼《うっそう》とした葉を繁《しげ》らせている。あの下あたりに置けば、人目にはつかないだろう。

18

西新井署は二〇〇九年に再開発で建て直された地上九階の庁舎だ。東西を大型マンションにはさまれていて、警察署とは思えない瀟洒《しようしや》な造りになっている。裏手に車を停め、高野とともに正面玄関から入った。

受付を通りすぎ、警務課のカウンターから中を見る。つい先日会議で顔を合わせたばかりの桜井《さくらい》課長と目が合った。カウンターまで足どりも重たげにやって来る。警備畑から警務部門に来た五十二歳のベテランだ。度の強いメガネ越しにじろっと睨まれる。

「きょうはどうしたの？」

面倒は避けたいという感じがありありと窺える。

手島組関係の応援の依頼に来たとでも思っているのかもしれない。

１１９番通報マニアについて話すと、怪訝《けげん》そうな顔で柴崎と高野の顔を見比べた。単なる事件捜査に、柴崎が同行しているのが解《げ》せないようだ。

奥から桜井を呼ぶ声がした。署長室から厚化粧の顔が覗いている。

桜井が署長室に入っていった。しばらくして、戻ってきた桜井から、一緒に来てよと言われ、高野とともにカウンターから中に入る。

松江署長は署長席で執務していた。

稟議書類をめくる机の前に高野とそろって立った。

平たい顔がわざとらしく上を向く。

何用があって現れたのかという顔で、じろっと睨まれた。

「どちらさまでしたっけ？」

嫌味たらしく訊かれた。

改めて、自己紹介し、高野の所属、階級を告げた。

「ああ、こないだの会議にいた人？」

「はい」

「大型事件が目白押しみたいだけど、こんなところで油売ってて大丈夫なの？」

「鋭意、捜査続行中ですので」

両肘《りょうひじ》を机に乗せ、どういたぶってやろうかという顔で見上げている。

その視線が痛かった。

いまにも目の前の警電を取り、坂元に電話するのではないかという恐れを感じた。

これ以上突っ込まれたらまずい。

松江はふと息をつき、椅子《いす》にもたれかかった。

ここを逃がしてはならなかった。気がつくと、いたち事件のあらましを話していた。

好餌《こうじ》をついばんだ烏《からす》のように、松江の頰の肉がむくっと動いた。

「そんな件でわざわざ来たんだ」

「は、そうです」

背筋が伸びていた。

松江の顔に厳しさが浮き出る。

「かりにもあなた、警務課長代理でしょう。重大事案発生中の署をイタズラ電話ごときで留守にするなんて、聞いたこともない」

そう松江は言い、今度は高野を睨みつけ、口角を下げる。

高野は、下村を刺した人物と119番通報マニアに関係があるかもしれず、西新井署の警官が、そのスクーターの確認を行ったであろうことを告げた。みるみる、松江の顔が赤らんでゆく。

「うちの署員が職務を怠って、そちらに連絡しなかったと仰りたいの？」

恐れをなした高野がなんとかなだめようとする。

「あ、いえ、まだ確定した情報ではありませんし――」

松江は指で高野の言葉を遮った。

「あなた、警察手帳を盗まれた女警じゃない？」

思わぬ質問を浴びせられ、高野がぎょっとして言葉を失った。

「いえ、あれは不可抗力の面が強い事案だったんです」

柴崎がすかさずかばった。

「今年の一月、例の小学生の事件で、手柄を上げたそうじゃない。でも、警察手帳を盗まれた人は信用出来ないわね」

高野が身を硬くする。

「わたしの部下だったら、ミニパトに乗せて、一から出直してもらうけどね」

ふっと高野が口を開こうとしたので、柴崎が先回りした。

「それについては、重々注意を促しておりまして、本人も反省しています。現在、高野は職務に精励していますので、ご心配は無用かと存じます」

松江が顎《あご》を上げた。

「警務課長代理と刑事課の女警に聞き込みをさせるって、どうなの？　おたくのキャリア署長さんはやっぱり変わった人ね」

むっとした。

桜井は横を向いている。

松江は手にした稟議書に目を落とす。

桜井に促されて署長室をあとにする。警務課にもいられず、署を追い出された。これからどうすればよいのか、思案に暮れた。

車に戻る。高野が助手席でうなだれている。上河内に電話を入れ、しばらく待った。

今度は助川からスマホに電話があった。

「戻って来い」

不機嫌そうに言われ、了解しましたと答えて通話を切った。

19

帰署した。坂元と助川は席におらず、根木から四階に上がっていると教えられた。

様子がおかしい。

「何かあった?」

「例のワゴン車、見つかったようですよ」

「……火炎瓶のあれ？」

「レンタカーですね」

四階に上がった。合同捜査本部にしている中会議室に足を踏み入れる。三課の係員が顔をそろえていた。長机を組み合わせたふたつのシマに、十名ほどいる。そのあいだを回って、山浦佳織がかいがいしくお茶を入れていた。

奥のシマに陣取る広瀬の左右に坂元と助川がいた。広瀬が開いたG資料を食い入るように見ている。

ふたりの脇《わき》から、覗《のぞ》き込んだ。

姫路成沢組の組員だ。

高木《たかぎ》力雄《りきお》四十四歳。舎弟頭。

尖《とが》った顎。短髪で両眉《りょうまゆ》の半分から先がかすれている。

坂元が一瞥《いちべつ》してきた。

「この男がレンタカーを借りています」

「どこですか？」

「東松戸駅前のレンタカー会社」

助川が言った。

「最終的にこれ一台に絞られて、ここにたどり着いた」

広瀬がNヒットした一覧のプリントを掲げ、順に説明してくれた。

防犯カメラの映像から、同日犯行に使われた可能性のある車を抽出した。ぜんぶで七台をNシステムにかけ、判明した車すべてに当たり、そのうちの一台が東松戸駅前のレンタカー会社に登録されているのが判明した。店に訊くと後藤勝という男の名前で貸し出されていた。接客した店員に姫路成沢組組員の写真を見せたところ、高木力雄が借り出したのが判明したという。偽《にせ》の免許証が使われたのだ。

「高木のガラは取ったんですか?」

訊くと助川が眉根《まゆね》にシワを寄せた。

「そう簡単に見つかるわけないだろ」

銃撃した張本人なら、行方をくらましたはずだ。

「ワゴン車からブツは出ましたか?」

続けて発した質問に、坂元が弱った表情で腰に手を当てた。

「きれいにさらったけど、指紋ひとつ残ってないんです。もう少し、時間かかるかな」

同調するように広瀬がうなずく。

「いずれガラは取れる。そうしたら、一気に全面解決だな」

助川が威勢よく広瀬の肩を叩く。

広瀬はやや困り顔で、口の端を曲げた。

「その前に弥生ビルから事務所を追い出すのが先決ですよ」

「そっちは何とかなる。三課は下村のヤマに専念してくれ」

おやっと思った。

どことなく、自信ありげな顔つきだ。

「上河内とおれにまかせてくれ」助川が続ける。「事務所についちゃ、組長の手島も頭を痛めているらしいからな。組の幹部と会う段取りもつけられそうだ」

目算があるようだった。

今回の傷害事件で頓挫《とんざ》しないのを祈るだけだ。

「それはそうと、代理、西新井署に何の用事があったんですか?」

坂元に訊かれ、一部始終を話した。

坂元はいっとき言葉を失った。

「高野さんに自信はあるのかしら」

「その様子です。わたしは、高野をサポートしたいと思っています」

坂元は助川と顔を見合わせている。

どちらともなくうなずき合い、助川が柴崎の腕をとった。

「もう一度、行ってみようや」

「待ってください」坂元が言った。「わたしが出向きます」

20

柴崎を伴って坂元が西新井署警務課カウンターに顔を出した。桜井がぎょっとして、署長室に駆け込んでゆく。坂元は断りもせず中に入った。ぽかんとしている係員たちのあいだを抜けて署長室に足を踏み入れ、一礼する。

ふいの訪問にもかかわらず、署長席の松江はすまし顔だった。あわてている桜井をよそに、坂元と柴崎に静かにソファをすすめる。

「たびたびお邪魔して申し訳ありません」

坂元が再び頭を下げ、腰をおろした。柴崎もその横に座った。ふたりの前に松江がゆったり腰を落ち着ける。

「署長さんじきじきに、何かしらね」

微笑《ほほえ》みさえ含んだ顔で松江が言った。

桜井がうしろに控える。

「部下がお騒せしたそうで、釈明に上がりました」

両手を前で合わせたまま坂元は頭を下げる。

「ずいぶんご丁寧ね。楽にしなさいよ」

松江はそう言って、手を肘掛けに載せた。

坂元は逆に身をこわばらせ、おもむろに口を開いた。

「１１９番通報マニアについては、署長もご存じかと思います。昨年来、同一人物による質《たち》の悪い通報が頻々とあって、消防も甚大《じんだい》な被害を被《こうむ》っています。われわれは一日も早い被疑者の確保にむけて、捜査を続行しておりますが、なかなか手が届かないのが現状です」

「通称いたちですね？」

「はい」

「伺いましたよ。悪質なんですってね」

ようやく同意を得たとばかり坂元がうなずいた。

「悪質どころか、ひとつ間違えば大事に至りかねない内容も含まれています」

「その男が重大な犯罪行為を行った事実はあるの？」

「度重なるイタズラ電話そのものが、威力業務妨害に当たりますので」

松江は手で制した。

「あなたに教わらなくても知ってるけど、ちょっと大げさじゃないかしら。たかだか電話でしょ」

坂元が前のめりになり、続ける。

「いえ、二月には、車に轢《ひ》かれた者が道路で横たわっているとの通報が入り、消防が救急車を現場に急行させませしたが、該当者はいませんでした。そのような悪質な通報が連続しているんです」

松江は首を横に振った。

とり合いたくないという顔で、

「だいたい、119番通報の、年間十万件あるうちの一割が不要のものでしょ。イタズラ電話はその中の何パーセントかだし。いちいち目くじら立てていたら、それこそ仕事にならない」

一息で言われると、坂元は身を起こし、居ずまいを正した。

「虚偽の電話で出動したため、助けられる命を助けられなくなってしまうケースも起こりえます。きわめて悪質な犯罪だと捉《とら》えております」

松江は白々しく視線を外した。

「たかが、イタズラなのよ、何度言ったらわかるのかしら」

「いいえ、明白な犯罪です。悪質電話と判明した場合、消防法では三十万円以下の罰金または拘留。刑法では偽計業務妨害にあたります。こちらは三年以下の懲役、または五十万円以下の罰金となりますので」

松江は軽く手を叩《たた》いた。

「さすが東大卒は違うわね。ぽんぽんぽんぽんぽん、数字が出てくる」

あけすけにからかわれた。

「松江署長」柴崎は声を上げた。「ただいまうちの署は、手島組事務所の火炎瓶投擲《とうてき》、並びに銃撃事件の容疑者確保に向けて、詰めの段階を迎えております。手島組事務所の立ち退き運動も含めて、署内は張りつめた状況になっており――」

そこまで口にしたとき、松江の目尻《めじり》が吊《つ》り上がった。

「その緊急時に、雁首揃《がんくびそろ》えてのこのこやって来て、世間話をしてていいの?」

思わず拳を握りしめた。

「ですから、こうして伺いました」低い声で坂元が応じた。「事件を解きほぐす鍵《かぎ》となる可能性がある人物について、部下が有力な情報をたぐり寄せました。その人物の割り出しに、お力をお貸し頂けないかと申し上げているのです」

松江が苦笑いを浮かべた。

「うちの署員の話を聞けば、それで事件が解決するような口ぶりじゃない。たいした自信ね」

「お言葉を返すようですが、部下は懸命に捜査にあたっています。たしかに手島組関連の被疑者とはすぐに結びつかないかもしれませんが、わたしは高野巡査を信頼しています。あと一歩のところで被疑者に手が届くかもしれない。しかし、最後の一手がままならないので、わたしに助けを求めてきました。ここで動かない責任者はいません」

松江が強がるように頬をふくらませた。

「勇ましいこと。あまり甘やかすと、女警はつけあがるから。さあ、わたしは仕事があるから――」

腰を上げようとした松江に、坂元は強い語調で呼びかけた。

「四年前の三月に発生した杉並ＯＬ殺人事件で、捜査一課の管理官として捜査指揮を取られましたよね。半年にわたった捜査で被疑者がなかなか見つからず、現場には重い空気が漂っていたと伺っています。古株の刑事たちは、鑑取り捜査にこだわって、OLの交友関係ばかり追いかけていた。地取り捜査がないがしろにされるなか、松江署長はあらためて犯行当日、現場付近にいた可能性のある人間の洗い出しとDNA採取という客観的な捜査方針を打ち出されました。その結果、マル害とは無関係の行きずりの大学生が捜査線上に浮上した。そして、マル害に付着していた体液がその大学生のものと一致して事件は一気に解決した。地取り捜査とDNA捜査を一体化させて取り組んだ捜査手法は、その後の見本となりました。捜査方針に反発する男性刑事たちの説得にあたっては、ことのほかご苦労されたと伺っています。そうした件、ひとつをとっても、わたくしごとき経験不足の警察官が、かなうようなものではないと思っています」

これを言うために、わざわざ出かけてきたのかと柴崎は思った。

果たして、吉と出るか。

坂元はその場で立ち上がった。

深々と頭を下げる。

「出すぎた発言については、ご容赦ください。松江署長の慎重なご判断は妥当なものかと思います。しかし、現場捜査員の勘、ひらめきがときとして、事件解決の重要な鍵になりうる場合もあります。わたしも同じ女性として、松江署長と同様、捜査指揮にあたっては悩み苦しんでいるのが正直なところです。そこのところをご理解いただき、今回は捜査へのご協力をお願いできれば幸いです」

じっと見つめ合うふたりの視線は、なかなかほどけなかった。

最初にまばたきをしたのは松江の方だった。

ため息とともに言葉が出る。

「……そこまで言うんだったら」

横に動いた桜井に、松江は人差し指を上げ、ドアを指した。

合意したと受け取った桜井が、坂元に向かって案内するように手を差しだした。

坂元と並んで一礼してから、桜井について署長室を出る。

通路で待っていた高野と目が合う。小さくうなずいてやると、心配げな顔に笑みが広がった。

あとはお願いしますねと言って、運転手役の警官とともに坂元は表玄関から姿を消した。

21

「じゃ、地域課で訊《き》いてみますか」

桜井から丁寧な物言いで案内され、向かいの地域課に連れていかれた。

課長代理席にいる男に用件を伝えた。課長代理は何度かうなずきながら聞き、係長席にいる男に「大城《おおしろ》」と声をかけた。地域係長のようで、がっしりした体格だ。席を立ってきた大城係長にもう一度同じ話をした。桜井は柴崎の耳元に、あとはまかせるよと囁《ささや》きかけていなくなった。

「六月のはじめごろですね」

壁のキャビネットから、大城は地域課事件管理簿の分厚いファイルを引き出した。立ったまま、太い指で頁《ページ》をくる。

「梅島の盗難スクーター、スクーター、と」

節をつけて言いながら戻ってきた。

自席について、同じあたりをパラパラやる。

「見当たらねえなあ」

柴崎も上から覗き込む。

「スクーターの盗難届は出てませんか？」

「えっと、スクーター、スクーター……ないなあ」

「すみません。ちょっと見せて頂けませんか？」

高野が管理簿を預かると、その場ですばやくめくりはじめた。

ショッピングセンターでの万引き、盗撮用カメラの押収《おうしゅう》、酔っ払い暴行犯の現行犯逮捕、信号無視事犯の検挙……。

四月末から見直し、きょうまでの分を確認した。

それらしい記述はない。

「六月のはじめなんです。梅島北幼稚園に盗難スクーターの件で出向いたＰＭ（警官）はわかりませんかね？」

大城は顔をしかめ、自席にある勤務表をめくった。

「島根交番の受け持ち区域だから……」

つぶやきながら、警電で電話を入れてくれた。

島根交番に配属されている警官は十五人ほどいるはずだ。

その中から捜し出すのは、骨の折れる仕事になる。

「ああ、大城だけど、そっちにいる勤務員に聞いてもらえる？　えーと……」

用件を伝えて電話を切った。

「すぐにはわからないそうなので、ほかの勤務員に当たってもらってます」

「ありがとうございます」

空いた席に座って待っていると五分ほどで大城の席の警電が鳴った。

相づちを打ち、警電を切る。こちらを振り返った。

「えっと、わかりました。菅井《すがい》さんです。いま、警らで出てますが、どうしますか？」

「携帯に電話してもらえませんか？」

「けっこうですよ」

大城が自分のピーフォンで菅井を呼び出した。

代わって用件を伝えたが、すぐには思い出せないようだった。

しばらくたってから、ようやく、

「……ああ、幼稚園の近所のスクーターか」

ぼそっと返した。

「通報があった日は覚えていますか？」

「たしか、第一週の火曜日か水曜日だったと思いますけど」

「現場に行かれたんですよね」

「もちろん行きましたよ。盗難車らしいということだったので、その場でナンバーの贓品《ぞうひん》照会をかけたような覚えがあります」

「結果は？」

「盗難届は出ていませんでした。それで、帰ってきました」

「スクーターはそのままで？」

「もちろん」

「通報者には伝えなかったんですか？」

「そのあたりにいた先生に伝えましたよ」

長井ではない別の教諭に伝えたのだろう。

高野がしきりと目で合図してくる。

肝心な質問を忘れていた。

「照会をかけたスクーターのナンバーは控えてありますか？」

「どうだったかな」

その場で照会をしたのだから電話を使っているはずだ。

メモをとらなくても、ナンバーを見て話せばそれですむのだ。

「手帳に控えてあるかもしれない。ちょっと見てみましょうか」

「お願いします」

電話がつながったまま、しばらく待った。

ふたたび同じ声がした。

「ありました。先月の三日でした。ナンバー言いますよ、足立区……」

メモを高野にひったくられた。

警電でU号（車両所有者）照会をかける。

高野の顔がぱっと明るくなった。ヒットしたようだ。

メモをとり、続けてその名前で総合照会をかけた。

「……違反なしで……はい、A号ヒットもなし……はい、了解しました」

前科はないようだ。

それまでとは高野の顔付きが変わっていた。

「北尾《きたお》来夢《らいむ》、二十五歳、六町《ろくちょう》一丁目三の七です」

「六町か」

環状七号線の北、つくばエクスプレスの六町駅周辺の町だ。弥生ビルから一・五キロほど北になる。

これまで、環七の北側からイタズラ電話の発信はなかった。地元は避けていたのかもしれない。

意気揚々と引き揚げる高野について署を出る。

ホシが特定できて浮き立っている。しかし、本番はこれからだ。

張り込みの末、現行犯逮捕できればいちばんいい。呼び出して叩くのもありだ。どちらにしても、偽計業務妨害で検挙するのが関の山だった。そんな小物に人を刺すような真似《まね》ができるか……。坂元署長が直談判《じかだんぱん》に参じるような事態にまで発展させてよかったのかどうか。

ふと気になり、足立高校前から四家交差点に走ってもらった。

交差点をまっすぐとり、二つ目の交差点を北に向かった。青井二丁目の交差点が近づいてくる。傷害現場になった路地を通り過ぎた。すぐ先には弥生ビルがある。そして、池谷の住まいも。

池谷宅のシートが放火された事件がよぎった。起きたのは六月三日の午後三時。

幼稚園の教諭が梅島東公園でスクーターを見つけたのも同じ六月三日の午後。

あの公園から池谷の家まで歩けば、往復四十分はかかる。車の物色もしなければならない。そのあいだに西新井署の菅井がスクーターを見つけ贓品照会をかけ、幼稚園側に怪しいものではない旨《むね》を報告して戻った。北尾は公園に戻り、何事もなかったように去った……。

やはり、スクーターは目立つ。イタズラ電話をかけたとき、一度駐車したことのある場所を使ったとしたらどうか。元自治会長宅に花火を打ち込んだり、元教頭宅に汚物を置いたりしたときも同様だ。中泉不動産を襲ったときは、スピードが命と考え、あえてスクーターを使った。下村を刺したときも、スクーターを近くに置いていた。

四月以降、イタズラ電話が減ったのは、それをしている暇がなくなったから？

仮に北尾による犯行としたら、イタズラ電話とは別次元の犯罪行為ではある。どういうことだろう。

22

「じゃあ、次に行くからね。二月二十五日、東京武道館の公衆電話からの通報」

高野がノートパソコンのマウスを動かし、１１９番通報の録音を流す。

〈……あのさあ、武道館うるせえから、ちょっと配電盤に細工してやったよ〉

北尾来夢はふてくされたように、唇を曲げた。生白い面長な顔が天井を向く。警察から貸与されたグレーのスウェットの上下が妙にマッチしている。

「これもあなたの電話で間違いないわよね？」

高野の言葉に、いやいやうなずいた。

「じゃ次に行きます」

また同じ調子で、イタズラ電話を再生させる。

北尾は否定しなかった。

勾留《こうりゅう》四日目。七月十四日月曜日だ。

任意で呼び出した際、指紋採取に嫌々応じた。アーミーナイフに残されていた指紋と一致し、傷害容疑でその場で通常逮捕された。その日のうちに、下村を刺したことを認めた。しかし、手島組との関係については一切口を割らぬまま、三日間がすぎてしまった。刺した動機や下村との関係についても、黙秘を続けている。

そのため、きょうはイタズラ電話の取り調べにあえて変更し、高野に担当させているのだ。録音された電話の声を聞かせると、北尾はあっさり犯行を認めた。後日、偽計業務妨害で逮捕状が出るはずである。

マジックミラー越しに隣室でそれを見守っているのは、柴崎と坂元、それに上河内の三人だけだった。

北尾は高校を出てフリーターをしていたが、二十歳《はたち》をすぎて勤めはじめたパン製造会社で、いじめに遭った。それ以来、実家で引きこもりの生活を送っている。日頃たまった不満がイタズラ電話へ駆り立てたようだった。

「……長引きそうですね」

あきらめたように坂元が言った。

「はい」

「わたしは団結小屋に激励に行きます」

「同行しましょうか?」

「けっこうです」

「わかりました。お気をつけて」

息を潜め、高野と北尾のやりとりを見ていた上河内とともに会釈《えしやく》して送り出した。

坂元が西新井署に出向いた翌日から、西新井署をはじめとして、千住、竹の塚署の三署から、それぞれ十名ずつの応援が入るようになった。警備の分担を決め、それぞれが地域に散ってくれている。坂元はそちらにも顔を出すはずだ。

北尾が三件認めたところで、上河内がしびれを切らしたように動いた。

いったん部屋から出て、高野を呼び出す。

上河内が廊下から戻ってきたとき、高野はファイルからその写真を取り出して北尾に見せた。一瞥した顔が瞬間、引きつった。

「この車庫にあった自転車のシートに火をつけたのはあなたかしら?」

池谷裕史宅の車庫の写真を見せたのだ。

北尾はまた元のようにふてくされて首を横に振る。

「よく見て」

高野がしつこく言うが、北尾は無視し続けた。

「やってるな」

上河内がぽつりと呟いた。

柴崎も同感だった。

それ以上の指示は出さなかったらしく、本来のイタズラ電話の取り調べに話を戻した。

イタズラ電話について一つ一つ訊かれていたが、北尾ははじめて否認を行った。三月十八日の午後二時半にかけた電話だ。この日を最後に、犯行は途絶えているのだ。

高野が急いで、地図を見せる。

「あなた、このファミレスの駐車場にある公衆電話からかけたのよ。聞いて」

〈あのさあ、桂庵《かつらあん》綾瀬店の宇治抹茶パフェ、超まずいんで、調べたら毒入ってたから〉

それだけで切れた。

明らかに北尾の声だ。

しかし、認めようとしない。

よくわからなかった。これまで、すべてのイタズラ電話は認めている。なのにどうして？

「柴やん、行ってみようや」

上河内に声をかけられ、あとについて部屋を出た。

23

桂庵綾瀬店は綾瀬署から一キロほど南に下った交差点の角にあった。

和風を売りものにしている全国チェーンだ。一階の広い駐車場に車を停める。

北尾が使った公衆電話は二階に登る階段の道路側にあった。近くに防犯カメラはない。

「どうして、ここだけ否認したんですかね？」

柴崎はあたりを見て言った。

「調べたらわかるさ。上がってみよう」

階段を上り、店の扉を開けた。

靴をスリッパに履き替えるスペースがある。そこで靴を脱いで店内に入った。

午後二時半を回って、四分の一ほど埋まっているだけだった。床はフローリングで、席は掘りごたつ形式になっている。メニューを見ると、洋食チェーンよりもいささか高めだ。

和服を着たウェイトレスに店長を呼んでもらう。

靴を履き替えるスペースで待っているとベストを着た髪の短い男がやって来た。井《い》川《がわ》と名乗る。まだ三十代前半だろう。如才ない感じだ。上河内が差し出した名刺を恭《うやうや》しく受け取る。

柴崎は一階にある公衆電話付近を撮っている防犯カメラがないかどうか尋ねた。犯罪捜査のため確認させてほしいと申し出ると、ようやく警官の訪問に合点がいったような顔で、店長は両手を合わせた。

「一階駐車場は撮影していますけど……すみません、公衆電話の近くは死角になっちゃってます」

「ちょっと古いんですが、今年の三月十八日の録画はとってありますか？」

「はい、ありますけど」

「その日の午後二時半ごろの録画を見せていただけますか？」

「わかりました。どうぞ、こちらへ」

レジの裏手にある事務室に通された。

デスクトップ型のパソコンを操作して、三月十八日午後二時半の時間帯の映像を表示すると、アルバイトに呼ばれた井川は部屋から出ていった。

柴崎は改めて椅子に座り、マウスを操った。

建物はピロティ形式になっており、一階部分は駐車場になっている。その天井部分の中央に全方位型の防犯カメラが駐車場を見下ろす形で取り付けられていた。映像はぐるりと四分割して表示されている。

14：29
駐車場に停まっている車はまばらだ。

公衆電話はやはり階段の陰になって見えない。

階段から下りてきた三人の客が車に乗って駐車場から出ていく。

14：31

北尾が電話をかけた時間帯だが、肝心のその姿は死角に入って見えない。

無駄足だったか。

マウスを停止ボタンまで動かす。うしろにいた上河内の指がそこを指した。

「三十分まで戻して」

言われるまま、映像を巻き戻した。

四つある画面の右下だ。入り口近くに停められているセダンの運転席から男が降りた。スーツを着ている。階段方向へゆっくり歩きだした。店に入るなと思って見ていると、階段脇へ入って見えなくなった。公衆電話があるあたりだ。

男は北尾に近づいた？

二分経《た》ってから、男の姿が映った。そのうしろを別の男がついて歩いている。

長い髪を手でうるさそうに払っている。

北尾。

男はセダンの運転席におさまり、北尾は助手席に乗り込んだ。そのまま、セダンは通りに出ていった。

「もう一度見ようや」

言われるまま、巻き戻した。

セダンから男が降りた。丸い顔付き。短髪。細い眉が固まったように動かない。

まじまじと見つめた。

「これは堀井?」

上河内が画面すれすれまで顔を近づける。

「間違いない」

混乱した。

こんなところで、手島組の人間とつながりを持っていたのか。

いや、堀井はいまのところ、単なる〝周辺者〟にすぎない。

「捕まったな」

上河内がつぶやいた。

そうかもしれないと柴崎も思った。

しかし、どうやって現場に居合わせることができたのか。

「北尾の家を張っていたんだろう」

上河内がまた言った。

自宅から出た北尾のあとをつければ、いずれイタズラ電話の現場を押さえられる。

そう考えたのか？

しかし、どうしてそんな真似をした？

「北尾自身に聞くしかないですね」

柴崎が言うと、上河内はニヤリとうなずいた。

「これはもうじきに解決するぞ。そのときは、トミー、柴やんと俺で祝杯を上げようや」

ぽんと肩を叩かれる。

「何言ってるんですか。まだ早いですよ」

柴崎の言葉もどこ吹く風とばかり、上河内は肩で風を切って事務室から出ていった。

24

二日後。

午後一番、広瀬が高揚した顔で警務課に姿を見せた。署長と直接話したいという要望を受け、刑事課長と上河内にも声をかけた。一足先に入室した広瀬を追い、助川とともに署長室に足を踏み入れる。

ソファに座る署長の坂元の前で、広瀬は上機嫌だった。

「高木の潜伏先がわかりましてね。昨日の晩からうちの係員が張り込んでますよ」

六月二十五日、弥生ビルを襲撃し、火炎瓶を投擲《とうてき》した姫路成沢組の組員だ。

「どこにいるんですか?」

「和歌山です。市内のウィークリーマンションに」

やりとりを聞きながら、柴崎と助川は坂元をはさむ形で腰を落ち着けた。

遅れて入室してきた浅井と上河内が広瀬の両脇《りょうわき》に座った。

広瀬が差し出した写真に坂元の手が伸びる。

「……よかったですね、で、いつ?」

そう言いながら、写真を浅井に回した。

「しばらく泳がせておきます。単独犯じゃないでしょうからね」

「逃走の恐れはないんですか?」

「しっかり見張ってます、おまかせください」

坂元は口の端に笑みを浮かべた。

「頼りにしてますよ」

「どうぞどうぞ。池袋のスナックのマル被も目星がついたみたいですからね」

自信ありげに言うと、広瀬は手を組んで続けた。

「北尾はどうですか?」

「ずっと黙秘です」

坂元が残念そうに言った。

「刺したのはあっさり認めたのに?」

「ええ。堀井の名前を出したとたん、顔色が変わって」

そこまで言うと坂元は上河内を見た。

「堀井によっぽど脅されているのかもしれんですね」

写真に目を落としたまま上河内は言った。

「やっぱり、そうですか」

ぽつりと広瀬が洩《も》らした。

「堀井について、何がわかったんですか?」

坂元が待ちきれない様子で言った。

広瀬がブリーフバッグから数枚の紙を取り出して、テーブルに載せる。

「いろいろ調べました。養子縁組をしてますね」

「養子縁組?」

坂元が声のトーンを上げ、広げられた紙に目をやった。

三課が板橋区役所から得た堀井の戸籍謄本《とうほん》だ。

堀井直也の生年月日は平成元年五月七日。住まいは練馬区北町。去年の八月十四日付で堀井康夫《やすお》という五十八歳の男と養子縁組をしていた。康夫の住所は江戸川区南小岩。直也の実の父親は島谷敦史《しまたにあつし》、母親は島谷久子《ひさこ》と記されている。

「旧姓、島谷」

坂元が紙を睨《にら》みつける。

広瀬が島谷敦史の戸籍謄本も並べて見せた。

「島谷夫婦の謄本はこちらにありますが、敦史は十一年前、久子は七年前に亡《な》くなっています。直也に兄弟姉妹はいないようですね。住まいは埼玉県北葛飾郡杉戸町の堤《つつみ》根《ね》になっていました。こちらが住民票です」

広瀬はふたりの住民票も見せた。

「ごらんのとおり、島谷の世帯は東京の板橋から杉戸町に転居しています。敦史が亡くなった年の二月に」

「転々としてますね」

坂元が言った。

助川が養子縁組の戸籍謄本を指で突《つつ》く。

「やけに最近ですね。堀井康夫と直也はもともとどういう関係だったの？」

母親が亡くなった直後の養子縁組なら、まだ理解できる。しかし、二十四歳になった直也が養子に入るのは明らかに不自然だ。

「少しこみ入っていましてね」

もったいぶって答えた広瀬に視線が集中する。

「この堀井康夫ですが、知的障害のある独身者なんですよ。万引きで二回ほど服役しています。ここ二年ぐらいは、ホームレスとして上野公園あたりで暮らしていたようです」

「偽装養子縁組か」

上河内が静かに言った。

広瀬がうなずく。

「そうではないかと思われます」

そこまで言うと広瀬は座を見渡した。

「この直也っていう野郎は、借金か何か抱えていたわけですか？」

上河内が尋ねた。

「そのあたりはまだわかりません」

「〝道具屋〟になるような男だから、過去に悪さをして、逃げ回っているとか?」

柴崎が訊いた。

「そちらも調査中です。現に、アングラな世界に生きているのは間違いないんですけどね。ご存じのように、養子縁組はいろんな犯罪で悪用されていますから」

養子縁組した後は、別人として生きられる。借金取りから逃れるのには有効な手段だし、何らかの理由があって身分を隠すためにも絶好の隠れ蓑《みの》になる。

そして、闇《やみ》世界の住人にとり、知的障害者は格好の餌食《えじき》だ。名前を変えたい人間に養父母として斡旋《あっせん》すれば金になる。

「堀井康夫とは会いましたか?」

坂元が訊いた。

「いえ、見つかりません」

「亡くなった直也の両親についてはどこまでわかりました?」

坂元が送った視線をふたたび広瀬は避けた。

「……申し訳ありません。うちとしてはここまでです」

周辺者の身分照会はこの程度までのようだ。

まあ、それはそれで仕方がない。

「署長、あとはうちで何とかしましょう」

上河内が言ったので、広瀬は安堵《あんど》の表情を浮かべた。

「そうですね。とにかく、養子縁組をした事情をはっきりさせないと」

坂元が受けた。

「直也の亡くなった両親を調べないといかんな」

助川が口にする。

「ひょっとしたら、例の六人組の誰かが知ってたりするかもしれませんね」

ふと上河内が洩らした。

どういう意味合いで言ったのか、柴崎にはピンとこなかった。

いずれにせよ、今回の暴力団事務所移転問題では、不自然なことが重なって起こっている。

上河内は前々から、手島組と関係のない人間が脅しを受けている点を疑っているのだ。堀井を尾行した雨降りの晩を思い出した。見知らぬ街のはずなのに、目につくすべてにこだわるかのごとく、接していた、彼の姿を。

「至急、お願いします」

坂元が上河内を見て言った。

上河内はすべてのみ込んだような顔で了解しましたと答え、ニヤッと笑って柴崎を見た。

「副署長、どうですか」坂元が言った。「組の幹部と直接交渉する件は進展していますか？」

助川が目を光らせ、上河内を見た。

「どうだ？」

「利はこちら側にあります。今ならうまく行くと思います」

上河内が応じた。

「では、おまかせしていいですね？」

助川と上河内は口を嚙《か》みしめたまま、覚悟を決めたようにうなずいた。

25

五日後。七月二十一日月曜日。

堀井直也はマンション入り口に姿をあらわした。何事もないような顔で熱気の溢《あふ》れる道に出て、東武練馬駅方向に向かった。柴崎はゆっくりとセダンを発進させる。馬頭観音を祀《まつ》ってある祠《ほこら》の前で、その背中に声をかけた。

「堀井さん」

しばらくそのまま歩いたかと思うと、ふいに立ち止まった。

カジュアルな綿麻のサマースーツだ。

降り注ぐ正午の日差しを手でさえぎりながら、こちらを振り返る。

「ちょっと話せませんか?」

助手席から上河内が言った。

堀井はちょっと面倒そうな顔をしたが、「その先に公園がありますから」と前方を指さした。そのまま歩きだす。

あとについてセダンを徐行させ、公園の前に横付けする。

上河内とともに堀井に続き、公園に足を踏み入れた。

ケヤキの木の周りにある円形のベンチの前で堀井は上着を脱ぎ振り返った。

生い茂る葉の影に入った。

「……張ってたんですか?」

「少し調べさせてもらいました」

上河内がゆっくりと歩み寄り、日向《ひなた》から声をかけた。

「なかなかいいマンションにお住まいですね」

柴崎が言った。

「中古の安マンションですよ」

「いつからお住まいに？」

「今年の一月から」

「それまではどちらに？」

堀井はむくっと丸い頬をふくらませた。

「ご存じなんじゃないですか」

「いや、知らない」

日陰に入った上河内がとぼける。

「事務所の移転の件でしたら、ぼくにおっしゃってもムダですよ」

「そんなことはないんじゃない。あの場所を紹介した張本人なんだから」

「無理言われても困るな」

上河内の視線を外して、ベンチに腰掛ける。

上着のポケットからタバコをとりだして、くわえる。

「手島組が覚せい剤をさばいているという話が以前からありましてね」

柴崎が言うと、堀井は腕をまくって見せた。

「このとおり。やってませんよ」

注射痕《ちゆうしやこん》などはひとつもない。

上河内がそっと、シャツを戻す。

「あなたじゃなくて、知り合いがやってるんじゃないかなと思ってさ」

「知り合いが?」

「たとえば平松拓海」

堀井は表情ひとつ変えなかった。

「誰ですか、そいつ」

不機嫌そうに言うと、煙を吐き出した。

「シャブを流してやってるやつ。中学のときにあんたと同じクラスだったと言ってるぜ」

「シャブ中の発言を信用するんですか」

「とぼけるなよ。あんた、ほんとは手島組の組員なんだろ?」

堀井は煙にむせたようにわざとらしく咳《せき》こみ、目を剝《む》いてみせた。

「おれが？　冗談よしてくださいよ。事務所にいたからって、決めつけるのはどうかと思いますよ。こっちはビルを紹介しただけなんだ」

「じゃ、こいつは？」

上河内が懐《ふところ》から写真を取り出して、堀井の眼前にかざした。

北尾来夢の写真だ。

一瞥《いちべつ》しただけで視線を外した。

「自治会の下村さんを刺した男だよ。知ってるだろ？」

堀井は知るかよ、と舌打ちした。

「おかしいな、綾瀬のファミレスで会ってるぜ」

細い目で上河内を睨みつける。

「ですから、知らないって言ってるじゃないですか、そんな男」

上河内はあっさりとその視線をやりすごし、写真をちらつかせた。

「おたくらと同じ中学を出た同級生だ。あんたに仲介したって平松は言ってるぜ」

「ですから、その男がどうしたんです？」

「中学校の元教頭先生の家に汚物を置いたり、元自治会長の家にロケット弾を打ち込んだりしたんだよ。これ、ぜんぶ手島組の指示か？」

「はあ？」

堀井は大げさに目を丸くした。

「北尾は犯行を認めてるんだよ」

「どうしてもこのおれを手島組の手下にさせたいわけ？」

「違うか？」

「そんなわけないでしょ」

堀井はタバコを投げ捨て、短くつぶやいた。

「じゃ、区役所勤めの池谷裕史は？　この人の家が放火にあった」

「訳のわからない話はやめてもらえませんか」

「こう言い換えればわかるか。池谷さんの奥さんは千本さんの娘やろうが。こっちは知っとるやろ」

語気を荒らげた上河内から、無言で堀井は顔をそむけた。

「千本は手島組が入ってる弥生ビルのオーナーや。あんたが手島に紹介したんやから、それぐらい知っとるよな」

上河内の言葉に堀井は肩をすぼめた。

「ぜんぶ、不動産屋まかせだから」

「店のガラス窓をぶち壊された中泉不動産か？　あれも北尾がやったと言いよるぜ」

「だから知らねえってば」

あくまでもシラを切る。

上河内がやれやれという顔で柴崎に視線を送った。額に汗が浮いている。

肝心な部分はこれからだ。

柴崎は制服のポケットから一枚の写真を取り出して、男に突きつけた。

〝6人組　死〟

赤のマジックの四文字。

壁の貼り紙を撮影した写真だ。

「見覚えあるよな？」

堀井は苛立《いらだ》ちを見せた。

「七月五日、足立区の区民ホールで開かれた決起集会のときに見つかった写真だ。持ち込んだのはあなただよな？」

堀井は大げさに首をすくめ、知らないとジェスチャーする。

「これを見た六人組は、さぞかし肝を潰《つぶ》したろうな。それが目的だったんだろ？」

「さあ」

「しかも、警察の目をごまかすために、六人とは無関係の歯医者の車をパンクさせた」

「何言ってるんですか」

堀井ははぐらかす。

「お父さんとは最近会ってないね」

ふいに話題を変えた柴崎に堀井は口をぽっかり開けた。

「堀井康夫さんをようやく見つけた。向島の無低《むてい》にいたよ。アパートを改造して中を三畳ずつベニヤ板で区切った粗末な一間に。エアコンがないから、糖尿病の身には辛《つら》そうだった。生活保護費の七割を家賃で持っていかれてるそうだ」

そう続けた。

無料低額宿泊所のことだ。ホームレスなど身寄りのない人を囲い、生活保護費を横どりする。

「康夫さんはいま何歳や？」

上河内が口をはさんだ。

堀井の答えはない。

「偽装のために籍に入っただけだから、年齢《とし》も覚えていないよな」

柴崎が引き取った。

「康夫さんはあんたの名前すら知らない。よく、縁組できたものだな」

堀井はうつむいた。

「板橋区役所で謄本をとった。おまえの実の両親はすでに他界している。島谷敦史さんは十一年前に、島谷久子さんは七年前だ。板橋に住む前、おまえたち一家がまさか青井二丁目に住んでいたとはな……弥生ビルのあったところに」

注射針でも刺されたように、堀井の顔がゆがんだ。

「あの敷地は五十坪ある。その半分を借りて、おまえの両親は二十五年ほど前に家を建てて住み着いた。そして、おまえが生まれた。問題が起きたのはいまから十二年前だ。借地権の更新時期になって、地主の千本から借地権の更新料として、三百万円を請求された。公示価格と比べてもべらぼうに高いので、借地権と家を千本に売って、よそに移り住みたい、と仲介に立っていた中泉不動産に相談をした。しかし、千本からは底地を買う気はないという返事が返ってきた。調べてみると、千本は自分の地所に一律、坪十万円というとんでもない更新料を請求しているのがわかった。家も建てて愛着のある土地だし、法外な要求に屈するものかとご両親は粘り強く交渉を続ける覚悟をした」

堀井は肩で息をつきながら、唸《うな》った。

不動産屋が地主と結託して借地人に不利な取引を押しつけていたのだ。

「ご両親は当時の班長だった下村や自治会長だった宮代の家に通った。しかし、体《てい》よくあしらわれて、けっきょく、中泉不動産も宮代も、裏で千本とつながっているのを知っただけだった。そのころから、おまえの家には無言電話がかかったり玄関前に汚物などが置かれたりするようになった。自動車整備士だった敦史さんの職場に暴力団ふうの男が尋ねてきて、脅し文句を吐かれるようにもなった。敦史さんは元々高血圧の持病があって、心労からついに倒れてしまった。母親の久子さんは家計を支えるために総菜工場に働きに出た。当時中学一年だったおまえは、担任だった紀平先生に家の窮状を訴え、助けてもらえないかと相談した。しかし、紀平も表向き、相談に乗るような格好を見せただけで何もしなかった。おまえのまわりの友だちも、おまえに対して辛く当たるようになった。それまでいちばん親しかった大久保がおまえのことを〝小作人〟などと呼びはじめ、いじめの先頭に立った……」

「……大久保から聞いたのか？」

青くなった顔で地面を睨んでいる堀井から訊《き》かれた。

「宮代も紀平も、君を見捨てたことを悔いていると話してくれた」

上河内が答えた。

「十年も昔のことだし、暴力団も絡《から》んでいる」柴崎は続ける。「自宅に死んだ猫を投げこまれたりもしたよな。十一年前の秋、耐えきれなくなった敦史さんは自宅で首をつって亡くなった。残された母親とおまえは針のむしろのような生活を送った。それでも嫌がらせは続いた。久子さんとおまえは、泣く泣く雀《すずめ》の涙ほどの借地権料を受け取って出ていった。引っ越して四年後、久子さんはすい臓ガンを患《わずら》って亡くなった」

途中から堀井は柴崎の顔を睨みつけていた。

「親父《おやじ》にもおふくろにも一つも悪いところはない」と堀井は言った。「弁護士を立てて裁判に持ち込む気だった。それを向こうに伝えると、『うちは時間をかけて対応する。あんたがた、弁護士代は払えるか？』なんて言ってきやがった。親父は、借地権をただで返納した上に家をたたき出されるかもしれないなんて、ゆえもない不安に襲われるようになった……」

「そんな理不尽な世の中の裏を見せられたから、世間に復讐《ふくしゅう》するような生き方を選んだのか？」

ぴりっと堀井の細い眉《まゆ》が動いた。

「自分なら特殊詐欺の片棒を担《かつ》ぐような仕事をしても許されると思ったのか？」

「うるせえな」

「黙って聞くんだ。不動産売買に詳しくなったおまえがそっち方面に行っただけだったら構わない。だが、やがて暴力団が喉《のど》から手が出るほど欲しがっているブツを提供するようになった。暴力団事務所に出入りするおまえの姿を見たら、ご両親はどう思う？」

堀井は横を向いた。

「胸がすっとするんじゃないか」

「本当にそう思ってるのか？」

堀井は拳《こぶし》を握りしめている。

「それだけ、連中はワルだったんだよ」

「おまえは弥生ビルが空いたままになっているというネタをつかんだ。復讐のために、それを利用する手立てを思いついたわけだな」

返事をしなかった。

当たっているようだ。

「シャブ中の平松拓海を通じて北尾を操り、おまえの言うワルに一泡吹かせるのを思いついた。十年前といまとでは顔付きは少々変わっているが、そうそう住民に顔をさらせないしな。つきあいのある手島組の事務所まで引っ張ってくるとは、いっぱしの策士じゃないか。このへんの事情を組に知られたら、おまえ、どうなる？」

堀井は唾《つば》を飲み込んだ。

思いもかけない方向に話が行ったので、驚いている。

柴崎は懐にある逮捕状を堀井の眼前に持っていった。

公正証書原本不実記載容疑。

偽装の養子縁組を行った罪だ。

上河内が逮捕時刻を告げると、素早くポケットから手錠をとりだして、堀井の腕にかけた。

堀井は反抗しなかった。どこからどう露見したのか、必死に考えを巡らせている顔だ。しばらく経《た》つと、深い溜息《ためいき》を吐《つ》いた。

セダンの後部座席に乗せ、逃走防止のため吊革《つりかわ》に手錠をはめる。

噴き出る汗をぬぐいながら、柴崎は運転席に乗り込んだ。

26

七月二十八日月曜日。

団結小屋前に停められた機動隊の無骨なバスに、関係者が集まっていた。夏休みに入ると、登下校する児童たちの姿は通りから消えた。坂元の連絡に応じて、後部には千住、竹の塚、西新井の三警察署の署長が少しずつ間隔をおいて座っている。柴崎は運転台のすぐ後ろの席で、上河内とともに弥生ビルを視界に入れていた。エンジンをかけっぱなしにして、冷房を効かせているものの、車内には暑気がこもっている。

バスのすぐうしろにセダンが停まったのは午後四時近くだった。助川と三課の広瀬係長が降りてきた。そのままバスに乗り込んでくる。最前列にいた坂元がねぎらうように立ち上がり、自分が座っていた席にふたりを座らせる。

「どうでしたか?」

待ちきれないように坂元が尋ねた。

硬い表情を崩さない広瀬だが、助川はふだんどおりの雰囲気だ。

「組長の手島達芳と会ってきましたよ。まあ、ざっくばらんに話せました」

坂元が満足そうに笑う。

助川は広瀬とともに池袋にある手島組の事務所を訪ねたのだ。

その声を聞いて、三警察署の署長が前に移動してきた。前から三列ほどが埋まった。

三人にはすでに、きょうまでの捜査の状況は報告済みだった。

「堀井の魂胆は伝えましたか？」

坂元が訊いた。

「それとなくね」

にやりと助川が笑みを浮かべる。

十年前の堀井一家の立ち退きに絡んだ今回の騒動は、事務所撤退の後押しになるかもしれない。ヤクザ世界の面子《メンツ》に関わるからだ。

「それはともかく、正面から言いましたよ」

ふたたび助川が口にして、上河内を見た。

上河内は大内との再交渉の場に同席し、手島達芳組長と直接話し合いの場をもうける旨《むね》の同意をとりつけたのだ。

三列目にいる宇田と細川が身を乗り出す。

その横で、西新井署の松江署長が聞き耳を立てている。暑いのが苦手らしく、うんざり顔で額から流れる汗にハンカチを当てていた。

「どんなふうに?」と坂元。

「そろそろ、名古屋に帰ったほうがいいんじゃないかと」

「え、そこまで言ったんですか?」

助川がいがぐり頭を掻く。

「これ以上、うちとことを構える気かって」

もったいぶったように言を止める。

一同の目が集まる。

「安心して頂いて、けっこうですよ」助川が順に目を配りながら答えた。「撤退の話は向こうから出してきましたから」

「そうですか」信じられないように坂元が目を輝かせた。「でも、どうするんですか?」

「当面は池袋の事務所を少し広げる形になりそうです。事務所が入っているフロアの半分が空いているので、そちらを使うようになると思います」

「池袋署は大丈夫ですか?」

「話は通しました。本部も了解してくれる見込みです」

ワルは、ひとまとめにしておいたほうがいいと上層部も判断したのだろう。

「よかった。ここは撤退しても、よその街に新たに事務所を構えられたりしたら意味がないですから」

「その通りです」

「堀井はどうですか?」

細川署長が口を開いた。

「はい、洗いざらい話しはじめています」

坂元が答える。

「公正証書原本不実記載容疑で公判に持っていけますから、今回の一連の脅迫事実や十年前の件については触れないでおけます。手島組のメンツもあるからね」

助川が淡々と言う。

交渉の場で、助川は十年前の騒動やその策謀を伝えた。そして、それを公表してもいいかと持ち出したかもしれない。そんなことをされたら、組としては面目が丸つぶれになる。そのあたりの駆け引きを経ての決着だったろう。

脅迫や威力業務妨害の幇助《ほうじょ》容疑については、手島組の事務所が撤退したあと、再逮捕の形にすればいい話だ。

「十年前の一件の扱いはどうなりますか?」

宇田署長が訊いた。

「罰されることはなさそうです」

坂元が答えた。

「時効もあるからな」と細川。

「そっちはそっち、あとは綾瀬署に任せるしかないでしょう」

松江の言葉に坂元が頭を下げた。

「今回はいろいろご面倒をおかけしました」

松江はゆっくり腰を上げ、坂元の横に並んだ。

「あなたも勉強になったんじゃない?」

驚くべきことに、その顔から敵意めいたものは消えていた。

「はい、それはもう」

と坂元は素直に応じた。

「この先、法令を作る立場になったときは、しっかり目配りして、いいものに仕上げなさいよ」

「心得ました」

ふむふむと満足げにうなずきながら坂元の肩に手をやる。

「まあ、上に立つ女同士、これからもしっかりやらないとね」

「仰るとおりです」

坂元の頰が少しゆるんだ。

松江は男性の二署長に視線を振った。

「キャリア、ノンキャリなんて言うけど、女警は女警で大変なのよ、ねえ」

言われた坂元が松江にうなずき返した。

上河内が席を離れ、運転席の横に移動する。

「さて、皆さん、ささやかではありますが署のほうで祝いの席を準備しています。お時間の許す方々は、是非ともご参加くださいますように」そこまで言って松江に目をやった。「署長さんも是非」

その話は柴崎も聞いていなかった。

「あら、気が利《き》くじゃない。では、お邪魔させていただこうかしら。ね、細川さん、宇田さん」

ふたりの署長は抗すべくもなく首を縦に振った。

「そうこなくちゃ」

上河内はバスの運転席に移り、エンジンをかける。第二機動隊にいたとき、大型自動車の免許を取ったのだと先ほど聞いた。

「おいおい、運転大丈夫かよ」

助川がからかい気味に声をかける。

「都バスに転職できるくらいの腕ですよ」

上河内はそううそぶくと、アクセルを踏み込んだ。ゆっくりとバスが動き出す。

「これで見納めですね」

坂元が立ち上がって、後方を振り返ったので、全員が同じ方向を見た。はじめて訪れたときと同じように、鉄骨三階建てのビルは西日を浴びて、オレンジ色に輝いている。しかしそこに車はなく、人の気配もなかった。これからしかるべき手続きが取られ、ビルは暴力団とは無縁なものの持ち物になるだろう。

ようやく解決したと思いながら、あらためて柴崎は席に着いた。

「それにしても、上河内代理はよく堀井と地元の人たちとの関係を思いつきましたね。過去の件が絡んでいたなんて、夢にも思いませんでした」

坂元が運転席の上河内に声をかけた。

「いやいや、こちらの代理のおかげだと思いますよ」

上河内は照れ笑いを浮かべると柴崎を指した。

「連中は連中できついお灸をすえられましたね」

助川が割って入る。

「そういう見方もありますけど、わたしとしては、時間がかかるかもしれませんが、堀井の更生に期待したいんです」

坂元が意外なことを口走り、柴崎を見た。

「ええ。辛《つら》いかたちで、二親を亡くしたのは、それだけ堀井の人生に影を落としていたと理解できます。今回、それが手の混んだ復讐劇の形で表面化したのでしょう。きっと正道に戻ってくれると思います」

そう答えた。

「相変わらずやさしくて冷静。その人の人生に沿った形の言葉ですね」坂元が言う。

「この事件、ようやく腑《ふ》に落ちたような気がするわ」

「いえ、そんなに大したことを言ったつもりはないのですが」

あわてて打ち消すと助川がにやりと笑みを浮かべた。

「まあ、こんなとこが、こいつのいいところだからね」

恥ずかしかったが、まんざらでもない気分だった。

「湿った話をしてないで、ぱっと行こうぜ、ぱっと」

上河内が声を上げる。

そうだ。今晩くらいは、盛り上がってもいい。

祝いの会といっても、講堂に乾き物が用意され、缶ビールで乾杯するくらいが関の山だろう。しかしその席には、高野をはじめとした捜査員だけではなく、警務係の根木をはじめとして、中矢や一般職員の山浦佳織まで、縁の下の力持ちになってくれた職員がすべて待ち構えてくれているはずだ。岩城もにこやかに迎えてくれるに違いない。

彼らと一緒に飲む酒の味を思うと、柴崎はそれだけで胸が一杯になったような気分だった。

参考文献

渋井哲也『実録・闇サイト事件簿』幻冬舎新書（二〇〇九年）
東海テレビ取材班編『ヤクザと憲法　「暴排条例」は何を守るのか』岩波書店（二〇一六年）
松野郷俊弘『署長の備忘録』近代文藝社（一九九六年）

その他、新聞雑誌などを参考にさせていただきました。

（著者）

初出一覧

「罰俸」yomyom pocket 二〇一六年十一月二十八日〜二〇一七年一月二日
「秒差の本命」(「衝突」改題) yomyom pocket 二〇一七年一月二十六日〜三月六日
「歪みの連鎖」書き下ろし
「独り心中」(「緑心中」改題) yomyom pocket 二〇一七年四月十三日〜二十二日
「総力捜査」書き下ろし

安東能明著　強奪　箱根駅伝

生中継がジャックされた――。ハイテクを駆使して箱根駅伝を狙った、空前絶後の大犯罪。一気読み間違いなし傑作サスペンス巨編。

安東能明著　撃てない警官
日本推理作家協会賞短編部門受賞

部下の拳銃自殺が全ての始まりだった。警視庁管理部門でエリート街道を歩んでいた若き警部は、左遷先の所轄署で捜査の現場に立つ。

安東能明著　出署せず

新署長は女性キャリア！　混乱する所轄署で本庁から左遷された若き警部が難事件に挑む。人間ドラマ×推理の興奮。本格警察小説集。

安東能明著　伴連れ

警察手帳紛失という大失態を演じた高野朋美刑事は、数々な事件の中で捜査員として覚醒してゆく――。警察小説はここまで深化した。

安東能明著　広域指定

午後九時、未帰宅者の第一報。所轄の綾瀬署をはじめ、捜査一課、千葉県警――警察官僚までを巻き込む女児失踪事件の扉が開いた！

奥田英朗著　噂の女

男たちを虜にすることで、欲望の階段を登ってゆく〝毒婦〟ミユキ。ユーモラス＆ダークなノンストップ・エンタテインメント！

大沢在昌著　**冬芽の人**

「わたしは外さない」。同僚の重大事故の責を負い警視庁捜査一課を辞した、牧しずり。愛する青年と真実のため、彼女は再び銃を握る。

大沢在昌著　**ライアー**

美しき妻、優しい母、そして彼女は超一流の暗殺者。夫の怪死の謎を追ううちに神村奈々は想像を絶する死闘に飲み込まれてゆく。

垣根涼介著　**ワイルド・ソウル**（上・下）

大藪春彦賞・吉川英治文学新人賞・日本推理作家協会賞受賞

戦後日本の〝棄民政策〟の犠牲となった南米移民たち。その息子ケイらは日本政府相手に大胆な復讐劇を計画する。三冠に輝く傑作小説。

垣根涼介著　**君たちに明日はない**

山本周五郎賞受賞

リストラ請負人、真介の毎日は楽じゃない。組織の理不尽にも負けず、仕事に恋に奮闘する社会人に捧げる、ポジティブな長編小説。

海堂尊著　**ジーン・ワルツ**

生命の尊厳とは何か。産婦人科医が今、なすべきこととは？　冷徹な魔女《クール・ウィッチ》・曾根崎理恵と清川吾郎准教授、それぞれの闘いが始まる。

海堂尊著　**ナニワ・モンスター**

インフルエンザ・パニックの裏で蠢く霞が関の陰謀。浪速府知事《ドラゴン》&特捜部《カマイタチ》vs厚労省を描く新時代メディカル・エンターテインメント！

北森　鴻著
凶　笑　面
―蓮丈那智フィールドファイルI―
封じられた怨念は、新たな血を求め甦る――。異端の民俗学者・蓮丈那智の赴く所、怪奇な事件が起こる。本邦初、民俗学ミステリ。

喜多喜久著
創薬探偵から祝福を
「もし、あなたの大切な人が、私たちの作った新薬で救えるとしたら――」。男女ペアの創薬チームが、奇病や難病に化学で挑む！

小池真理子著
恋
直木賞受賞
誰もが落ちる恋には違いない。でもあれは、ほんとうの恋だった――。痛いほどの恋情を綴り小池文学の頂点を極めた直木賞受賞作。

小池真理子著
無　伴　奏
愛した人には思いがけない秘密があった――。一途すぎる想いが引き寄せた悲劇を描き、『恋』『欲望』への原点ともなった本格恋愛小説。

今野　敏著
リ　オ
―警視庁強行犯係・樋口顕―
捜査本部は間違っている！　火曜日の連続殺人を捜査する樋口警部補。彼の直感がそう告げた。刑事たちの真実を描く本格警察小説。

今野　敏著
隠　蔽　捜　査
吉川英治文学新人賞受賞
東大卒、警視長、竜崎伸也。ただのキャリアではない。彼は信じる正義のため、警察組織という迷宮に挑む。ミステリ史に輝く長篇。

総《そう》力《りょく》捜《そう》査《さ》

新潮文庫　あ-55-6

平成三十年一月一日発行

著者　安《あん》東《どう》能《よし》明《あき》

発行者　佐藤隆信

発行所　株式会社新潮社

郵便番号　一六二—八七一一
東京都新宿区矢来町七一
電話　編集部(〇三)三二六六—五四四〇
読者係(〇三)三二六六—五一一一
http://www.shinchosha.co.jp

価格はカバーに表示してあります。

乱丁・落丁本は、ご面倒ですが小社読者係宛ご送付ください。送料小社負担にてお取替えいたします。

印刷・錦明印刷株式会社　製本・錦明印刷株式会社

ISBN978-4-10-130156-3 C0193